「あなたがいい」

自ら求める言葉を口にして。

そしてふたりはお互い、唯一無二の存在になるのだ。これまで通りに。

「知らない……人なんて、いや——あなたじゃ、なきゃ……」

「……私が、なんだ？」

「何でも……言うことを、聞くから……だから——」

シフォン文庫

禁じられた戯れ

王太子の指は乙女を淫らに奏で

あまおう紅

集英社

禁じられた戯れ
王太子の指は乙女を淫らに奏で

CONTENTS

イラスト／花岡美莉

禁じられた戯《たわむ》れ
王太子の指は
乙女を淫らに奏で

プロローグ

エウフェミアは、自分がいずれ父に殺されることを知っていた。

十一歳での婚姻《こんいん》は、夫《おっと》となる人が治めている国への侵略《しんりゃく》の口実を作るため。他ならぬ父がそう口にしているのを、嫁ぐ前に耳にしてしまったから。父が送り込んできた刺客《しかく》の手にかかるのが、自分に求められた真の役目なのだと、その時に悟った。

怖いと思わなかったわけではない。けれど頼るべき大人の一人もいない身では、逃げることもかなわなかった。

言われるがままに嫁ぎ、人形のように王宮に飾り置かれ、時が来れば父の思惑《おもわく》によって死ぬ。それが自分の運命なのだと――権謀術数《けんぼうじゅつすう》という名の魔物に呑《の》み込まれ、逃《のが》れようもなく命を落としていった周囲の大人たちを目にするうちに自然と理解した。

十二年と少しという短い人生には、多くのつらいことと、少しのいいことがあった。きっとこれからも同じだろう。世の大半の人間は、何も成し遂げることなく死んでいくのだから、それを思えば犠牲《ぎせい》に意味があるだけましなのかもしれない……。

そう覚悟を決めていたつもりだったが――それでもやはり、実際に刺客を目の前にし、抜き身の剣を突きつけられたときには、恐怖に身体《からだ》が凍《こお》りついた。

そのとき、声にならない声で呼んだひとつの名前。

直後、その当人がエウフェミアの目の前へ躍《おど》り込んできて、一刀《いっとう》のもとに刺客を斬《き》り捨てたときには、夢かと思った。なぜならその人は、遠く離れた故国《ここく》にいるはずだったから。

『計画を変える。この国は、おまえを死なせなくとも手に入れることができる。――そう父上に申し上げた』

血塗《ちぬ》られた剣を手にふり返った相手は、凛《りん》とした声でそう告げてきた。

（にいさま……）

大好きな顔を、もっとよく見たい。そう思うのに、実際には緊張の糸が切れて目の前が暗くなってしまう。だからエウフェミアは気がつかなかった。

くずれ落ちた妹の身体をやさしく抱き留めた兄の腕。

世界で一番頼もしい、その手についた血の半分は、彼の主張を聞き入れなかった父のものであるということを。

1章 毒蛇の王家

「眠ってしまったか？」

前ぶれなく寝室の扉が開き、そんな声が聞こえてきた。床《とこ》についていたエウフェミアはふと目蓋《まぶた》を開く。

「……いいえ、兄様。起きてます」

身を起こしながら応じると、扉のきしむ音とともに、兄のヴァレンテが室内へ入ってくる気配がした。

北方で起きた地方領主の乱を鎮《しず》めるため、兵を率いて出ていって以来——顔を合わせるのはおよそ三週間ぶりである。

ゆっくりと近づいてきた足音が途切れ、天蓋《てんがい》つきの寝台を覆《おお》うカーテンが外から開かれた。平和な王城の日常とは相容《あいい》れない空気が、ふわりとただよう。

夜の影の中に現れたのは、丈夫な革の脚衣《きゃくい》の上に、ゆったりとした作りの簡素《かんそ》なシャツを引っかけただけの兄の姿だった。

城に戻ってきてから、軍装を解いてすぐに駆《か》けつけたのだろう。一国の王太子とは思えぬ格好である。

「前もってお戻りを知らせていただければ、寝ないで待っていましたのに……」

「近郊で部隊から離れ、一人で馬を飛ばしたからな。伝令よりも早く着いた」

自信に満ちた笑みが、手にした燭台《しょくだい》の明かりに浮かび上がった。

濡《ぬ》れたような黒髪に貴族的な容貌《ようぼう》、すらりとした身体《からだ》の線。鋭くも秀麗《しゅうれい》な面立《おもだ》ちは、他人に対しては冷たい印象を与えがちだが、エウフェミアの前ではいつもやわらかくほころんでいる。普段は憂《うれ》いを帯《お》びて冴《さ》え冴《ざ》えと光るばかりの琥珀《こはく》の双眸《そうぼう》も、いまはやさしい陰影《いんえい》を宿していた。

非の打ち所のないその姿を目にするたび、彼が同じ血を引く自分の兄であるということに、誇《ほこ》らしさで胸がいっぱいになる。エウフェミアは、ほれぼれと見上げてほほ笑んだ。

「兄様、お帰りなさい。ご無事の帰還、心よりお喜び申し上げます」

言いながら両手をのばすと、相手も少し身をかがめて両腕をまわしてくる。と、汗のにおいに混じり、血のにおいが鼻先をかすめた。エウフェミアは、濃密な死の気配もろとも、いっそう力を込めてたくましい身体を抱きしめる。

「無事で……何よりです。本当に」

「当たり前だろう。私を誰だと思っている？」

「この世にたった一人の、わたくしの大切な兄ですわ」

くすくすと笑いながら、エウフェミアは応じた。

そしてこのパヴェンナ王国においても、二人といない特別な存在である。血で血を洗う宮廷内の政争を勝ち抜いた、ただ一人の王子であり、——領土拡大の野心の権化《ごんげ》ともいうべき先の王のもと、武力による版図の拡大を果たした強国の業《ごう》を双肩《そうけん》に担《にな》う王太子でもある。

ひとつひとつ挙げていくと、彼はおもしろくもなさそうに笑った。

「どうもろくな人間じゃなさそうだ」

エウフェミアの身体に腕をまわしたまま、自分も寝台に腰を下ろす。

「変わりはないか?」

「特に何も。今日は、最近宮廷に顔を見せるようになった令嬢《れいじょう》たちを招いて音楽会を催《もよお》しました。最初は緊張していたようですが、帰るときには打ち解けて、とても喜んでくれて……」

「それはそうだろう。王宮にやってきて、早々に王女から声をかけられれば、誰だってうれしいに決まっている」

不遜《ふそん》な兄の言《げん》に、ひかえめにほほ笑んだ。

エウフェミアは、現在このパヴェンナを治める国王の姪《めい》である。後継者たる子供を持たない叔父《おじ》は、即位にあたり甥《おい》であるヴァレンテを王太子に据《す》え、その妹であるエウフェミアを王女としたのだ。

「兄様にもぜひ挨拶《あいさつ》がしたいとのことでしたわ」

言いながら、まだ独身の兄をいたずらっぽく見上げる。しかし彼は取り合わなかった。

「そのうちな。他には？」

「他には、なにも……」

「嘘《うそ》をつくな、エウフェミア。報告しなければならないことがあるだろう？」

おもむろに切り出され、ぎくりとする。

「あの女の末の娘をこの城に呼び寄せたそうじゃないか」

その声に込められた深い憎しみの響《ひび》きに、鼓動《こどう》が駆け足になった。

あの女とは、自分たちの父である先王クレメンテの後妻のことだ。政略婚だったヴァレンテとエウフェミアの母と結婚するよりも前から、長く愛人だった女性で、父との間に六人の子供をもうけた。そのうちの二人が男子で、ヴァレンテよりも年長であったことから、彼女は最大の政敵として長いことヴァレンテを苦しめたのだ。

エウフェミアは取りなすように口を開く。

「ルーチェはまだ子供です。それに……半分とはいえ妹でもあります」

しかし兄はごくごく冷淡《れいたん》な口調で応じた。

「あの女がおまえにそんな情けをかけたか？　十一歳のおまえを異国に嫁《とつ》がせるよう、父上をそそのかしたのが誰だったか忘れたのか？」

「……いいえ」

「母上が病で儚《はかな》くなるや王妃の後釜《あとがま》に納まり、父上の寵愛《ちょうあい》をいいことに、まだ子供だった我々を公然と虐《しいた》げてきたことは？」

「いいえ。忘れていません」

「我が子を王太子の座に据《す》えるべく、まだ子供だった私の命をねらい、あるいは失脚を謀《はか》って数々の企《くわだ》てを起こしたことは？」

「もちろん覚えていますわ、兄様。ですが――」

なだめるように言い、戦《いくさ》から戻ったばかりの兄の端正《たんせい》な顔を見上げる。命を賭《か》けることにも、奪うことにも慣れた、冷ややかで鋭い琥珀の眼差《まなざ》しを。

「ですがあなたは勝ちました。誰よりも努力して機をうかがい、自分の未来を見事守りきったではありませんか」

国王の嫡子《ちゃくし》として生まれながら、その父親自身にないがしろにされ、数々の苦難を自分の力だけを頼りに乗り越えなければならなかった。だからこそ彼はどん欲に学び、鍛錬《たんれん》に励《はげ》み、宮廷における足場を固めるために努力を惜しまなかった。

その結果、叔父へ王位を譲《ゆず》る代わり、国王暗殺の罪を父の後妻になすりつけ、息子たちともども刑に処《しょ》することに成功したのである。さらにその娘たち、および彼らに肩入れする貴族たちを国内から一掃《いっそう》した。――ただ一人、生まれたばかりだった彼女の末娘を除いて。

「ルーチェはまだほんの五歳の子供で、この国にわたくしたちしか身内がおりません。預けていた伯爵《はくしやく》家で使用人のように扱われ、子供たちにいじめられていると、教区の司祭様から手紙が来たので放っておけなかったのです」

「――」

ヴァレンテは納得しかねる様子だった。しかし先ほど見せた、針のような苛立《いらだ》ちは鎮まりつつある。あとひと押し――そう察し、エウフェミアは声に力を込めた。

「兄様は憎しみを心の糧《かて》としてすべての敵を排《はい》し、いまの立場を手に入れられました。だとすればルーチェに憎しみの種を植えつけるべきではありません。どうかお聞き届けくださいませ」

両手を組み合わせ、真摯《しんし》に懇願《こんがん》する。

勝算はあった。兄は普段、エウフェミアが願えばどんなことでもかなえてくれるのだから。

案の定、やがてヴァレンテから棘《とげ》のある空気が消えた。

「わかった。ではこうしよう。その子供はエモスの修道院にいらっしゃる叔母上《おばうえ》に託《たく》す」

「兄様――」

「エモスは貴人《きじん》向けの修道院だ。それに叔母上は子供を虐げたりなさらない」

確信に満ちた声の響きに、エウフェミアも深くうなずいた。

「ええ、もちろん。叔母様はすばらしい方ですもの。兄様、ありがとうございます」

「おまえはやさしいな」

「やさしいのは兄様です。わたくしがあなたをどんなに愛していて、誇りに思っているか、心を取り出してお見せできればいいのに」

願いのかなった喜びから声を浮き立たせると、兄は冗談でも聞いたかのように笑う。

「私がやさしくするのは、おまえに対してだけだ、エウフェミア。他の人間が私を何と呼んでいるか、知らぬわけではないだろうに」

父殺し、そして兄殺し。そういったささやきは、ヴァレンテの周りで途絶えることがない。また敵対する者を徹底的にたたく苛烈《かれつ》な所業が、悪魔と重ねられることもある。『惨禍《さんか》の王太子』――いつの頃からか、そんな二つ名で呼ばれるようになっていた。

けれどエウフェミアにとっての彼は、風向きによって頭《こうべ》を垂《た》れる先を変える宮廷の人々とちがい、つねに自分を守り、味方でいてくれる、かけがえのない存在である。

「世間が何と言おうと、兄としてのあなたが、信頼に値《あたい》することに変わりはありません」

「エウフェミア。世界でただ一人の宝。……おまえは私の光。幸せの源《みなもと》。生きる意味だ」

やわらかくつぶやき、彼は額《ひたい》に軽く口づけてきた。

「おまえを失えば、私の世界はたちまち闇《やみ》に沈み崩壊《ほうかい》するだろう」

冗談めかして言う。しかし謎めいた輝きを宿す琥珀の瞳《ひとみ》が、思いがけず真剣に見下ろしてきていることに、どきりとした。

（なに……？）

重なった視線が、ふいに危《あや》うい緊張をはらむ。

(――また、……どうしてそんな目で見るの……?)

大好きな兄。世界でたった一人、心から信じられる相手。

けれど血を分けた兄妹である。それ以外の関係にはなりえない。――それなのに。

いつの頃からか兄は、ごくたまにではあるものの、こんなふうに奇妙な熱を孕《はら》んだ眼差しで見つめてくるようになった。

そういうときの彼はまるで知らない人のようで、身にまとうのめり込むような空気が恐ろしく、とまどってしまう。

いつもの、よく知る兄に戻ってもらいたくて、エウフェミアは張り詰めた雰囲気《ふんいき》を壊すように噴き出してみせた。

「いつのまに詩人に転身なさったの?　大げさなこと……!」

いつもであれば、それでおかしな空気はくずれさる。兄は苦笑して頭をふり、自分を取り戻す――はずだった。けれど今夜はちがった。

彼はなおも、危うい光を瞳にたたえたまま、くすくすと笑う妹の頬《ほお》に指の背でふれた。

「近々クラウディオ王子が来る」

「え……?」

「ミゼランツェの王子として――そしておまえの夫として、叔父上を公式に訪《たず》ねてくる」

「――そう、ですか……」

隣国ミゼランツェの王子クラウディオは、四年前、エウフェミアが十三歳のときに「再婚」した相手である。しかし最初の結婚と同じく、花嫁であるエウフェミアがまだ幼かったため、一度も夫婦関係を持たないまま、お互いの国で別々に暮らしていた。

その「夫」が来ることを、どう受け止めていいのかわからない。

(だって……会ったのは、四年前に一度だけ――)

三つ年上の、明るい金の髪に青い瞳を持つ美しい少年だった。それ以外の印象はない。

(――……)

クラウディオ王子は自分を迎えに来るのだろうか？　今度こそ相手に従って、ミゼランツェに赴《おもむ》くことになるのだろうか。住み慣れたパヴェンナを離れて。――兄と離れて。

様々な問いを込めて見上げると、兄はふいに顔を近づけてきた。

「――っ」

くちびるが触れそうになり、とっさに身を引く。何のつもりかと息を呑《の》むエウフェミアに薄い笑みで応じ、彼は妹の身体を寝台に横たえて両脇に手をついた。

見下ろしてくる仄暗《ほのぐら》い眼差しに、わけもなく心臓がざわつき始めた。どうしよう。今夜の彼はいつもとちがう。

「……兄様……？」

「心配するな。クラウディオ王子が来ても何も変わらない」

「そう……？」

と、――クラウディオ王子ではなく、兄への不安を押し殺している妹へ、彼はまたしてもくちびるを寄せてきた。

「兄様……！」

強く呼びかけると、ヴァレンテは動きを止め、琥珀色の瞳をこちらに据えたまま静かに言った。

「夫を、決してこの寝室に入れるな。それからおまえも、夫の部屋に足を踏み入れてはならない。侍女《じじょ》によく言い聞かせておくが、自分でも気をつけるんだ。……いいな？」

「……はい……」

「こんなふうに夜着《よぎ》一枚のあられもない姿を、相手に決して見せるな。……おまえのこんな格好を目にしていいのは私だけだ」

「……いやですわ。おかしなこと言わないで……」

「おかしなものか」

ひどく緊張している妹を笑い、彼はあろうことか――エウフェミアの、薄い夜着の上から胸のふくらみにふれてきた。

「兄様……!?」

大きな手でふくらみを包み込まれ、声をうわずらせてしまう。それだけではない。手は、包んだふくらみの大きさを確かめるように、押しまわしてきた。

「な……、なにを……っ」

自分の身に起きていることが信じられず、エウフェミアは細い声をしぼり出す。

「——兄様……っ」

しかし兄はそれにかまわず、両手でふくらみを真ん中に寄せ、鼻先をうずめてくる。

「……いい匂いだ……」

酔いしれるようにつぶやきながら、彼はさらに、まろやかな丘に頬を押し当ててきた。

「血を見てきたせいで気が昂《たか》ぶっているようだ。なぐさめてくれ、エウフェミア……」

薄い白絹《しらぎぬ》の夜着は、肌《はだ》に触れる感触をほとんどそのまま伝えてくる。つまり逆もまたしかりということだ。

エウフェミアの胸の大きさも、やわらかさも、ヴァレンテにすべて知られてしまったにちがいない。他でもない、血を分けた実の兄に……！

戯《たわむ》れですませることのできないその行いに、うろたえながらも声を強める。

「兄様……！」

そして相手の肩をつかみ、力を込めて押しのけようと試みた。

「い、いけません……」

「何が？」

「何って――……」

「兄が妹にふれて何が悪い？　いままでは嫌がったりしなかったのに」

「ですがいままでは……っ」

確かにこれまでにも、彼がふざけてふれてくることはあった。しかしそれは腕や肩といった、どうということのない箇所《かしょ》だった。いま行われていることとは、まったくちがう。

それなのに――エウフェミアが混乱し、何とかやめさせようとしているというのに、兄はまるで構う様子を見せなかった。おまけに。

「……、ぁ、……っ」

緩慢《かんまん》に、艶《なま》めかしく。慣れた手つきでふくらみを捏《こ》ねられているうち、混乱に跳《は》ねる心臓の熱がすみずみにまで伝わり、全体が張りつめてくる。

じわりじわりと……胸の奥から疼《うず》くようなさざめきが生じ、それは薄絹に包まれた肌をいっそう敏感にし、ちりちりとした刺激となって頂《いただき》をさいなんだ。

どうにもくすぐったい感覚に身をよじるうち、揉《も》まれている胸だけでなく、顔までもがほてり、ひとりでに息が乱れる。

これは何だろう？　なぜ兄は、こんなふうに淫《みだ》らにふれてくるのだろう？

初めて経験する感覚はひどく甘やかで……それゆえに流されてしまいそうになる自分を、懸《けん》命《めい》に奮《ふる》い立たせた。

「――いや……やめて、ください……っ」

「本当に？　やめてほしいのか？」

低い声が笑みを含んでささやく。その直後、不埒《ふらち》な指先が、いつのまにか硬《かた》くなっていたふくらみの先端《せんたん》をきゅっとつまんだ。

「……あっ……！」

指の腹ではさまれ、ぞくりと発した切ない痛みに、肩が跳ねてしまう。

その心地《ここち》よい感覚にとまどい見上げた視線が、強く焦《こ》がれる琥珀色の瞳とぶつかり――とたん、禁忌《きんき》という言葉が胸を射抜《いぬ》いた。

いけない……！

人の道を踏み外させる悪魔の誘惑から逃《のが》れようと、エウフェミアはその瞬間、渾身《こんしん》の力で目の前の身体を突き飛ばす。

「やめて兄様……！」

それは厚みのある兄の胸を少しゆらした程度だったが、必死な感情が伝わったのか、彼はゆっくりと身を離した。そしてしばらくの後、取ってつけたように噴《ふ》き出す。

さらに笑いをかみ殺すしぐさで頭をふった。

「少しふざけすぎたか」

「――……っ」

ちがう。質《たち》の悪いいたずらということにしたいようだが――笑顔の中、昏《くら》い影を宿す琥珀の瞳は冴え冴えと冷えている。

(兄様。まさか――……)

恐ろしくて、その先を追究することができない。

胸を押さえて瞳をゆらす妹に、彼は薄い笑みを浮かべ、底の読めない眼差しを向けてきた。

「エウフェミア。この世でもっともおまえを愛しているのは私だ。誰一人として、私以上におまえを愛することなどできはしない。よく覚えておけ」

「――わたくしも……大好きよ、兄様……」

これまで当たり前のように返していた言葉が、いまは、どうしても喉《のど》で引っかかる。けれど、起きたことをなかったことにしたい一心で、エウフェミアはぎこちなく声をつむいだ。

「……愛しているのも、信じているのも、あなただけ」

(でも――)

混乱の中、これまでぼんやりと抱いていた疑念《ぎねん》が、少しずつ輪郭《りんかく》をとり始める。そこにあっても見ないふりをしていた問いが、目を背《そむ》けようもなくはっきりと形を現していく。

自分が兄に感じる愛と、兄が自分に抱く愛は……もしかしたら、ちがうものであるのかもしれない――

なぜとはわからないものの、そんな気がする。

（そんな――そんなことは、決してあってはならないのに……！）

寝台から腰を上げ、カーテンの外へと出ていく兄を見送る間、――そして見送ってからも、エウフェミアの鼓動《こどう》は、その後ずっと治まることがなかった。

＋＋＋　　　＋＋＋

パヴェンナ王国は、縦に細長い半島の中央に位置する、歴史上もっとも古い国のひとつである。

もとは、郡立し戦乱に明け暮れる小国のひとつに過ぎなかったが、武勇で知られた先の王クレメンテが力にあかせて周辺諸国を侵略《しんりゃく》し、支配下に置いたことから、随一《ずいいち》の大国として半島に君臨《くんりん》するまでに至った。

しかしクレメンテは野望半《なか》ばにして凶刃《きょうじん》に倒れ、弟のエレオンがその後を継ぐ。一度は聖職の徒として聖皇座庁《せいおうざちょう》に身を置き、権威《けんい》ある枢機卿《すうきけい》の衣を身にまとっていた彼が最初にしたことは、聖皇の妹との結婚だった。それによって、制圧した各地の反発に頭を悩ませていたパヴェンナは、信教の牙城《がじょう》という強力な後ろ盾《だて》を得たのである。

とはいえエレオンが国王として行ったことといえばそれだけ。その後は宮廷に娯楽《ごらく》をもたらすことと、そこに集う貴婦人たちを攻略すること以外に、何ら興味を示さなかった。

各国の使節が本国にあてて送る書簡《しょかん》には、パヴェンナの国政を実質的に担っているのは、クレメンテの息子にしてエレオンの甥《おい》である王太子だと、一様《いちよう》に記されている。

カンタリス公爵《こうしゃく》ヴァレンテ。

武勇と知略の双方に優れ、父親譲りの非情さをも併《あわ》せ持つ彼の手腕《しゅわん》と、聖皇の妹婿としてエレオンが笠《かさ》に着る聖皇座庁の威光《いこう》が、侵略への憤懣《ふんまん》くすぶる地域の抵抗を抑え、パヴェンナによる強固な支配を支えている——

それが政治に携わる国内外の貴族たちによる、一致した見解だった。

+++

隣国ミゼランツェの王子がパヴェンナの王宮にやってきたのは、その数日後のことだった。

使節団の先頭に立って城の大広間に現れた姿は、堂々として端正の一言に尽きる。淡《あわ》いため息をつく人々の中を進み、壇上《だんじょう》の玉座の前で足を止めた「夫」を、エウフェミアは国王たる叔父の傍《かたわ》らで感嘆《かんたん》とともに眺めた。

四年前、美しい少年だった夫は、いまや凜々《りり》しい青年に変わっていた。しげしげと見入るエウフェミアを、気のせいでなければ相手も熱を込めて見上げてくる。

エウフェミアを目にしたとたん、その青い瞳がきらきらと輝き出した。相手も自分に興味を持ってくれたようだと感じ、うれしくなる。

人々が見守る中、クラウディオ王子は溌剌《はつらつ》とした口調で、両国のさらなる友好を願う口上《こうじょう》を述べた。明るく人好きのする笑顔が好ましい。洗練《せんれん》された物腰は言うまでもなく、社交的で朗《ほが》らかな言動や、何より表裏のなさそうなまっすぐな眼差しが印象的である。

（ミゼランツェに旅立つにあたって、この人が一緒なら心強いわ……）

ヴァレンテは、彼が来ても何も変わらないと言っていたが、伝え聞くところによると、クラウディオ王子はエウフェミアを国に連れ帰ることを望んでいるらしい。そしてエウフェミア自身、それでもかまわないと思い始めていた。

住み慣れたパヴェンナを離れるのは心細いものの、一国の王女として、和平の礎《いしずえ》となるべく他国へ嫁ぐのは逃れようのない務めである。

そう考えたとき、再会したばかりの夫は、新たに寄り添《そ》う相手として申し分なかった。彼なら、これまで兄だけで満たされていたエウフェミアの世界に、新しい風を吹き込んでくれるにちがいない。

そう確信しながら、ひたむきに見上げてくる情熱的な青い瞳を見つめ返す。

「どうだ、エウフェミア？　四年ぶりに会う夫はおまえの眼鏡《めがね》にかなうか？」

叔父の問いに、心を込めてうなずいた。

「わたくしにはもったいないほど素敵な方ですわ、陛下」

とたん、叔父は弾《はじ》けるように笑い出す。享楽《きょうらく》を追い求めることでばかり知られる国王は、居並ぶ廷臣たちに向けて甲高《かんだか》い声を張り上げた。

「では宴《うたげ》だ！　今宵《こよい》は盛大な祝宴を催《もよお》そうぞ！」

人々からわっと歓声があがる。

「宴だ！　う、た、げー！」

珍妙《ちんみょう》な格好をした小柄な道化が、人垣の中から転がり出てきて、はやしたてるように騒ぎ出した。

そんな周囲の盛り上がりもどこ吹く風と、エウフェミアとクラウディオはお互いに見つめ合う。

（たぶん、この人を好きになることができるわ。夫婦として一緒にいれば、いつか兄様と同じくらい大切な人になる……）

叔父を隔《へだ》てて向こう側にいる兄からの視線をひしひしと感じながらも、エウフェミアはそれに気づかぬふりをした。

兄が自分に向ける穏やかならざる感情のことなど、決して考えたりはしない。クラウディオに笑みを向け――彼がこの王城にいる間、快適に過ごせるよう、できる限り力を尽くそうと、そのことだけで頭をいっぱいにし続けた。

大広間から出たクラウディオは、パヴェンナの王宮に常駐《じょうちゅう》しているミゼランツェの大使と共に、滞在に際しあてがわれた宮殿に向かった。

その宮殿――ジルヴァ宮は、国賓《こくひん》をもてなす場にふさわしい瀟洒《しょうしゃ》な建物だった。

白と薄紅《うすべに》の御影石《みかげいし》で模様の描かれた玄関を入っていくと、広々とした吹き抜けになったホールがあり、その周囲に延々と連《つら》なる部屋は、どこも優美な絵画《かいが》や、豊かな色合いのつづれ織りのタペストリーで飾られている。廊下《ろうか》に等間隔で並べられた陶器や色硝子《いろがらす》の美術品も、華美にならない程度に目を楽しませる風情《ふぜい》で、陽射しに恵まれた明るい構造に調和していた。

今日は客を迎える日のせいか、宮殿全体が華やいだ雰囲気《ふんいき》に包まれている。

クラウディオが大使と並んで内部を見てまわっていると、ふいに前方の柱の陰《かげ》から小柄な道化が躍《おど》り出てきた。

大広間からついてきたのだろう。道化は大理石の廊下を忙《せわ》しなく歩き回っては、耳障《みみざわ》りな声で騒ぎたててくる。

「毒蛇《どくじゃ》の巣へようこそ！　おもしろい話を聞かせてやろうか？」

「いや、けっこうだよ」

「国王様は、むかーしむかし兄嫁に横恋慕《よこれんぼ》！　そうして生まれたのがいまの王女様さー」

きわどい話に、どきりとする。

「え？」

「かてて加えて冷酷《れいこく》な王太子は父親ちがいの妹を溺愛《できあい》！　近づく男を片端《かたはし》から戦《いくさ》の最前線へ追い払っちまう。おっと、そういうあなた様は王女様の婚約者でしたっけ―？　これはお気の毒！」

けけけけ……と笑う道化に、大使が顔色を変えた。

「無礼なやつめ！　あっちへいけ！」

「あわれ名ばかりの婚約者……！」

奇怪な笑い声とともに、道化は走り去っていく。

「……いまの話は本当なのか？」

クラウディオは呆気《あっけ》にとられながら大使に訊《たず》ねた。

道化は普通、嘘はつかないものだ。だがおもしろおかしく話をふくらませて、人を煙《けむ》に巻くこともある。真偽《しんぎ》を確かめる問いに、そのとき、大使ではない別の声が応じた。

「前半は本当ですわ」

まるで噴水《ふんすい》のさざめきのような――涼《すず》やかで耳に心地よいその声に、クラウディオは息を呑む。おそるおそるそちらを振り向けば、視線の先にいたのは、先ほど一目惚《ぼ》れしたばかりの妻、エウフェミアだった。

絹糸のようにやわらかそうな銀の髪が、風を受けてふわりとゆれる。長いまつげに縁取《ふちど》られた青碧色《エメラルド》の瞳は、宝石もかくやとばかりに輝き、透《す》き通るような白い肌は、なめらかで一点の曇《くも》りもない。

アネモネ色の上品なドレスは、胸のすぐ下で切り替えになっており、たっぷりと寄せられたスカートの襞《ひだ》が、女性らしいまろやかな身体の線に沿って床に流れ落ちていた。明るく注《そそ》ぐ陽光の中で、その姿は淡い光を放つかのように、クラウディオの目に映る。まるで夢のように美しい人だ。

甘やかな曲線を描くくちびるに笑みを浮かべ、彼女は静かに続けた。

「……母と結婚する前から、クレメンテ王には愛する女性が別にいたため、王は新婚初夜にしか母にふれなかったそうです。そして生まれたのが兄のヴァレンテ。……その後、まだ枢機卿だった叔父と母との間に恋の噂《うわさ》がたち、母は二度目の懐妊《かいにん》を果たしました」

「……そして生まれたのが、貴女《あなた》ということですか」

クラウディオの問いに、エウフェミアはだまってほほ笑む。もしその話が本当なら、彼女は現国王エレオンの実の娘ということになる。すでに王女という立場ゆえ、さして差はないのかもしれないが。

彼女は明るく輝く青碧色《エメラルド》の瞳を細め、小さく首をふった。

「ですが後半は道化の戯言《ざれごと》です。どうか真に受けたりなさいませんよう……」

「あぁ、カンタリス公が貴女に近づく男たちを戦場送りにしているという、あの部分ですか」

「ええ。それから、……あなたが名ばかりの婚約者だという部分もです」

「──……」

甘い感動に胸を打たれ、クラウディオはエウフェミアを見つめる。傍《かたわ》らにいた大使が、そっと退《しりぞ》いていく気配がした。

『未来の王妃という名の人質を、必ずミゼランツェに連れ帰れ』

国を発《た》つ前、クラウディオは父王から幾度もそう念を押された。

パヴェンナはいまや大陸随一の雄《ゆう》。おまけに聖皇座庁を後ろ盾に持つ国として絶対的な大義《たいぎ》を有している。隣り合うミゼランツェとしては、たとえ同盟を結んでいたとしても気の休まらない相手だ。

その上、次代の王となるヴァレンテは『惨禍の王太子』の二つ名で知られる梟雄《きょうゆう》である。父親が力にあかせて広げた版図を守るためには手段を選ばず──どんなものであれ利用し、裏切り、逆らう者は見せしめとしてむごく殺してきた。その徹底した姿勢は当然、敵や、必ずしも味方とは限らない人々に忌避《きひ》されている。国境を接するミゼランツェも例外ではなかった。

ふとした瞬間に、彼の野心の矛先《ほこさき》がこちらに向いては一大事。それを防ぐためにも、彼が掌中《しょうちゅう》の珠《たま》と慈《いつく》しんでいるという妹をミゼランツェに連れ帰り、盾としてとどめ置く。それが今回、クラウディオがパヴェンナにやってきた理由だった。

ことほどさようにエウフェミアとの結婚は、幾重《いくえ》にも政治的な思惑《おもわく》の絡んだものだ。しかしいまはそんなことどうでもいい。

（心が奪《うば》われるとはこういうことか……）

美しい妻を目の前にして、クラウディオは初めての恋に酔いしれる。

彼女の姿以外、いまは何物も目に入らなかった。

＋＋＋　　　＋＋＋

階段を下りるとき、クラウディオは礼儀正しい中にも親しみのこもった仕草で手を差し出してくれた。けれどエウフェミアは、指先で少しだけふれるようにしてその手を借り、すぐに離してしまう。すると彼は、いかにも名残《なごり》惜しげに手を下ろした。

夫婦なのだからと言われれば、たとえそのまま手をつながれても、エウフェミアは拒《こば》めなかっただろうに。

彼が来て三日。クラウディオはエウフェミアへの思慕《しぼ》を隠そうとしないものの、再会したばかりということと、エウフェミアの心情を思いやり、紳士《しんし》的にふるまおうとしてくれている。

その心遣《づか》いがうれしかった。

ミゼランツェの外交使節として訪れている立場から、常に一緒というわけにはいかないものの、二人でいるときは離れることなく——けれど決して近づきすぎることなく、彼はエウフェミアの傍らにいようとする。そして瀟洒《しょうしゃ》な宮殿の中を、あるいは色とりどりの花であふれる庭園を、二人で飽きもせず歩いた。

「四年前に初めて会ったときも、君は輝くばかりに愛らしい姫君だった。兄のカンタリス公にぴったりとくっついたまま、僕の近くに来てはくれなかったけれど」

「あの時は……まだ子供で、人見知りをしてしまって——」

面《おも》はゆい思いで応じると、クラウディオはあわてたように頭をふった。

「あぁ、責めたわけじゃないんだ。ただ……君は可愛《かわい》らしかったと言いたかっただけで……」

「夫となる人が、こんなにも優しい方だと知っていれば、きっときちんとご挨拶《あいさつ》したでしょうけど……」

ふふ、とほほ笑むと彼は熱っぽくこちらを見つめ——そして思わずといった態《てい》でエウフェミアの手を取り、指先に口づけてきた。

「君の伴侶《はんりょ》になれた——そのために、一生分の幸運を使い果たしてしまったかもしれない。けれど……それでもかまうものか」

「クラウディオ様……」

「カンタリス公が——君の兄上が恐ろしい方であることは疑いようがないけれど……、僕を君の夫に選んでくれたという、その一点において僕はきっと彼に一生感謝し続けるよ」

子供のように弾《はず》んだ口調に、笑みを浮かべて返す。しかし言葉の内容に少しだけ引っかかった。多くの人々と同じようにクラウディオもまた、巷《ちまた》に流布《るふ》するヴァレンテについての風評《ふうひょう》を頭から信じてしまっているようだ。

エウフェミアは少し考えてから心を決め、自分から夫の手を取った。彼がはっと息を呑む。その美しい青い瞳を、じっと見つめながら口を開いた。

「小さな頃から、兄はわたくしを守るために必死でした。……わたくしたちにはとても敵が多かったのです。望むと望まざるとにかかわらず、兄は立ち向かわなければなりませんでした。そうでなければ、いまごろ二人とも命を落としていたでしょう」

子供の頃は継母《ままはは》と――父の死後は、統治にあらがう諸侯《しょこう》と。頼る大人もなく戦う彼に、手段を選ぶ余裕などあったはずがない。

かばう口調のエウフェミアに、クラウディオは眼差しを和《やわ》らげた。

「カンタリス公と君は、数々の苦難を共にくぐり抜け、固い絆《きずな》で結ばれているという噂は本当なんだね」

そう言うと、彼は重なっていたエウフェミアの手をにぎりしめてくる。

「なんだか少し妬《や》けてしまう」

「妬くだなんて……」

夫の言葉にふと我に返る。どうやらついムキになってしまっていたようだ。エウフェミアは肩の力を抜き、ゆるゆると頭をふった。

「そんな必要はありませんわ。わたくしはあなたの妻で、いまあなたは迎えに来てくださいました。これからはミゼランツェで一緒に暮らすのでしょう?」

「エウフェミア……」

ほほ笑みを浮かべかけたエウフェミアを、彼は突然さらうように引き寄せ、抱きしめてきた。

「ク、クラウディオ様……っ」

「なぜ四年もぐずぐずしていたのだろう……！　なぜもっと早く君を迎えに来なかったのか――そのことが悔《く》やまれる」

噛《か》みしめるようにつぶやき、彼はやがてゆっくりと身を離す。じっと見下ろしてくる夫の手が頬にふれてくるに至って、エウフェミアは目を伏《ふ》せ、閉じようとした。それが妻として当然の反応だと思ったから。

しかしその直前、……白刃《はくじん》が弾いたかのような鋭い光を感じ、ふと視線を転じた。とたん、心臓がギクリとこわばる。

クラウディオの背後――その向こうの、はるかに高い城の窓のひとつ。そこに、静かにこちらを見下ろすヴァレンテの姿があることに気づいたのだ。

(――……っ)

酷薄《こくはく》な琥珀の瞳と目が合い、浮かれていた気分が一瞬で醒《さ》めた。とっさに手でくちびるを覆

い、ふらりと夫から一歩離れる。

クラウディオが、意表を突かれたような顔を見せた。

「あ……」

小さな声はどちらからこぼれたものか。

エウフェミアは取るべき動作がわからずに立ち尽くす。ちらりと上に目をやるものの、兄の姿はすでになかった。

その前でクラウディオは頬を朱《しゅ》に染め、うろたえるように口を開く。

「す、すまない……っ。少し——気が急《せ》いてしまった。こわがらせるつもりはなかったんだ」

「——……」

「これからは、もっと君の気持ちを考えるよ。約束する。あの……僕のこと、軽蔑《けいべつ》したり、しないでくれるね……？」

気弱な問いに、かろうじてうなずく。

「……ええ」

胸をなで下ろす夫よりも、そのずっと向こう——いまはもう誰もいない城の窓のほうが気になってしかたがなかった。胸がひどく騒いで落ち着かない。

いったいなぜ、兄はあんなところにいたのだろう？　自分とクラウディオを見ていたのだろうか？

（まさか――）

いつも公務に追われる多忙な身である。そんな暇《ひま》があるはずない。

「お話し中、失礼いたします。エウフェミア様」

ふいに横合いからかけられた声に振り向けば、そこには兄の側近であるジュリオの姿があった。

歳はヴァレンテと同じくらい。白金の髪がかかる顔の造作《ぞうさ》は悪くないが、薄青《うすあお》の瞳はまるで彫像のように表情がなく、冷たい印象《こわね》である。

彼は感情のこもらない事務的な声音で告げてきた。

「シエル家のご令嬢《れいじょう》が面会を求めておりますが、いかがいたしましょう」

「まぁ……何かしら。すぐに行くわ。部屋にお通しして」

気まずい場面から逃れられそうな知らせに、何気なさを装《よそお》いつつも飛びついた。しかし内心、それをわざわざこのジュリオが告げに来るのはおかしいと感じる。

案の定、クラウディオと別れて自室に戻ったエウフェミアを待っていたのは、最近知り合ったばかりの貴族の令嬢ではなかった。

「どうなさったのですか？　兄様」

午後のこんな時間に彼が公務を離れるのはめずらしい。

治まらない胸騒ぎから目をそらすようにして、向かいのソファーに腰を下ろすと、彼はこちらに物憂《ものう》い眼差しを向けてきた。

「おまえに、早急に話しておかねばならないことがあってな。――下がっていろ」

戸口に向けた兄の言葉に、そこで控《ひか》えていたジュリオと侍女たちが、潮が引くように去っていく。誰もいない居間に二人きりで取り残されてしまい、わずかな緊張を覚えた。

居心地《いごこち》の悪い、あの緊張である。

こちらを見つめる兄の様子は、いつもとちがった。優しく親密な空気はなりをひそめ、かわっていままで見たこともないような、得体の知れない気配をまとっている。

機嫌が悪いという言葉だけでは説明のつかない、ただならぬ何かを。

言葉を待つ妹の不安を察したのか、彼はくちびるに薄い笑みを刷《は》いた。

「人形のように美しいミゼランツェの王子と、日がな一日行動を共にしているようだな」

「……兄様がわたくしの夫にと選んだ方と親しくお付き合いしているだけです」

「無理に夫婦のふりをする必要はない。所詮《しょせん》捨てごまだ。適当にあしらっておけ」

「捨てごま……!?」

「そうでないとでも思っていたのか？　あいつとの婚姻《こんいん》は、ミゼランツェがパヴェンナ国内の不穏《ふおん》分子と呼応して兵を挙げることのないようにするための抑《おさ》えにすぎない。国内を落ち着かせたら意義を失う政略だ」

こともなげに告げられた内容に、エウフェミアは青碧色《エメラルド》の瞳を揺らした。

「──また……？　あの方がわたくしの夫である理由がなくなったら、わたくしはまた離婚させられるのですか？」

問いには応じず、兄は琥珀の眼差しをひたりとこちらに据える。

「あいつとはこれまで通り、形ばかりの夫婦としてふるまうんだ。いいな」

「──……」

「エウフェミア。返事は？」

「……わたくしはもう十七です。夫との間に何も起こらないなど──」

迷いをまじえ、小さく首をふる。と、兄はふいにソファーから立ち上がり、ゆっくりとこちらに近づいてきた。

そしてエウフェミアが座るソファーの肘掛《ひじか》けに腰を下ろすや、──強い力で腕をつかんでくる。

「──……っ」

おどろく妹をさらに引き寄せ、彼は端正な顔を、鼻先が触れそうになるまで近づけてきた。

「エウフェミア。……返事は？」

射るような琥珀の瞳に──その恐ろしさに息を呑む。

こんな兄を見るのは初めてだ。

彼はこれまでずっとエウフェミアに優しかった。こんなふうに冷淡な……そして昏《くら》い炎を感じさせる眼差しで見据《みす》えられたことも、乱暴にふるまわれたことも、一度もない。

「――あ……」

怯《おび》えて固まる妹に何を思ったのか、ヴァレンテはそのまま顔を傾《かたむ》け、エウフェミアにくちびるを重ねてきた。

「――……」

しっとりとして、弾力のある感触が、くちびるに押しつけられる。

口づけている。……兄と。

(――そんな……っ)

それはひどく繊細《せんさい》で、触れ合わせると、互いの存在を感じすぎてしまう行為だった。

生まれて初めて口づけを交わした驚きとともに、その相手が他でもない実の兄であることが、衝撃《しょうげき》となって襲《おそ》いかかってくる。

あわてて顔を背けようとしたものの、頬に添えられた兄の左手が、それを許さなかった。

「エウフェミア……」

息づかいをくちびるの上に受け、困惑は極《きょく》に達《たっ》してしまう。その間にも兄は悠然《ゆうぜん》とエウフェミアのくちびるの感触を味わっていた。

「まるで花びらに口づけているようだ」

自《みずか》らのくちびるをくり返し押し当て、彼は合間にささやく。

「クセになる感触だな」

「……っ、……！」

ふたたび首をふって逃れようとすると、後頭部の髪をやわらかくつかまれ、動きを阻《はば》まれた。

そのまま彼は飽きもせずに妹のくちびるを愛《め》でていたが、やがて身体を傾けるようにしてのしかかり、エウフェミアをソファーの上に横たわらせてくる。

「……っ、にい——ん……っ」

口づけは次第に勢いを増し、やがて、閉ざしていた歯列《しれつ》を強靭《きょうじん》な舌先《したさき》でこじ開けられてしまった。ぬるりと侵入してきたその気配に息を詰める。

（な……——）

口の中に——兄の、舌が、入ってきている。

（——……）

衝撃のあまり、物を考えるのも忘れて呆然《ぼうぜん》としてしまう——

その間に傍若無人《ぼうじゃくぶじん》な舌は、ぬるぬると歯列をたどり、口内を探索していた。口蓋《こうがい》を舐《な》められると、ぞくりと悪寒《おかん》めいた痺《しび》れが背筋を這《は》う。

「——……っ、……う……」

やがて舌は入り込んできた勢いのまま、とまどうように口腔《こうくう》内にただよっていたエウフェミアの舌にからみついてきた。

「——……!?」

それは思いもよらない感触だった。ぞくぞくとした痺《しび》れが強くなり、目の前がくらくらする。

思わず押しのけようと試みた両手を、兄は片手で難なくひとくくりにし、頭上でつなぎとめた。無言の攻防の間にも、熱くぬめった感触はエウフェミアの舌にぴったりと添い、くり返し舐め上げてくる。

それは逃げても逃げても追いかけてき、からみついてきた。びくびくと暴れるエウフェミアの舌を捕らえ、強引に舐めねぶってくる感触のあまりの淫《みだ》らさに、頬がカァッと熱くなり、身体はひとりでにふるえてしまう。

「——んっ……、……ふ……っ」

やがて逃げるエウフェミアを解放した舌は、ふたたび口蓋や歯列、頬の内側などあらゆる粘《ねん》膜《まく》をたどった。巧《たく》みに、そして執拗《しつよう》に、エウフェミアの身体の奥からぞくぞくと危《あや》うい感覚を引き出していく。

(だめ、こんな——こんな、こと……!)

近しい血縁同士の交歓《こうかん》は禁忌《きんき》だ。殺人と同じように自明《じめい》の悪行《あくぎょう》であると聖典にも記されている。決してあってはならない、人としての罪だった。

しかし——頭では拒《こば》んでいるにもかかわらず、自由を奪われた状態で淫らすぎる口づけを続けられるうち、身体からは力が抜けていく。ゆがいたように顔が熱くなり、瞳はうるんで目尻《めじり》

に涙をためる。

そんな妹の反応を受け、彼はやがてくちびるを解放し、少し頭をもたげた。

「口づけひとつで、ずいぶん気分を出しているじゃないか」

間近《まぢか》から見下ろしてくる端正な顔へ、エウフェミアは息を乱しながらも強く訴《うった》える。

「何をなさるんですか……！　わたくしたちは血を分けた――」

「父親はちがう」

「……いずれにせよ、許されることではありません。それに……わたくしにとってあなたは兄です。他のものだと考えたことは、一度もありませ――んっ……」

ふたたび押しつけられてきたくちびるによって、言葉は無情にも封じられた。

不躾《ぶしつけ》に潜《もぐ》り込んできた舌は、ちゅくちゅくとぬれた音を立ててエウフェミアの口腔内を這いまわった末、喉《のど》の奥まで押し入ってくる。

「――ん、……、う……――っ」

兄の片手は、相変《あいか》わらずエウフェミアの後頭部の髪をつかんでいたため、首をふることもできなかった。罪悪感と息苦しさに涙をあふれさせつつ、幾度も角度を変えて貪《むさぼ》る口づけを受ける。

彼は逃げまわっていたエウフェミアの舌を捕らえ、からめてさんざん味わった末に、甘く噛《か》んできた。

「……んっ、っ……――う、……」

息苦しい快感に追われる中、自分でもそうと自覚することのないまま、エウフェミアの抵抗は次第に弱まっていく。

敏感な舌をくり返し舐められ、追い詰めるようにからめて優しく弄《もてあそ》ばれると、波が砂に吸い込まれるようにすぅっと力が失われていき、背筋から腰にかけてが甘く疼《うず》いた。

（――兄様……っ）

いつも惚れ惚れと眺め、自分の誇りと仰《あお》いでいた相手である。どんなときも冷静で、やや斜《しゃ》に構えた沈着《ちんちゃく》な姿しか見たことのなかったその人から、焦《こ》がれるように強く求められ、ふるえるほどにやさしく刺激され、平気でいられるわけがない。

くちびるを軽く触れ合わせたまま、ヴァレンテは熱い息をつき、おとなしくなった妹を見下ろしてきた。

「どうだ？　兄もなかなか悪くないだろう？」

ふいの言葉に、知らず引き込まれていた陶酔《とうすい》からはっと我に返る。エウフェミアは混乱のまま青碧色《エメラルド》の瞳を涙にうるませ、首をふった。

「……っ、これ以上……、戯《たわむ》れを続けるなら、……陛下に申し上げます……っ」

最後の砦にすがるようにして訴えたものの、兄はくっと喉を鳴らして嗤《わら》うだけだった。

「聖職に身を置いていながら、兄の妻に手を出した挙句《あげく》、子供まで産ませた男だぞ。取り合うものか」

「ですが……噂になれば、陛下のお立場まで悪くなります」

「よしんば問題視したとして、叔父上に何ができる」

熱くかすれた声が不遜《ふそん》に応じる。エウフェミアは言葉を返すことができなかった。

現在パヴェンナで最高権力を手にしているのは、まぎれもなくこの兄である。国王は聖皇の支持を取りつけるための飾り物にすぎない。それは宮廷の誰もが知る公然の秘密だった。

（でも、――でも……！）

何とかして、このような行いを止めさせなければならない。

もはや兄は兄ではなかった。圧倒的な体格と力の差をもって、こちらを組み敷《し》いてくる姿は、男以外の何者でもない。自由を奪われることと、禁忌に触れること。双方への本能的な恐怖を覚え、エウフェミアは力の限り抗《あらが》いながら、兄を退ける方法を考えた。

と、その時。

扉をノックする音が控えめに響く。そしてジュリオの声が、ヴァレンテと面会予定の者が痺《しび》れをきらして待っているとドア越しに告げてきた。

大事な客だったのか、彼は忌々《いまいま》しげに舌打ちをすると、エウフェミアの上に伏せていた身を、ゆっくりと起こす。そして押さえつけた体勢のまま、低く告げてきた。

「クラウディオ王子とは清い関係を保て。いいな？」

「──はい……」

逡巡《しゅんじゅん》の後、エウフェミアはうなずいた。一刻《こく》も早く離れてほしいこの状況で、拒《こば》めるわけがない。

素直な反応に満足したのか、彼はソファーから下り、身なりを軽く整える。そして去り際に振り返り、肩越しにからかうような笑みを浮かべた。

「おまえの舌は、これまで味わったどんな菓子よりも甘いな」

「やめてください……っ」

両手で耳をふさごうとする妹に向け、歌うよう続ける。

「綿菓子のように、舐めているうちにとけてしまいそうだった」

扉のほうへ踏み出しながら、すっと流されてきた怜悧《れいり》な琥珀の視線に──そのあまりにも不吉な輝きに、エウフェミアは耳をふさいだ姿勢のまま、ぞくりと背筋をふるわせる。

美しくたくましい兄は、これまでエウフェミアの自慢だった。世界でいちばん大切な人だった。しかしいまは素直にそう口にする自信がない。

まさか兄と自分が、こんな局面を迎えるだなんて──

(兄様の傍《そば》から……離れたほうがいいのかもしれない……)

否《いな》、離れるべきである。……しかしそれはエウフェミアにとって、この世の終わりにも等しいほど大きな喪失《そうしつ》になるはずだった。

兄はこれまでずっと自分を愛し、守ってくれていた。自分も彼だけを信じ、愛していた。その相手から離れるというのがどういうことか、想像もつかない。

おまけに当のヴァレンテはそれを望んでいない。そのことに懸念《けねん》を覚えてもいた。なにしろ彼はこれまで、欲するものは手段を選ばず、必ず手に入れてきたのだから。そのならいで考えれば、自分はこのままあの腕に捕らわれることになりかねない……。

幾重にも重なる気弱な物思いに、エウフェミアは頭をふる。

（――でも……どう考えても、このままではいられないわ）

常識から外れた罪深さに目眩《めまい》がしそうだった。恐ろしく、そしておぞましい罪である。決して過《あやま》ちに陥《おちい》らないよう、正しくふるまわなければならない。そうすることで、自分だけでなく兄をも守るのだ。

（大丈夫。心を強く持てば、何も恐ろしいことはないわ……）

何しろ自分にはクラウディオがいる。そして彼と共に王太子妃を迎えに来た隣国の使節団が。国の命運に関わる使命として、彼らはきっとエウフェミアを兄のもとから連れ出してくれるだろう。

夫を信じてミゼランツェへ行き、二人で誰からも祝福される愛に満ちた生活を築いていこう。そう。彼とならきっと幸せになれる――

（心配しなくても、きっと……）

祈るように考えながら、エウフェミアはその後、我に返るまでの長い時間、指でくちびるを押さえ続けていた。

＋＋＋　　　　　　＋＋＋

ミゼランツェの使節団を迎えた宮廷は、催《もよお》し好きな国王の意向で連日夜会をくり返している。その日の夜も、エウフェミアはクラウディオと共に大広間に赴《おもむ》き、集う人々と言葉を交わし、楽《がく》の音《ね》に合わせてダンスを踊った。

しかし、いまひとつ身が入っていなかったようだ。しばらくして、一緒に踊っていたクラウディオが心配そうに訊《たず》ねてきた。

「どうかしたの？」

「……いいえ？　何かおかしなところでも？」

ステップを踏みながらドレスを見下ろすと、彼は「何も」と首をふる。

「とてもきれいだよ。この場にいる誰よりも。ただ……なぜだろう。元気がないように見える……」

「――……」

青い瞳に気遣《きづか》わしげな光を浮かべる夫に向けて、エウフェミアはぎこちなくほほ笑んだ。

言えない。兄に深く口づけられてしまったなどと、言えるはずがない。

相手の視線から逃《のが》れるように目を伏せ、エウフェミアは無難に応じる。

「連日の夜会に……少し疲れてしまったのかもしれません」

「あぁ……」

クラウディオは得心がいったようにうなずいた。

連夜の舞踏会《ぶとうかい》は、国王に言わせるとミゼランツェの使節団と、パヴェンナの廷臣たちの親交を深めるためとのことだった。両者の話し合いは、あまりうまくいっていないのだという。

様々な理由があるものの、中でも特に王太子妃を国に連れて帰りたいミゼランツェと、手放したくないパヴェンナとの攻防が続いているせいだと、もっぱらの噂《うわさ》だった。もちろん表向きには、人質を取るか、取られるかという政治的な問題だと受け止められている。

しかしクラウディオは、ヴァレンテのかたくなな抵抗に何かを感じているようだ。優美《ゆうび》な眉《まゆ》根《ね》を寄せ、少々感情的に口を開いた。

「外交交渉はそろそろ終わる。君をミゼランツェに連れて帰る方向で話し合いは進んでいるよ」

「本当に？」

「もちろんだとも。僕らは神の御前《ごぜん》に将来を誓い合った夫婦なんだから。いつもはカンタリス公の味方をする聖皇座庁《せいおうざちょう》も、それだけはくつがえすことができない」

その言葉に、エウフェミアは心の底から安堵《あんど》の息をついた。

パヴェンナの後ろ盾《だて》としての姿勢をくずさない聖皇も、さすがに今回ばかりは手が出せないようだ。ということは、エウフェミアはミゼランツェに行き、クラウディオと名実ともに夫婦となることができる。

（よかった……）

すべて、あるべき形に収まるのだ。安らいだ妻の表情に、彼も笑みを見せた。

「ミゼランツェは平和で豊かないい国だ。きっと君も気に入るよ」

「あなたのような人を育んだ国ですもの。すばらしいところにちがいありません」

「エウフェミア……」

クラウディオは熱っぽくつぶやき、手をまわしていたエウフェミアの腰を、ぐっと引き寄せる。じっと見つめ合ったまま、こちらに身をかがめようとし——そこで、はっとしたように動きを止めた。昼間エウフェミアに拒《こば》まれたことを思い出したのだろう。

「クラウディオ様……」

こちらの気持ちを大切にしてくれる姿勢に、胸が温かくなる。

そして兄のほうをそっとうかがえば、相手は片時も目を離すことなくこちらを見つめていた。

今夜は最初からずっとそうだ。視線は常に、執拗《しつよう》に追いかけてくる。

（——……っ）

エウフェミアは、それを振り払うように目をそらした。そして、迷うように……物問いたげにこちらを見下ろすクラウディオの前で、そっと目を閉じる。

と、待つほどもなく彼のくちびるが軽くふれてきた。

「愛してる……」

周囲の人々の視線をはばかっているのか、彼ははにかむようにささやきながら、鳥がついばむような軽いキスを幾度《いくど》かくり返す。

その感触はただただ優しく、強引なところなど少しもない。心を無理やり押し開くような衝撃《しょうげき》とも無縁《むえん》だった。

「僕のエウフェミア、愛してる……」

キスとともにくり返される愛の言葉に、くすくすと自然に笑みがこぼれる。すると彼も笑い出した。

やさしいキスに、熱のこもったささやき。夫から与えられる想《おも》いは、不安にこわばっていたエウフェミアの心をほぐしていく。

それでも——翳《かげ》りを帯《お》びた琥珀《こはく》の眼差《まなざ》しを、エウフェミアは目を背《そむ》けていても感じた。それは何度意識から閉め出しても、決して消えることがなかった。

逃れようとすればするほど、幾重にもからんでくるクモの巣のよう。

(——いいえ、大丈夫。平気よ。きっとあと少しで、すべてが終わる……)

わかってはいるはずなのに、胸は不安に騒ぐ。クラウディオとの甘い時間になかなか集中できない自分を、エウフェミアはその後くり返し叱咤《しった》し、舞踏会の間中なだめ続けた。

＋＋＋　　　＋＋＋

エウフェミアは毎晩かならず寝る前に兄の部屋に行き、就寝の挨拶《あいさつ》をする。ヴァレンテが城にいる限り、これまで欠かしたことのない習慣だったが、今夜ばかりはどうにも気が進まなかった。

緊張に高鳴る胸を押さえながら、兄の部屋の扉の前に立つ。いつも何気なくすませていた日課に、これほど緊張するのは初めてだ。

気分がすぐれないことにして休んでしまおうか、とも考えた。

（でも……）

これまで欠かしたことがないものを、今日だけやらないというのも、舞踏会でのことを強く意識していると示すようでためらわれる。

（この先ずっと逃げ続けるわけにもいかないのだし……）

心を決めて顔を上げ、扉をたたこうと手を持ち上げ――しかしそこで手が止まってしまう。

みんなの前でクラウディオとキスをした後、一度も兄のほうを見ることができなかった。彼はどんな顔をしていたのだろう?

(どうしよう、とても怒っていたら——)

昼間に見た、これまで一度も目にしたことがないような兄の一面を思い出す。冷淡《れいたん》な眼差しで見下ろし、力任せにエウフェミアの意志をねじ伏せてきた。——一片《ひとひら》の容赦《ようしゃ》もなく。

「——……」

扉をたたこうとしていた手を下ろし、エウフェミアは息をついた。やはり今夜はやめておこう。そう考え、踵《きびす》を返そうとして、ぎくりと身をこわばらせる。

「……ジュリオ……」

いつの間に現れたのか、そこには兄の側近が立っていた。

「エウフェミア様。……就寝のご挨拶ですか」

抑揚《よくよう》のない口調で言い、彼は淡々とした薄青《うすあお》の瞳で見下ろしてくる。人形めいた面差《おもざ》しに向け、ぎこちなくうなずいた。

「……ええ……」

「どうぞ。ヴァレンテ様はいま、お一人でくつろいでいらっしゃるところです」

彼は異論の間を与えずに扉をノックし、さっさと兄に取り次《つ》いでしまう。後に引けなくなり、しかたなくエウフェミアは室内に足を踏み入れた。

ヴァレンテは自室の居間で一人、ソファーに身を預け、書面に目を落としていた。傍《かたわ》らの小卓には、最近の流行である色硝子《いろがらす》の杯《はい》が置かれている。

ジュリオの後ろについて、おずおずと近づいていったエウフェミアを、兄はいつもと変わらぬ様子で迎えた。

「舞踏会では浮かない様子だったな。幾人もの客から、おまえがクラウディオ王子を気に入っていないのではないかと訊《き》かれたぞ」

書類を小卓の上に放り、まるで昼間のことは夢でもあったかのように、彼は軽い口調でそんなことを言う。色硝子の杯を持ち上げて飲みさしのワインに口をつけ、笑みを含んでこちらに向けられる琥珀《こはく》色の瞳は、いつもの兄のものだった。

機嫌のよさそうな様子を、エウフェミアはいぶかしく思う。

どうやら怒ってはいないようだ。それはけっこうだが、だとすれば昼間の不可解《ふかかい》な言動は、一体何だったのだろう？

（……もしかしたら何かいやなことでもあって――ミゼランツェとの交渉がうまくいかなくて、虫の居所が悪かったのかしら？）

それで妹に鬱憤《うっぷん》をぶつけてきたのだろうか。

（そう、……きっとそうだわ）

負けず嫌いな兄のこと、いかにもありそうな話だ。

無理やり自分を納得させ、エウフェミアは小さく首をふった。

「いいえ。ただ少し気分がすぐれなかっただけです……」

言いながら、ゆっくりと近づいていき兄の前に立つ。そして身をかがめて兄の頰《ほお》にキスをし、それで終わる——はずだった。いつもであれば。

しかしキスをしようとしたところで、ふいに兄の腕がのびてきて、エウフェミアの腰をさらう。

「——……!?」

おどろく間もなく強い力で引き寄せられ、気がつけば兄の膝《ひざ》の上に座らされていた。

「に、兄様……っ」

「そうだろうな。その後、おまえたちが人目もはばからず親密にふるまうのを見て、みんな前言を翻《ひるがえ》していた」

「誤解が解けて……何よりですわ」

すぐ近くまでせまる顔から逃《のが》れようと、横を向く。ジュリオを捜して見まわしたが、その姿はいつの間にか消えてしまった。そもそも彼は兄の従者だ。頼ってもしかたがない。

膝の上でおたおたするエウフェミアをしっかりと腕の中に囲い、ヴァレンテは琥珀の瞳で見つめてくる。

「言ったはずだ、エウフェミア。クラウディオ王子とは距離を置けと」

「……私たちは夫婦ですもの。そんなことは不可能です」

「私の側にいればいい。そうすれば間に入ってやる」

「いいえ」

かぶりをふりながらの声は、思いがけず強い調子になった。お互い、ハッとして見つめ合う。

エウフェミアは困惑を交えて続けた。

「わたくしは……あの方の、本当の妻になりたいのです」

「――はっ……、何を言うかと思えば……」

ヴァレンテが、できの悪い冗談を聞いた面持《おもも》ちでほほ笑んだ。いっそ楽しそうに、琥珀の瞳が妖《あや》しく輝く。

それでも再度、自分を奮《ふる》い立たせてはっきりと告げた。

「これからは、あの方を夫として愛します」

「結婚は形だけだと言ったはずだ」

「夫婦は愛し合うものです」

「愛？　……世迷言《よまいごと》を」

決意を込めた言《げん》に、昏《くら》く怜悧《れいり》な眼差しが残忍《ざんにん》に細められる。

「愛とはこういうものだ」

言うや、ヴァレンテは顔を傾《かたむ》けてエウフェミアに口づけてきた。

「ん……っ――、……う……っ」

突然のことに青碧色《エメラルド》の瞳を見開く。それは昼間と同じ――ただくちびるを重ねるだけではない、もっと容赦《ようしゃ》なく、息が詰まるほど深くまで犯《おか》してくる口づけだった。

とっさに抵抗すると、ヴァレンテはその抵抗にすら勢いを得たように、ますます激しく貪《むさぼ》ってくる。ねじ伏《ふ》せ、従え――そして伝えてくる。押し殺し、長い間封じていた想いを。

枷《かせ》の解かれた想いが、奔流《ほんりゅう》となって流れ込んでくるかのようだった。クラウディオを愛そうという誓いなど、たやすく押し流してしまう。

深く、果ての見えない感覚に追われ、逃げることもかなわなかった。ただ押し流され、溺《おぼ》れるだけだ。――彼の思うままに。

「――はぁ……っ」

合間にもれた声は、自分のものと思えないほど色めいていた。まさに奪《うば》うとしか言いようのない口づけは、腰が蕩《とろ》けそうなほど淫《みだ》らで、有無《うむ》を言わさず官能《かんのう》を煽《あお》ってくる。

「……ふ、――っ……、んぅ……っ」

根を上げたエウフェミアは、もうダメだと相手の胸板をたたいて訴えた。けれど熱い舌《した》はもつれるようにからみ、こちらを捕らえて放さない。

くり返し舐《な》め上げ、音が立つほどに強く吸い、背中をしならせたエウフェミアを片腕で支え、彼はその上に覆《おお》いかぶさるようにしてさらに深く舌を差し入れてくる。

「……ん、……んっ――う……」

熱をともなった甘い恍惚《こうこつ》に、頭が霞《かすみ》がかってきた。身体《からだ》の芯《しん》に灯《とも》された情欲という名の熱が、火のように全身を満たしていく。

と、ふいに大腿《だいたい》に違和感を感じた。下を見ることができないため確認はできないが、脚《あし》が涼《すず》しく、手でなでられているような感触がある。どうやらドレスのスカートがたくし上げられ、剝《む》き出しにされた脚にふれられているようだ。

「んぅっ――……んん、ん……！」

違和感の正体に気づいたエウフェミアは、驚いて身を離そうとするものの、身体にまわされた腕がそれを許さなかった。

妹を膝の上に横座りにさせたまま、彼は執拗《しつよう》な口づけを続け、大腿をなでまわしていた手をするりと奥まで潜り込ませてくる。ツ……とあらぬところを指先でなぞられる感触に、エウフェミアはびくりと身体をふるわせた。

「んっ、んんっ……！」

熱く長い舌で艶《なま》めかしく自分のそれをねぶり上げられ、喉《のど》の奥で生じるぞくぞくとした感覚に意識をとろかされそうになりながらも、下肢《かし》でうごめく不穏《ふおん》な手によって現実に引き戻される。

ドレスの下には通常、腰から膝までを保護するゆったりとした下着《カルソン》を身につけている。脚の付け根にふれてきた手は、その下着《カルソン》に覆われた秘部《ひぶ》を指で刺激してきたのだ。形をたどるように、束ねた指が薄い生地の上をゆっくりと這《は》う。

（いや――そんな……っ）

腰をゆらして逃げようとするものの、抱きしめてくる兄の左腕はびくともせず、身動きもままならなかった。そもそも膝《カルソン》の上ではそうそう逃げ場もない。

そうこうするうち、手は下着を留《と》めていたウェストの紐《ひも》を解き、下着の中にまで潜り込んでくる。

「――んんっ……、……」

直《じか》にふれた指で秘裂《ひれつ》をくすぐられ、びくりと、大きく身じろぎをした。

兄妹でこんなことをしてはいけない――口づけでぼんやりとしてしまっていた頭の隅《すみ》を、そんな考えが横ぎる。しかし隙間《すきま》なく重ねられた口唇《こうしん》のせいで、口にすることができなかった。

彼は傲然《ごうぜん》と舌を這わせ、ちゅくちゅくと口内をねぶりながら、下肢では長い指を溝に沿って移動させ、前方の突起《とっき》をつついてくる。

「ん――ふ……っ」

ふたたび大きくふるえた身体を抱きしめ、彼はその突起を二本の指ではさむようにして、やわやわと刺激を与えてきた。とたん、いままで感じたことのない、痺《しび》れるような快感が全身を駆《か》け抜けていく。

「んっ、……んーっ……」

少しでも兄の手の動きを止めようと、きつくとじ合わせていた両脚は、じんじんと尾を引いて残る快感の余韻《よいん》に力を失っていった。すると上半身を拘束《こうそく》していた兄の左腕が、押さえつける力はそのまま、手でドレスの上から胸をまさぐってくる。

「――……っ、……！」

貼《は》りつくようなその手つきは、ただふれるのとはちがい、エウフェミアにひどく妖《あや》しい気分をもたらした。くすぐったい――という言葉では足りない、もっと悩ましい感覚にさいなまれ、我知らず身をよじる。

その間にも口内では熱い舌がぬるりとからみつき、脚の付け根の鋭敏《えいびん》な箇所《かしょ》を、指がくすぐるように刺激してくる。

「――ふ……、んっ……、ん……っ」

どこに意識を向ければいいのかもわからぬほど、いやらしい責め苦を同時に仕掛けられ、羞《しゅう》恥《ち》と焦燥《しょうそう》にわけがわからなくなった。身体は火がついたように熱くなり、こみ上げてくる甘い旋律《せんりつ》に、逃げ場のない身体をびくびくとふるわせるばかり。

（いけない……。わたくしたちは、こんなこと許されない――）

混乱の中、その思いだけがぐるぐると頭の中をまわる。

そのとき、ふくらみをやわらかく押しまわしていた手が、ふいに先端部分を指先でつまんできた。服の上からとはいえ、くにくにと指の腹でこするようにしごかれ、そこから発した甘い痺れに身をひきつらせる。

（いや……っ）

と、そのくすぐったさから逃げる間もなく、下肢でうごめいていた指が敏感すぎる突起をふにふにと押しつぶしてきた。同時に、からめ合わせていた舌を根本からきつく吸い上げてくる。

「ん、んんんーっ……！」

たたみかけるような淫蕩《いんとう》な刺激に、慣れないエウフェミアはたやすく快感の大波に呑《の》み込まれた。

悲鳴を上げることもかなわないまま頂《いただき》まで押し上げられ、身の内を突き抜けた甘くるおしい気持ちのよさに、知らぬ間に相手の身体にまわしていた腕で力を込めてしがみつく。そうしなければ、どこかに押し流されてしまいそうな心地だったのだ。

「……は……あ、……っ……」

ようやく解放された口唇が、しどけない声をもらした。

初めて経験した官能に意識が混濁《こんだく》し、少しばかり自失していたようだ。

ギシ……、と寝台のきしむ音とともに、そこに下ろされたことに気づき、はっと我に返った。ぼんやりしている間に寝室まで運ばれてしまったらしい。

（そんな――）

冷たい白絹《しらぎぬ》の敷布《しきふ》の上で、エウフェミアはあわてて身を起こそうとする。しかしそれは、当然のごとく傍《かたわ》らにすべりこんできた兄によって阻《はば》まれた。

彼は腕の中に閉じこめるようにエウフェミアの両脇に手をつき、見下ろしてくる。

「おまえの言うとおりだ。おまえももう十七。男女の営《いとな》みを知ってもいい頃だろう」

「兄様……っ」

「私が教えてやる。肉体を持つ限り決して逃《のが》れ得ぬ快楽を」

「何を……、おっしゃるのです――」

おののき、首をふるエウフェミアのくちびるに、彼は軽く口づけてくる。

「……このくちびるが、私を求めて甘くさえずるようにしてやろう」

うそぶくや、背中にまわされた手がドレスのボタンを外し、留め紐を外し、するするとドレスを脱がせていく。大陸の国々とちがいパヴェンナでは、女性が固いコルセットやスカートをふくらませるパニエを身につける習慣がない。そのため身にまとうものをすべて取り払うのに、それほど労力を要しないのだ。

エウフェミアはドレスの胸元を押さえ、必死にそれに抵抗した。

「――いや……いやです、……っ」

「エウフェミア。往生際《おうじょうぎわ》の悪い――」

どこか愉《たの》しげな口調に向けて、懇願《こんがん》するように頭をふる。

「兄様……兄様、目を覚ましてください……！　ご自分が何をなさっているのか――」

「よくわかっている」

低くつぶやき、彼は琥珀《こはく》の瞳に妖《あや》しい笑みをたたえた。

「最愛の妹を犯《おか》そうとしているだけだ」

「そんな……まさか……」

呆然とするこちらにむけ、甘くひそめた声で熱っぽくささやく。

「いつか必ずこうすると決めていた。……この日をずっと待っていた」

「なんということを――……あ、だめ！　いけません……っ」

襟元《えりもと》を押さえていたエウフェミアの手が、やんわりと……しかし断固とした仕草で取りのぞかれた。力任せに服地が引き下ろされ、胸の上でふるえるたわわな果実が、兄の目にさらされてしまう。

白い双丘《そうきゅう》の上では、普段は平らな薄紅《うすべに》の部分が、尖《とが》って勃《た》ち上がっていた。

「美しい――……」

「いや……！」

そこにふれてこようとした兄の手を、音を立てて払う。すると彼は抵抗を続ける妹の両手を捕らえ、片手で押さえつけてきた。そしてもう片方の手で、脱がせたリネンの内衣《ないい》をたぐりよせる。

「逃げるつもりだったんだろう？」

なにげない口調で言いながら、彼はリネンを帯のようにのばし、それでエウフェミアの手首をひとくくりに縛《しば》った。さらにその端《はし》を寝台の頭側にある金枠《きんわく》に結びつける。

「夢見がちな隣国の王子を籠絡《ろうらく》して、私から離れていくつもりだろう？　そうはさせるものか」

「やめてくださいっ……、兄様……！」

頭上で手を縛《いまし》められ、腰の上にまたがられ、エウフェミアは身動きが取れなくなってしまった。

「あ……、あ――……」

自分の置かれている状況が信じられず、ただ小さく首をふる。

縛られ、脱がされたドレスをしどけなく身体にまとわりつかせておののく妹を、ヴァレンテは苦笑とともに見下ろしてきた。

「我々に似合いの初夜《しょや》だな」

「――……」

「エウフェミア。美しい――これほどきれいな女の身体を見るのは初めてだ……」

うっとりとつぶやき、彼は壊れものにでもふれるように、そっとふくらみを手のひらで包みこんでくる。それから逃れようと、エウフェミアは不自由なりに、懸命《けんめい》に身をよじった。

「わたくしは女ではありません！　あなたの妹です――」

「さしてちがいはない」

「兄様……！」

「エウフェミア。私の愛するただ一人――」

「……あっ……」

「怖がることはない。おまえの処女《おとめ》を早急に奪うような、惜しい真似《まね》をするものか」

ほのかに笑い、彼は情欲のしたたるような声音でささやいてくる。

「初めてでも天国に行けるよう、時間をかけてじっくり愛してやる……」

実際、身動きの自由を奪った状態でエウフェミアを組み敷いたいま、彼に焦《あせ》る理由などなかった。

翳《かげ》りを帯びた琥珀の瞳が、儚《はかな》くあがく肢体《したい》を異様な熱を込めて見下ろしてくる。大きな手は、その抵抗を意に介することなく肌《はだ》を這《は》い、供《きょう》された料理を攻略するかのように、悠然《ゆうぜん》とふれ心地を味わっていく。

「胸のふくらみは手のひらから少し余るくらい。しっとりと吸いついてくる滑《なめ》らかな肌。くびれた腰。……すべて私の好みだ。……ここはもう少し豊かになってもいい」

手探りで臀部《でんぶ》をなでまわし、彼は胸の谷間にそっと口づけてきた。

「愛している、エウフェミア。……大人になるまで待つのに、どれほどの忍耐が必要だったか……」

かすんでいく語尾とともに、熱い吐息《といき》を肌に感じた。手ばかりでなく、くちびるでもエウフエミアを探索しているのだ。

肌に吸いつき、時折甘く食《は》む温かい感触が、胸の谷間から臍《へそ》にかけてを焦《じ》らすようにゆっくりと伝う。臀部から這い上がった手が、少しずつ脇腹に近づいていく。どちらも普段であればどうということのない場所だが、性的な目的を持ってふれられていると思うと、——それも相手がヴァレンテだと思うと、とたんにどんな感触も鋭敏にとらえてしまった。

（くすぐったい……っ）

じりじりと動いていく愛撫《あいぶ》に肌は粟立《あわだ》ち、息が詰まる。ふれられた場所がじんわりと熱を持ち、周囲まで広がっていく。

こんなことを許してはいけない。そう思うのに、自分の腹部に伏《ふ》せられた、鼻筋の通った端《たん》正《せい》な顔が、いつにも増して艶《つや》めいて見えた。

「……は、ぁ……っ」

ゆったりとした刺激は、思いがけない心地よさをもたらしてきた。意に反して顔が火照《ほて》っていき、ふれられていない場所の感覚までもが研《と》ぎ澄《す》まされていく。

ヴァレンテの手とくちびるは、続いてみぞおちから脇の下へと、やわらかいところばかりをたどって上っていった。元々ふれられればくすぐったい場所が、さらに張りつめてたまらない愉悦《ゆえつ》を発する。

ざわざわとしたその戦慄《せんりつ》に、かみ殺していた声がこぼれてしまった。

「……あ……、ぁっ……」

「どこもかしこも感じやすいんだな。エウフェミア……」

「……そんな、こと——ぁ、や……っ」

否定しようとした声は、頭上で無防備《むぼうび》にさらされた上腕《じょうわん》の内側をざらりと舐められ、ふたたびくずれてしまう。

恥《は》じらい、すっかり赤くなった顔を背《そむ》けようとする妹を見下ろし、彼は満足そうにささやいてきた。

「私の愛撫《あいぶ》に感じまいとこらえ、もだえるおまえの姿は格別だ。さらに追い詰めたくなる」

淫靡《いんび》な指先は、エウフェミアの身の内に眠ったままの官能の芽を探り、飽《あ》きずに肌を這う。

しっとりとしたくちびるもまた、熱くぬめる舌とともに、やわらかく敏感な場所を丹念《たんねん》に味わう。

時折そっと歯を立てられると、その部分がじわりと甘く痺《しび》れた。

「はっ……あ、……っ、……」

必死に声を殺すこちらを見つめ、兄が愉《たの》しげに笑う。

「こらえられる間はこらえていろ。どうせ後になればそんな余裕はなくなる」

頭上で腕を拘束された不自由な身体を、彼は言葉の通り、気が遠くなるほどじっくりと時間をかけて愛してきた。

じわりじわりといぶすような愛撫は、決定的な刺激とはなりえないものの、肌の奥深くに確実に快感の火を灯《とも》していく。いたるところに散りばめられた火は絡み合い、やがてひとつの大きなうねりとなって身を灼《や》き始める。

「はぁっ……ぁっ……お、お願いです。もうやめ……っ——あっ……ぁ……っ」

ぞくぞくと、さざ波のように湧き起こる悩ましい感覚に、次第に声を抑《おさ》えられなくなっていった。

悦《よろこ》んではいけない。せめて自分だけは、神の定めた掟《おきて》に背くことに最後まで抵抗しなければ。はじめのうちは、そんな罪の意識におののいていたエウフェミアも、いつしか陶酔《とうすい》に我を忘れていく。

緩慢《かんまん》な愉悦に物憂《ものう》くあえぎ、弓のように背をそらすと、うっすらと汗ばんだ胸のふくらみが揺れた。その先端は赤味を増して、先ほどよりもさらに硬《かた》く勃《た》ち上がっている。

「そこにはまだふれていないのに。どういうことだ？」

からかい混じりにささやかれ、ふれた熱い吐息《といき》が、敏感に張りつめた肌を粟立《あわだ》たせた。

「……知ら、……ない……っ」

肌の下を満たす甘やかな煩悶《はんもん》に、悩《なや》ましく身をくねらせる。

「吐息にすら感じるようになったか」

「……そんなこと、な——……」

ない、と言おうとした瞬間、大きな手のひらが、やわらかな胸の果実をおもむろにつかんできた。

「あぁっ……」

張りつめた場所への突然の強い刺激に、背筋がせつなく痺れる。

これまで誰にも触れられることのなかったふくらみは、熟《う》れるまでには遠く、与えられる刺激に対してもためらいがちな反応を返すばかり。それでもぐっと力を込めて捏《こ》ねられると、荒々しい手つきゆえか、ぞくぞくとした快感が湧き上がってきた。

「たまらないほど白い肌だな。それにやわらかい……」

ゆるりと持ち上げられ、手のひら全体で感触を味わうように、さらにぐにぐにと揉《も》みしだかれる。芯から火照った身体はそのひとつひとつの動きに、いちいち大げさなほど反応してしまった。

甘くて、じれったくて、胸が疼く。

「やぁっ……、やめ――やめて……、……っ」

せり上がってくる心地よさは、重なると悩ましい責め苦になった。

目眩《めまい》にも似た陶酔にあえいでいると、ふくらみの片方を口に含まれる。ざらついた舌に尖った先端を転がされ、快感に腰が浮いた。

「あぁ、ぁっ……！」

びりっと痺れるような甘美な刺激が背筋を這い上がり、大きく背をのけぞらせる。ヴァレンテはその先端をより深くくわえ、ねっとりと舌を這わせてきた。

「やめ……、やめて――それ、強……っ。いや……ぁ……っ」

拘束されて不自由な身体をびくびくとふるわせ、エウフェミアは大きく身もだえる。

じっくりと続いた執拗《しつよう》な愛撫によって、ただでさえ身体中が鋭敏に張りつめている。そんな状態で、熱くぬめった感触に、痛いほど硬く尖った粒《つぶ》をざらりざらりと舐められ、腰の奥がどうしようもなく疼いた。

「あぁっ、……いやっ、ぁ、……ぁ……！」

「初めてだというのに、胸を舐められただけでそれか」

うっすらと汗ばんでふるえる上体を見下ろし、彼は愉しげに告げてくる。

「どうして――、……ぁ、こんな……っ」

「身体が私の愛に応《こた》えている証だ」

兄の言葉は、エウフェミアの耳に無情に響《ひび》いた。

「だめ。……やはりいけません、こんな恐ろしい――あぁっ、ぁ……っ」

悲痛な思いで口にしかけた言葉は、舐められて凝《しこ》った胸の粒に軽く歯をたてられ、あえなく途《と》切《ぎ》れた。ジン……と生じた甘苦しい疼きに、ついあられもない声がもれてしまう。

「……あっ……、ん……、……ぁぁっ……」

刺激を覚えさせようというのか、口淫《こういん》はしつこく同じことをくり返してきた。

舌の腹で押しつぶすように舐《な》め、唾液《だえき》をまぶして幾度《いくど》も転がし、あげく強く吸い上げ——何かをされるたび、エウフェミアは恥ずかしいほど反応してしまう。足先が幾度も虚《むな》しく敷布をかいた。

「いやらしく色づいた。ほら……」

しばらくして、顔を上げた兄がふくらみを手で寄せ上げるようにして見せてくる。並んだ双丘の頂は、口に含まれていたほうと、そうでないほうとに明らかな差があり、エウフェミアは羞恥《しゅうち》に目をそらした。

「いや……っ」

「両方そろえてやろう」

「ふぁっ……」

彼はもう片方の果実を口にふくみ、同じように舐めしゃぶる。その間にも反対側を手で弄《もてあそ》ぶのも忘れない。

気ままに動く淫靡《いんび》な舌と手の動きに翻弄《ほんろう》され、気が遠くなりそうだった。

「あ……っ——や……め……っ」

ひどく感じる場所を襲《おそ》う妖しい感触は、目覚めさせられた官能を否応《いやおう》なく刺激してくる。

「気持ちよさそうに蕩《とろ》けた顔をしている」

含み笑いでささやかれ、羞恥の涙がにじんだ。

「気持ちよくなんか……ありません。……わたくしは、……そんな――……っ」

「我慢する必要はない。感じるままに乱れればいい」

悪魔のように甘くささやいてくる兄が恨めしかった。

兄妹でこんなことをしてはいけない。決して兄の手に感じたりはしない。エウフェミアがそう言うたびに、彼はそれを嗤《わら》い、快楽でねじ伏せてくる。淫猥《いんわい》な愛撫を拒《こば》むことができず、喜悦《きえつ》にもだえていることを思い知らせてくる。

背徳《はいとく》のあまりの心地よさに――そして抗《あらが》いようなく甘美な責め苦に、涙がこぼれてきた。

身体の自由を奪われた身では、相手の望むままそれを感じるしかない。そしてそれは、決して人の道を外れる誘惑に屈《くっ》しまいとする心と、快楽に目覚めようとする身体を否応なく引き裂《さ》いていく。

「……ん……っ、……はぁ、……あ、あぁ……っ」

長い間、ヴァレンテはエウフェミアの胸の果実をまさぐり、延々《えんえん》と味わっていた。

自分の手の中で形を変えることを愉《たの》しみ、頬《ほお》を寄せてやわらかさを堪能《たんのう》し、そして頂を舐めしゃぶっては、身も世もなくエウフェミアをあえがせる。

「どんな女も、これほど私を夢中にさせたことはない。エウフェミア――エウフェミア……」

執拗に、飽きずにくり返され、両手を縛《いまし》められたままのエウフェミアは、逃れ得ない快感に息も絶え絶えになった。

「も……もう……、もう許して――助けて……っ」

「あと少しだけ我慢しろ」

「でも……でも、――もうだめ。つらいの……っ。変になってしまう……っ」

「……それは困る」

すすり泣きながらさらに懇願すると、兄は苦笑混じりに、いかにも渋々《しぶしぶ》といった態《てい》で離れた。

そしてエウフェミアの上にまたがったまま、見せつけるようにシャツを脱ぎ、半裸《はんら》になる。

兵を率《ひき》いて戦場《いくさば》に赴《おもむ》くのを常としているためか、その身は一分《いちぶ》の隙《すき》もなく鍛《きた》えられ、引き締《し》まっていた。筋肉で鎧《よろ》われた裸身《らしん》に怯《おび》えてさまよわせた目が、ひたりとこちらを見下ろす琥珀の眼差しとからみ合う。

ぞくりと走った戦慄《せんりつ》に意識を取られている間に、彼はドレスをまくり上げ、先ほど留め紐をほどいた下着《カルソン》に手をかけて引きずり下ろした。次いで、エウフェミアの膝頭《ひざがしら》をつかみ、押し広げてくる。

「兄様……!?　な、なにを――……っ」

動揺に、つい悲鳴を上げてしまう。

あわてて閉じようとする脚《あし》の間に身を入れ、彼はこともなげに妹の下肢《かし》のすべてを、燭台《しょくだい》の明かりの下にさらけだしてしまった。

「男女の営《いとな》みだと言っただろう？　ここを使うことを知らなかったのか？」

「──……っ」

何となく知ってはいた。けれど正確には知らない。それ以前に、自分にとってもっとも秘《ひ》めやかな場所を曝《あば》かれて、平静でいられるはずがない。

「い、いやです。……兄様、やめて……っ」

両手が縛られていなかったら、顔を覆《おお》っていたにちがいない。エウフェミアはきつく目を閉じ、首まで真っ赤《まか》に染まった顔を背けた。

「こんな──は、辱《はずか》しめのようなこと……っ」

「だがおまえの身体は私を求めている。はしたないほどに」

言葉とともに、秘部《ひぶ》にひんやりとした空気を感じ、はっとした。

「わかるか？　ここが敷布までしたたるほどにぬれているのが」

言われて初めてそのことに気づく。確かに、ぬれているような感触がある。

「……なぜ……っ」

「ここがぬれるのは、愛撫に酔いしれた証拠だ」

「……そんな──……」

「胸だけでこれとはうれしいものだ。それとも──相手が兄だからか？」

揶揄《やゆ》を交えて笑い、彼は押し広げた下肢のつけ根に目を落とすと、蜜口《みつくち》を指先でくつろげ、襞《ひだ》の中までのぞきこんできた。

寝台の傍らには大きな燭台が置かれている。そこに灯された幾本もの蠟燭《ろうそく》の明かりが、それを照らしていた。

「繊細《せんさい》で儚《はかな》い——無垢《むく》な花の色だ。怯えながらも、蜜《みつ》をこぼしてきらきらと輝いている」

見たままを赤裸々《せきらら》に伝えてくる兄の声に、羞恥のあまり目眩がした。

「み……見ないでくだ、さ……、……や——あぁ……っ」

開かれた花の感じやすさを試すように、指が前後になぞる。

「あぁっ……あ、……っ」

たちまち愉悦の駆け抜けた身をふるわせ、脚を閉じようとするものの、大腿は兄の身体をはさむばかり。ざらついた指が、容赦なく花びらをかきわけ、明かりの下で形を確かめていく。

たっぷりと潤《うるお》ったそこを、彼はくちゅくちゅと音を立てて淫《みだ》らにいじった。

「これだけぬれているのであれば、初めてだというのに自《みずか》らねだってきたのも道理だ」

「ねだって、なんか……っ」

「許して、助けてとねだったではないか。感じきってあえぎながら」

「いいえ、……んっ……ち、ちが……——あぁっ、……や、……ぁあっ」

他ならぬ兄のものと思えばこそ、襞のひとつひとつをたどる指の動きに、焦《じ》らされきった下肢はたまらなく感じてしまう。秘裂《ひれつ》がはしたないほど蜜をこぼし、腰がひとりでにふるえた。

「素直にならないのなら思い知らせてやろう。おまえの身体が、私の指にどれだけ淫らに乱れるのか」

不穏な言葉とともに、あふれた蜜をすくってはなでつけ、襞を探索していた指が、ふいに前方の突起《とっき》にたどりつく。

「ひっ……ぁ……、……」

指の腹でほんの少しなでられただけで、腰の奥までジン……、と響いてきた。

それを、彼はぬるりと蜜をまぶしてつまんでくる。瞬間、目蓋《まぶた》の裏で火花が弾《はじ》けた。

「きゃぁ、ぁ……っ」

「ここがおまえの快楽の源《みなもと》だ。ふれられると、よくてよくてたまらないだろう？」

「やっ――あっ、あぁぁ……っ」

充血《じゅうけつ》した突起を、くりくりと指の腹ではさむようにしごかれ、下肢が硬直《こうちょく》してしまう。こぼれた蜜のぬめりを借り、さらに押しつぶすようにして捏ねられると、今度は止めようもなく腰がうごめき出した。

同時に、蜜口にぬぷりと別の指が挿《さ》し入れられてくる。それは、蜜をこぼしながらもまだせまいエウフェミアの内部を、ゆるゆると探るように動いた。

「あっ、あぁっ、あぁぁ……！」

恐ろしいほど甘やかな刺激が、すでに火照《ほて》りきっていた身体を幾度《いくど》も貫《つらぬ》き、その余韻《よいん》はまた、兄の指に弄《もてあそ》ばれている一点へと集まっていく。指を迎え入れた蜜壁《みつへき》が、それにやわらかくからみつき、ちゅくちゅくとかきまわされる。

そしてまた、花芽をつままれ小刻《こきざ》みに振動を送られる……。

「いやぁっ、……も、いじらな――はぁっ、あぁ……ぁんっ」

「わかるか？　おまえが私の指にどれだけ反応するものなのか」

敏感な粒へのその仕打ちは、快感が強すぎて痛いほど反応してしまった。身体が燃え上がるように熱くなり、びくびくとふるわせたきり、他に何も考えられなくなってしまう。

そのとき、挿し込まれていた指が、花芽の裏側あたりをくりくりと刺激した。

「いやぁっ、そこ……だめぇ……っ、……あっ……あ……！」

瞬間、腰の奥に渦巻いていた官能のうねりがせり上がり、エウフェミアを呑み込んだ。勢いよくあふれ出し、意識が飛んでいく。

「あ、ぁあぁっ……！」

息が詰まり、身体が硬直する。――やがてそれが治まった後も、なお目がくらむほど淫靡《いんび》な感覚に灼《や》かれ、腰が蕩《とろ》けてしまったかのように力が入らなくなった。

そんな状態にもかかわらず、蜜洞《みつうろ》に埋め込まれていた指が、あおり立てるように勢いよく蜜壁をこすり始める。青碧色《エメラルド》の瞳に涙があふれた。

「あぁあっ、……いまだめぇ……っ、いっ、いまは――いやぁぁ……っ」

いや、という言葉とは裏腹に、自分の内部は、なぜかきゅうきゅうと指を締めつけている。

そしてそのため、指の動きをより強く感じてしまうのだ。

絶頂の快感に悶《もだ》えていたところへ、蜜壁からさらなる愉悦《ゆえつ》を送り込まれ、エウフェミアは自分でも信じられないほど淫靡《いんび》に腰をくねらせた。

兄は、長い指を蜜洞の奥深くまで差し入れ、身もだえるエウフェミアを追いたてるように、ぐちゅぐちゅと勢いよく抜き差しをする。

「気持ちよさそうではないか。存分に味わえ」

「いやぁ、……ゆすらないで……も、もう……い、……あっ、あぁぁ……あんっ」

奥深くを探索していた指先が、またしても快感を発する場所を探り当てた。びりびりと生じた鋭い愉悦に、ひときわ蕩けた嬌声《きょうせい》を上げる。

「やめっ……、……ゆ、指、動かさないで……あ、あぁ……っ」

さらに蜜があふれたのか、ぐちゃぐちゃという音がいっそう高くなる。その音にまで感じてしまい、たまらなくなった。

下肢を満たす淫蕩《いんとう》な感覚に背筋をしならせ、ただただ悶《もだ》えるエウフェミアの中を、指は容赦《ようしゃ》なく抉《えぐ》り続ける。花弁の深くまで迎え入れたそれを、内壁《うちへき》は勝手に締めつけた。きゅうきゅうと、引きしぼるようにからみつく。

「入れたときはきつかったが……、もう慣れたようだな。もう一本増やしてやろう」

そんな声とともに、ぐちゃぐちゃと指を抜き差しされていた蜜口がぐっと広げられた。

「んっ、あぁっ……──はぁっ……ぁ……」

根本までしっかりと埋《う》め込まれた二本の指が、具合をみるようにぐるりと円を描いて動く。そして、ぐちゅ……と果実が潰《つぶ》れるような音をたて、中をくつろげるように動き始めた。

先ほど昇り詰めたまま、快感の波に押し上げられていた身体から、ようやく少し力が抜けた──と思った矢先、束ねられた二本の指先は、秘玉《ひぎょく》の裏の敏感な箇所を抉るように刺激し始める。

「──ひっ、……いやっぁぁ……っ」

弾けた快感から逃げようとするものの、長い指が楔《くさび》となってその動きを阻む。腰をゆらすほど、ぐいぐいと兄の手に下肢を押しつける形になり、そのはしたなさを意識から閉め出すように首をふった。

「だめぇっ、……そこ、やめて……──あっ、あぁっ……」

「抗《あらが》いながら、何をされてもひどく悶える姿が想像以上にいやらしい……。エウフェミア──」

甘いささやきは悪魔の声にも似て、達《たっ》したまま悩乱《のうらん》させられていたエウフェミアを、降服《こうふく》の際《きわ》に引きずり下ろしていく。──そして、ついに陥落《かんらく》させる。

「に……さま……、……あっ、も、許して……！」

絶《た》え間《ま》なく送り込まれてくる快感に、すすり泣きながらいやいやをする。そんなエウフェミアを、彼は焦らすようにかわした。

「先刻は、自ら求めたりはしないと言っていたようだが？」

「た、助けてっ……ふぁ、あっ、……も、もう、耐《た》えられません……っ」

罪と羞恥《しゅうち》の意識を持ち続けるか。あるいは快楽《かいらく》に溺《おぼ》れるか。

これまでは傾《かたむ》く余地もないと思っていた天秤《てんびん》が、いまは激しく揺れた末に、平時であれば決して望まないほうに傾いてしまう。

仕方がない。これまでは知らなかったのだから。快感がこんなにも――いっそ意識を失ってしまいたいと願うほどの責《せ》め苦《く》になりうるなどということは。

気を失えればどれほど楽か。……しかし与えられる官能はあまりに大きく、それもかなわなかった。

乱れ、悶え続けて――このままでは意識ではなく、我を失ってしまいそうな予感がする。

（それだけは、絶対に、いや――）

「許してっ……助けて――はぁっ、ぁ……、……に、さまぁ……っ」

泣きぬれた瞳を向け、懸命に慈悲《じひ》を乞《こ》う。

するとヴァレンテは、空《あ》いていた左手をエウフェミアの傍らに置き、上体を倒してきた。

「そう――どんなにいやがっていても、最後におまえは私を求める」

肌と肌がふれ合い、胸がたわんでつぶれてしまう。その熱く、重い身体の感覚に――ふわりと鼻孔《びこう》をくすぐったいつもの兄の香りに、わずかに残っていた理性がくるおしくかき乱されていった。

「兄様……っ」

「よく覚えておけ」

耳元でささやかれ、エウフェミアは朦朧《もうろう》とする意識の中、せつない吐息をこぼす。

束ねられた二本の長い指が、最奥にある、もうひとつの快感の源《みなもと》を曝《あば》き、ゆるゆると刺激する。そのとたん、湧き上がってきためくるめく官能の波に、エウフェミアは大きく背をたわませた。

「あっ——はぁ、……ん……っ」

これまでは達する寸前のところで加減していた指先が、蜜《みつ》をかき出すようにしてグチュグチュとくり返しそこをこする。

そうしながら、彼はエウフェミアの耳孔《じこう》を熱い舌先でねろりと舐めた。

「兄の指で、淫《みだ》らに達《い》け」

「あっ、あっ、あーっ……！」

淫猥《いんわい》なささやきとなおも続く指淫《しいん》に、エウフェミアは頭上でくくられた両腕を引きつらせ、ひときわ高く啼《な》いた。

うごめく指を蜜壁がきつく締めつけ、悶えあえいでいた身体がびくびくと硬直《こうちょく》する——ふるえが続いて止まらなくなる。

「んっ、……ぁっ、あぁ……っ」

しならせた背中と寝台との隙間《すきま》に、彼は左腕を差し入れて抱きしめてきた。その腕の中で、極《きわ》まっていた身体をようやくぐったりと弛緩《しかん》させる。

「……はぁ……、っ、……は……あ……っ」

「満足したか？」

訊《たず》ねてくる声に見上げれば、のしかかったままの状態で見下ろしてくる秀麗《しゅうれい》な顔には、表情らしい表情が浮かんでいない。ただ心の中を見透《みす》かすような微笑が、怜悧《れいり》な目元ににじんでいた。

エウフェミアの意識も、そこで快感から我に返る。

（……そんな――なんという、ことを……）

兄の愛撫《あいぶ》に酔い、自ら求めるも同然の言葉を口にしてしまった――

呆然《ぼうぜん》と敷布《しきふ》に身を横たえるエウフェミアの上から起き上がり、兄は挑《いど》むように見下ろしてくる。

「次は私も満足させてもらうことにしよう」

言うや、彼はエウフェミアの両膝の裏に手をかけ、それをさらに押し広げてきた。いやだと、口にするよりも先に、とろけきった蜜口に何かがあてがわれるのを感じる。そしてそれは、せまい蜜洞にみっしりと押し入ってきた。

「……う……っ………」

涙にぬれた瞳で下肢《かし》を見やり、それを見開く。まさに、兄が自分の牡《おす》を突き立てているところだった。

ぎちぎちと隘路《あいろ》を拓《ひら》かれていく苦痛だけではない、もっと大きな驚愕《きょうがく》と狼狽《ろうばい》に、エウフェミアは悲鳴を上げる。

「兄様……！」

不自由なりに敷布の上で腰を引き、無駄《むだ》と知りながらも逃げようとした。

「いけない――神様がお赦《ゆる》しになりません……っ」

「それがどうした」

こともなげに言い、兄は離れようとした腰を両手でつかむや、あっさりと引き戻す。エウフェミアは、今度はその衝撃《しょうげき》のせいで発した痛みに悲鳴を上げた。

「いっ、――痛ぁっ……、ぁ……っ」

熱く、ずっしりとした圧迫感が、じわじわと少しずつ、体重をかけて押し込められてくる。

こちらを見下ろす琥珀の瞳は先ほどよりも熱を増し、欲望に妖しくぬれていた。

「私は胸の内に長いこと、おまえを征服《せいふく》したいという思いを抱えていた。それが許されないというのなら、罰《ばつ》はとっくに下っていたはずだ」

ぐっ、ぐっ……と昂《たか》ぶりを進めてきながら、彼は昏《くら》く笑う。エウフェミアの眼には、それが囚人にとどめを刺《さ》す獄吏《ごくり》の笑みのように映った。

「今も昔もこれからも、おまえは私のものだ」

　断固とした宣告とともに、耳の横に手が置かれる。下肢がふれ合うのを感じた。兄の楔《くさび》のすべてが呑み込まれてしまったのだ。

　茫然《ぼうぜん》とするエウフェミアの上体に腕をまわし、彼はふたたび抱きしめてくる。胸と胸とを重ね合わせるようにして力を込め、さらにぐっと腰を押し進めてきた。

「きゃぁ、ぁ……！」

　痛みに、どっと汗がにじみ出す。そしてまた、奥深くまで兄に貫かれている、罪の意識に目の前が暗くなる。

「あ……、あ——……」

「私を受け入れろ」

「……や……ぁ……」

「そして私をおまえのものにしろ。そうすれば一生結婚はしない。私の妻はおまえだけだ」

「にい……、さま……——」

　ただただ茫然と見開いていた瞳に、新たな涙がふくらんだ。

　エウフェミアにとって、彼は唯一《ゆいいつ》の心の拠《よ》り所だった。決して裏切ることのない、たったひとつの無償《むしょう》の愛だった。

　でもこんなのはちがう。こんな関係になりたいと願ったことは一度もない。——考えたこともない。

それなのに身体は熱に浮かされたように、蜜洞を埋《う》めるものになじもうとする。兄による蹂躙《じゅうりん》から、貪欲《どんよく》に快感を拾おうとしている。

「力を抜け。悦《よ》くしてやるから——」

ぐちゅぐちゅと、あふれる蜜の助けを借りた楔は、なるべく痛みを与えないよう慎重に、けれど容赦なく抉ってきた。

突き上げられる律動《りつどう》に、こわばっていた蜜洞も次第にやわらかくほぐれていく。初めて迎え入れた昂ぶりは灼《や》けるように熱く、こすり上げられるたび内襞《うちひだ》がうねってまとわりつく。

「んっ……、い……や、ぁ……」

いやいやをするも、押し込まれてくるものを締《し》めつける下肢からは、次第にじわじわと心地の良い愉悦が広がり、痛みを押しのけていった。

ヴァレンテもまた心得た動きで腰を使い、くり返しこちらの官能を刺激してくる。灼熱《しゃくねつ》にこすり立てられた蜜壁は甘苦しく痺れ、さらなる刺激を求めて奥深い箇所がわななき始めた。

そのうち、ずんっ、ずんっと大きく穿《うが》たれるたび、奥で快感が湧き出すようになり、少しずつそこに溜《た》まっていく。

「はぁっ、あっ、あぁっ、ん……っ」

官能を湛《たた》えたその下肢を、最奥まで突き刺したまま揺らされると、強すぎる喜悦《きえつ》が全身を駆け抜けていった。

「あぁぁあ……っ」

腰はヒクヒクと痙攣《けいれん》し、両脚が兄の身体をきつくはさみつけてしまう。と、彼はなおも艶《なま》めかしく腰を使い、過敏なエウフェミアの中をさらに深くへ深くへと穿ち、特に感じる場所を責め立てて、目もくらむほどの快感を絶え間なく与えてきた。

しっとりと汗ばんだ身体はどこもかしこも官能に痺れ、ふとした動きで兄の肌がふれるたび、びくびくとわななく。

「あっ……、あぁっ、……」

くり返し腰を打ちつけられ、揺さぶり立てられて、柔襞《やわひだ》までもが悶えるようにうねうねと楔にからみつく。切《き》っ先《さき》が蜜液《みつえき》をかき出す卑猥《ひわい》な音にも身体が熱を帯びてしまい、首をふってむせび泣いた。

「いや――わたくし……、ど……、して……」

「おまえの身体は兄の牡《おす》に悦《よろこ》んでいる」

「ちが、……はぁ、ん……っ」

「ちがわない。どうしようもなく感じて、よがっているじゃないか」

笑みを含んでささやかれ、恥辱《ちじょく》の際に堕《お》とされる。にもかかわらず、その言葉にまで昂ぶらされた。身体だけではなく、心の内からこみ上げてくる熱に首をふり、目をつぶる。

まさか。そんなはずがない。背教《はいきょう》の罪におののく心が、必死にそれを否定する。

自らをさいなむ悦楽《えつらく》を認めまいとする、こちらの心を読んだかのように、ヴァレンテは手をのばし、エウフェミアの頤《おとがい》をつまんで命じてきた。

「おまえを犯している男の顔をよく見ろ。おまえの、初めてにして最後の男だ」

その強い口調に、涙にぬれた青碧色《エメラルド》の瞳を開く。

自分を組み敷き、深々と貫いている相手と目が合った。琥珀の瞳は燭台の炎を映して揺れている。

怜悧《れいり》な――妖しくも美しい眼差しに、射抜かれた胸の奥が、じん……と疼《うず》く。

「あ……、あ……」

「私に抱かれたこの姿を忘れるな。目に焼きつけておけ」

そう言うや、彼はこちらの腰を持ち上げ、結合部がわざとよく見えるようにして、その事実を突きつけてきた。

蠟燭《ろうそく》の明かりの下、蜜にぬれた自分の花弁が、信じられないほど大きくくつろぎ、いきり勃《た》った兄の楔を呑み込んでいる様《さま》を目の当たりにさせられる。

「あ――」

その瞬間、興奮した自分の蜜洞が、妖しくうねって楔にからみつくのを感じてしまった。

「やぁ……！」

顔を背け、目をつぶると、兄はじゅくじゅくと、わざとぬれた音を立ててそれを抜き差しする。加えて奥まで突き入れた際、下肢がぶつかる音まで響かせる念の入れようだった。

聞くに堪《た》えないそれらの音を、目を閉じたエウフェミアの耳はより鮮明にとらえてしまう。

「いっ……いや、……ぁっ」

「これでわかったろう？　おまえが誰のものになったのか」

妹の啼《な》き声を聞き、彼は満足げにつぶやいた。そしてさらに大きさを増した己《おのれ》で、どろどろになった花びらを容赦なく貫いてくる。

「おまえは私のものだ、エウフェミア。生まれたときからそう決まっていた」

ささやく声には、情欲のみならず、異様な熱が籠《こ》もっている。

「手放すつもりは決してない」

ふくらむ愉悦の苦しさに身じろぐ身体を、体重をかけて押さえつけられる。とどめられた悦楽が、熱く悩ましい渦となって身の内をかき乱した。

溜《た》まった熱に下腹の奥が疼き、突き上げてくる牡の昂ぶりと相《あい》まって、腰が溶けてしまいそうになる。

「エウフェミア――」

火照りきった身体でもだえる妹の下肢をしっかりと押さえ、彼はあやまたず切っ先で弱点を抉ってきた。

「あっ、あっ、ぁあぁ……んっ」

エウフェミアは感じきった声を上げ、ただひたすらあと少しの官能を追う。

ほとばしる快感にせつなく収縮《しゅうしゅく》する媚壁《びへき》の中で、剛直《ごうちょく》までもがビクビクと脈動《みゃくどう》した。ヴァレンテは息を詰め、押し殺した声をしぼり出す。

「クラウディオに指一本でもふれさせてみろ。ヤツを殺す」

「いっ……、あぁっ、あぁぁ……っ」

揺さぶられるままに嬌声《きょうせい》を発する妹を、彼はじゅくじゅくとさらに激しく責め立てる。

「おまえの目の前で、あたう限り残虐《ざんぎゃく》な方法で、殺してやろう」

ハッと……意識をかすめた不穏な予感に、エウフェミアは目を開いた。そしてその視界に飛び込んできた兄の顔に――彫像のように整《ととの》った顔に浮かんだ悪魔の笑みに、背筋がぞっとする。

その瞬間。

「あっ、ぁあぁぁっ……！」

下腹部の奥からせり上がってきた快感に脳髄《のうずい》を灼かれ、ひときわ高くあえいだ。背をのけぞらせ、歓喜に惑乱《わくらん》する身体の中では、兄の怒張《どちょう》がなおも傲然《ごうぜん》といきり勃《た》っている。

ひくひくと身を打ちふるわせたエウフェミアは、自分のもっとも奥深い箇所でそれにからみつき、引き絞りながら、わけがわからなくなるほどの恍惚《こうこつ》のうちに昇り詰めた。

2章 誠実な想いと、執着の愛と

「仮面舞踏会《ぶとうかい》に来ていく服を合わせようよ。何色がいい？」

　翌日、王城の廊下《ろうか》で顔を合わせたクラウディオは、いつもと変わらない様子だった。そのことにエウフェミアはひどく後ろめたい気分になる。

　カンタリス公が禁忌《きんき》の一線を越えたなどという噂《うわさ》が流れてはいませんように。エウフェミアが今朝《けさ》早く、憔悴《しょうすい》した様子で兄の部屋から出てきたなどという話が、彼の耳に入っていませんように。——心を振りしぼるほど熱を込めて、そう祈らずにいられない。

　こわばる顔になんとか笑みを浮かべ、エウフェミアは首をふった。

「仮面舞踏会は……やめておくわ」

　パヴェンナは来週、守護《しゅご》聖人の祝祭日を迎える。その日は各地で街をあげての祭りとなるのだ。

　街行く人という人がすべて仮面をつけるその祭りは、数百年前に疫病《えきびょう》がはびこった際、病魔《びょうま》を追い払うために行われた儀式が、定着したものだと言われている。

近年、大陸で発生した流行病《はやりやまい》が半島の北部に広がっているらしく、それを回避《かいひ》したいという強い思いから、祭りは年々熱を帯び、盛大になっていた。

当日は、通りと言わず広場と言わず仮面をつけた人々であふれ、夜にはあらゆる場所で男女の踊りの輪ができる。それは王城でも変わらなかった。

「二人で参加しようって、昨日約束したじゃないか。腕のいい仮面職人がいるというから、予定を押さえたんだよ」

「でも、気が進まなくて……」

「……そう」

少し残念そうにつぶやき、しかしクラウディオは気を取り直したように肩をすくめた。

「なら、みんなが舞踏会で浮かれている間、僕らは二人でのんびりしようか」

「あなたまで付き合わせるのは悪いわ、クラウディオ。舞踏会に参加して」

「冗談だろう？　君がいない場所に行ったっておもしろくもなんともない」

「――……」

さも心外そうに言われ、エウフェミアは押し黙る。すると彼はこちらの手を取ってきた。

ぎくり、と肩がふるえてしまう。彼の目を見ることができない。

そんな妻を明るい窓際の長椅子《ながいす》に座らせ、自分も隣《となり》に腰を下ろしながら、彼はつないだ手に力を込める。

「どうしたの？　昨日よりも元気がないみたいだ。何か僕にできることはある？」

訊《たず》ねてくる声の優しさに、泣きたくなった。すべて打ち明けて許しを求めたい。いますぐ連れて逃げてと、言えればどんなに楽か。

（そんなことは……絶対に、できないけれど……）

言えば彼はきっと、エウフェミアの願いをかなえようとするだろうから。それはおそらく彼自身の立場を危《あや》うくする。

（それに――）

『クラウディオに指一本でもふれさせてみろ。ヤツを殺す』

行為の合間にささやかれた兄の声。信じたくはないが、万が一ということもある。

胸を重苦しくさいなむ思いを呑《の》み下し、エウフェミアは夫の手をそっと外した。

「少し疲れていて……」

「会議がむだに長引いているからね」

彼もまたため息をつく。結論は決まったようなものだというのに、ヴァレンテはのらりくらりと合意を渋《しぶ》っているのだという。

妻を国に連れ帰る。ただそれだけのことが、ヴァレンテ個人の思惑《おもわく》によってうまくいかない状況に業《ごう》を煮やしているのだろう。クラウディオは少し語調を強めた。

「カンタリス公がどれだけ反対しようと、君が僕とミゼランツェに来ることを阻《はば》むのは不可能だ。今回に限っては聖皇猊下《せいおうげいか》も我々の味方なのだから」

　そしてヴァレンテは、その意向に逆らうことができない。支配下に置いた各地の不満を封じ、治世を少しでも盤石《ばんじゃく》なものにするために聖皇座庁《せいおうざちょう》の威光《いこう》を利用している立場では。

「結論は今日明日中に下るだろう。だからあまり気にやまないで」

「ええ……」

　うなずきつつ、エウフェミアは余計に不安を感じた。絶対的な不可能を、兄はこれまで幾度《いくど》となく覆《くつがえ》してきた。世間の常識など歯牙《しが》にもかけず、自《みずか》らの欲する通りに行動してきた。そのために人を踏みにじることを、彼は何とも思わない。

　エウフェミアがよく知る事実を、クラウディオはわかっていない。焦燥《しょうそう》とともに振《ふ》り仰《あお》ぐと、彼はきれいで明るい青い瞳《ひとみ》を優しく細めた。

「明日、僕らが滞在《たいざい》しているジルヴァ宮に来てくれる？　贈り物として国から持参《じさん》した絵画《かいが》をいくつか、ためしに飾らせてもらったんだ。瀟洒《しょうしゃ》な宮殿の内装によく映《は》えて、とてもいい具合だよ。君にも見せたい」

「……いいえ、明日もだめなの……」

「絵画を見てから食事をしよう。庭園の葡萄棚《ぶどうだな》の下にテーブルを出して。たわわに実った葡萄がいい日よけになってくれるよ。……そうだ、君の好きな林檎《りんご》の蜜煮《みつに》を用意しよう。他に何か食べたいものはある？　何でも作らせる」

「クラウディオ……」

「君のほしいものは何だって用意する。だから来てくれないか？」

エウフェミアを励《はげ》まそうとしてくれているのだろう。懸命《けんめい》な誘いに、罪の意識が疼《うず》いた。真実を話せない自分に、そんなふうにやさしくしてもらう資格はない。

「クラウディオ、ごめんなさい。行けないわ……」

心苦しく思いながら首をふると、彼はなおも言い添《そ》える。

「君が来てくれるまで、いつまでも待つよ」

「──……」

強固な意志を感じさせる声に、エウフェミアは青碧色《エメラルド》の瞳をゆらした。彼はこちらをまっすぐに見据《みす》え、やがてゆっくりと口を開く。

「……エウフェミア。僕はたぶん、君の身に何が起きたのか、わかっていると思う」

その瞬間、ぎくりと身体《からだ》がこわばった。

（知っている……？）

やはり同じ王宮の中に暮らしていて、伝わらないわけがなかった。そもそも兄は、従者や召使いたちに特に口止めしているふうでもなかったから。

（どうしよう──）

どくどくと、緊張のあまりこめかみで脈が鳴る。すぅっと目の前が暗くなり、背筋にじっとりといやな汗がにじんだ。彼はきっとおぞましいと思っているだろう。

狼狽《ろうばい》し、息を詰めて固まるエウフェミアを、――しかし予想に反し、彼は痛ましげな眼差《まなざ》しで見下ろしてくるだけだった。

「でも……それでも、君をあきらめることなんかできない。僕らは夫婦だ。最初から、共にあるべきだったんだ」

「――……」

曇《くも》った青い瞳に、こちらを責めるような色は少しもない。すると、軽蔑《けいべつ》されないことが、――その優しさが、かえっていたたまれなくなった。

エウフェミアは首をふる。

「いいえ……」

『ヤツを殺す』

兄の言葉が頭の中を何度もめぐる。

「いいえ、クラウディオ。……兄に逆らってはだめ」

しかし彼は聞こえなかったかのように続けた。

「エウフェミア、君はここを出たほうがいい」

「できないわ。兄の承諾《しょうだく》なしにこの城を出ることなんか――」

「聞いて。カンタリス公も手出しできない方法がある」

　こちらの言葉を遮《さえぎ》り、彼はちらりと周囲を確認して声を落とす。

「教会を頼るんだよ。現状、彼は決して教会を敵にまわすことはできない。君は適当な口実をつけて、いったん修道院にでも身を寄せればいい」

「そんなこと――」

「頼むよ、エウフェミア。僕らが一緒にパヴェンナを発《た》つという未来は、もう決まっているんだ。ただそれが実現するまで、どのくらい時間がかかるのかわからないだけ。その間に、君がさらに苦しむような事態は避《さ》けたい」

　真摯《しんし》な訴《うった》えにぐらつきそうになる。しかしエウフェミアはそんな自分を叱咤《しった》する。

「……修道院に行くなんて、兄が許さないわ」

「夫である僕が許す。……エウフェミア。これから先、君を守るのは僕だ。そして僕はこれ以上、君が不必要に傷つく事態を見過ごすことができない」

「クラウディオ……」

「城を出て修道院にいてくれ。交渉《こうしょう》で合意を得たら、すぐに迎えに行くから」

　こちらを安心させるように、彼は明るい青い瞳を細めてほほ笑んだ。窓から射し込む光が、金の髪をまばゆいほどに輝かせている。その風貌《ふうぼう》はまるでたのもしい天使のよう。

　しかし神の加護《かご》を得ているかのような笑顔も、エウフェミアの不安を払拭《ふっしょく》することはできなかった。

彼はあまりにも安易《あんい》に考えている。ヴァレンテがそのように生易《なまやさ》しい相手であるはずがないのに。

そう思いつつ、けれど自分をひたむきに思いやってくれる彼の気持ちはありがたかった。彼を守りたい。

（そうよ――）

一心に捧《ささ》げてくれる、その愛と誠意を、非情な兄から守らなければならない。

「考えてみるわ」

決然《けつぜん》とうなずくと、クラウディオは身を乗り出してきた。

「できれば、いま決めてほしい」

兄か、自分か――いますぐ選べと。

その問いを、長いこと胸に抱え、抑《おさ》えていたのだろう。これまでになく焦《じ》れたように見つめてくる相手を、とまどいとともに見上げる。

どうしてもいま答えを出さなければならないのなら、返事は否《いな》だ。彼の計画が思い通りにいくとは思えない。もっと言えば、クラウディオが最初に思いつくことくらい、兄はとっくに見通して手を打っているだろう。

「いますぐ決めるのは無理よ」

首をふると、彼は焦《こ》がれるように、そして苛立《いらだ》つように両腕をエウフェミアの背中にまわしてきた。

「エウフェミア、愛してる。愛してる――」

「クラウディオ……」

「こんな気持ちは初めてなんだ。自分が抑えられない……！」

抱きしめる腕に力を込めて、彼はやるせなくささやいてくる。

「愛してるから……君を独占したい。もう二度とカンタリス公の手に返したくない」

「――……」

「彼のもとを離れて。頼むよ――お願いだ」

肩口で重ねられる言葉に、ぎこちなくうなずいた。

「わたくしもあなたが大切よ。……心から」

嘘《うそ》にならないよう、言葉を選んで慎重《しんちょう》に返す。

同じだけの気持ちを返したいと、願う気持ちは本物だ。けれどそれは愛と呼べるほど明確な、熱のこもった想《おも》いではなかった。

自分がひどく心ない人間のように思えてくる。こんなにも求められていながら、なぜ想いを返せないのか。……なぜもっと彼を喜ばせる言葉を告げられないのか。

不安も露《あら》わに抱きしめてくる夫に対して、エウフェミアにできるのは、ありったけの親愛の情をこめて抱きしめ返す――それだけだった。

その夜エウフェミアは、日課である兄への挨拶《あいさつ》には行かずに就寝《しゅうしん》の準備をした。

長い銀の髪を、三人の侍女《じじょ》たちに丁寧《ていねい》に梳《す》いてもらった後、香膏《こうこう》をつけて艶《つや》を出す。波打ち、光り輝く銀の髪に侍女たちがため息をついたところで、別の侍女が慌《あわ》てたように部屋に入ってきた。

リリアナという名のその侍女は、エウフェミア付きの侍女の中でもっとも社交的な性格で、王宮で働く者たちとの付き合いも広い。そのリリアナは、腰を折って礼を取るなり早口に告げてきた。

「たったいま、ジルヴァ宮に通じる廊下でクラウディオ様の護衛《ごえい》の方と少しお話をしたのですが、クラウディオ様は夕餐《ゆうさん》の後、エウフェミア様に会うとおっしゃって一人でお出かけになったきり、まだ宮にお戻りになっていないそうです」

「なんですって？」

今日、夕餐の後はまっすぐ部屋に戻ってきた。彼に会ってはいない。

「護衛の方は、もしや朝まで戻られぬおつもりかと笑っておりましたが――」

「それであなたはなんて言ったの？」

「とっさに話を合わせました。……まずはエウフェミア様のご判断を仰ごうと思いまして」

「ありがとう。そうしてくれて助かったわ」

侍女をねぎらってから、エウフェミアは目の前の鏡に目をやった。そこには不安げな眼差しをした自分の顔が映っている。だめだ。心を強く持たなければ。

鏡を見据えた後、エウフェミアは椅子から立ち上がり、夜着《よぎ》の上にはおっていた肩掛けを外した。

「ドレスを持ってきてちょうだい。着替えて、兄の部屋へ行きます」

そして侍女たちに囲まれて兄の私室に赴《おもむ》くと、いつものようにジュリオが現れた。侍女たちとはそこで別れ、一人室内に歩を進めたが居間には誰の姿もない。

「クラウディオはここに来た？」

ジュリオに問いただすと、彼は相変《あいか》わらずの無表情でうなずく。

「はい。夕餐の後、ヴァレンテ様と二人で話したいとのことで」

「それで？」

「後のことは存じません。私は部屋を出てしまいましたので」

「そう……」

ひとまず心配していたような事態がここで起きていなかったことに胸をなで下ろした。しかしすぐに、部屋の主《あるじ》の姿すら見えないことに新たな不安が頭をもたげる。

クラウディオが、ヴァレンテと二人で話したかったこととは何だろう？

「兄様は？」

「すでにお休みになられました。ご用がおありでしたら、どうぞ寝室へお進みください」

寝室という言葉に、昨夜の暴虐《ぼうぎゃく》を思い出す。エウフェミアは、ひるんだ自分を落ち着けるようにして、静かに口を開いた。

「……わたくしはここにいます。呼んできてください」

「ヴァレンテ様より、エウフェミア様へのご伝言を承《うけたまわ》っております。『疑《うたが》っているのであれば訊《き》きに来い。その勇気があるのなら』」

「──……」

ジュリオをにらみつけるものの、相手の鉄面皮《てつめんぴ》はぴくりともしなかった。そもそも彼にあたってもしかたがない。責めるべきは、エウフェミアを弄《もてあそ》ぶような真似《まね》をする兄なのだから。

王城からジルヴァ宮に通じる廊下はひとつだけ。そこにいたという護衛が見ていないのなら、やはりクラウディオはここで姿を消したとしか考えられない。

（そして兄様は──何かを知っている……）

しばらく迷った末、エウフェミアは嘆息《たんそく》した。とにかく彼の無事を確かめなければならない。

そう決意して兄の寝室に向かう。

取っ手に手をかけて扉をそっと押し開くと、それはかすかにきしむ音をたてて開いた。最初に、模様の彫り込まれた木製の天井が、続いて壁《かべ》に飾られた優美《ゆうび》なタペストリーが目に入る。

淡《あわ》い明かりに照らされた部屋は、広すぎず狭《せま》すぎず、落ち着いた佇《たたず》まいだった。床一面に敷《し》かれた大きな東方《とうほう》の絨毯《じゅうたん》の中央に、天蓋《てんがい》も豪奢《ごうしゃ》な大きな寝台が据《す》えられている。その傍《かたわ》らに背の高い三叉《さんさ》の燭台《しょくだい》があり、いまはそこに灯《とも》された三本の蠟燭《ろうそく》だけが光源だった。

静まりかえった寝室に足を踏《ふ》み入れたエウフェミアは、何やら胸騒ぎを感じて緊張する。

寝台は四方ともすべて天蓋から垂《た》れる天鵞絨《ビロード》のカーテンに閉ざされていた。濃紺《のうこん》のカーテンの裾《すそ》には、やはり重たげな金糸《きんし》の刺繡《ししゅう》が、幾重《いくえ》にも重ねられ施《ほどこ》されている。

そちらへ慎重《しんちょう》に歩み寄り、カーテンの分け目に手をかけて深呼吸をした。そうして何を見ても驚かないよう覚悟を決める。

「——……っ」

思い切ってそれを開き——エウフェミアは大きな青碧色《エメラルド》の瞳をぱちぱちとしばたたかせた。

寝台の中では兄が、いくつものやわらかそうな羽根枕《はねまくら》にうもれるようにして、うつぶせで横になっていた。気配を感じたのか、彼は億劫《おっくう》そうにこちらに顔を向け、目蓋《まぶた》を開けて琥珀《こはく》の瞳でゆるりと見上げてくる。

「どうした?」

からかい交じりの声音《こわね》で訊《たず》ねられ、ハッと我に返った。

「い、いえ——わたくし……っ」

これではまるで、エウフェミアが寝込みを襲《おそ》いに来たかのようだ。

焦《あせ》りながら一歩下がった背がドン、と誰かにぶつかる。振り返ると、すぐ後ろにジュリオが立っていた。いつものことだが、足音がしないので気づかなかった。

そこをどいて。

そう声を発しようとした瞬間――どん、と背後から無造作に突き飛ばされ、エウフェミアは短い悲鳴とともに寝台に転がり込む。

覆《おお》いかぶさるように倒れ込んできた妹を、ヴァレンテは仰向《あおむ》けになって受け止めた。まるでじゃれ合うかのように、彼は暴れる妹に腕をまわして押さえつけ、軽く声を立てて笑う。

「バカな。逃がすとでも思ったのか？　ここまで来て」

「わたくしはそんなつもりでは――」

「おまえの考えなど知るものか」

「クラウディオ様はどこです？」

「なぜ私に訊《き》く？」

「クラウディオ様が……わたくしに会うと言って宮を出られたと聞いて――」

「ならそうなんじゃないか？　だが残念ながら最愛の妻は、夫を裏切って愛人である兄とお愉《たの》しみの最中というわけだ」

「はぐらかさないでください。先ほどここに来たと、ジュリオが……」

「うるさい口だ。ふさいでしまおう」

琥珀の眼差しが暗い蠱惑《こわく》に輝いた。

その思惑に気づき、顔を離そうとした時にはもう、大きな手によって後頭部を押さえられている。

「だめ、にいさ――……っ……！」

くちびるを重ねられ、声を封じられてしまう。そのまま強引に歯列《しれつ》をこじ開けられ、舌《した》をも吸われてうめき声を上げる。

大きく開かされた口唇《こうしん》の中に、熱く強靭《きょうじん》な舌が入り込み、からめ取って弄《もてあそ》ばれる。わけがわからぬうちに、ぞくぞくとふるえるほどの愉悦《ゆえつ》がこみ上げてくるのは昨夜と同じ。

エウフェミアは背をこわばらせ、喉《のど》の奥でうめいた。

「……、……う……っ」

(だ、だめ――っ……)

頭ではそう思っていても、覚えさせられた心地良さに鼓動《こどう》は勝手に高まっていき、抗《あらが》う手から徐々《じょじょ》に力が抜けていく。

奥まであますところなく味わおうとばかり、熱い舌先が口内の敏感な部分を舐《な》めまわし、身をふるわせてうめくエウフェミアの舌に根元からからみついてきた。

逃げようとするエウフェミアにまとわりつき、弄んでくるその淫蕩《いんとう》な感触に、ぞわりと背筋が粟立《あわだ》つ。

「……んぅ……っ、……ふ、……うっ……」

こちらの頭を押さえての不遜《ふそん》な蹂躙《じゅうりん》は、熱く、巧《たく》みで、気が遠くなりそうなほど。経験の未熟なエウフェミアに太刀打《たちう》ちできるはずがない。

気がつけば胸を押しつけるようにして、兄の身体《からだ》の上にくたくたとくずれ落ちていた。しなだれかかってきた形の妹を、彼はようやく解放する。そして美貌《びぼう》に嫣然《えんぜん》とした笑みを浮かべた。

「たったこれだけで降参《こうさん》か？　私に立ち向かうなど、まだまだだな。エウフェミア」

「……ふ――っ……」

ふざけないでください。

心の中でそう反論したものの、すっかり息が上がってしまっていたため、口にはできなかった。呼吸を整《ととの》えて言い返そうとしたところ、それよりも早く、彼はエウフェミアの腰に腕をまわして身体を入れ替える。

「な……っ」

あっという間に、寝台の上に組み敷かれてしまい、のしかかってきた身体の重みに動揺した。

「いやっ、兄様――ん……っ」

昨夜の記憶が脳裏《のうり》によみがえり、反射的に暴れ出した妹に、喉の奥で低く笑った彼は、またしてもくちびるを押しつけてくる。

強靱《きょうじん》な舌先でこちらをこじ開け、分け入ってきたそれは、ちゅくちゅくと思うさま口腔《こうくう》内をねぶり、舌を追いかけてからみついてくる。ぬるつく粘膜《ねんまく》同士をこすり合わせる淫《みだ》らな感触に、腰の奥からぞくぞくとした痺《しび》れが這《は》い上がり、熱くて甘い官能を煽《あお》りたてていく。

我知らず瞳がうるみ、こぼれる吐息《といき》が艶《つや》を増していく。

「……は……っ、ん……っ……」

このままではいけないと叫《さけ》ぶ心は、情感を昂《たか》ぶらせる濃厚な口づけに、あえなく競《せ》り負けてしまった。

かき立てられた熱に頭がぼんやりとしてきた頃——ふいに、ぐっぐっと力を込めて胸元を左右に押し広げられる気配を感じ、息を呑《の》む。

「……ん、……っ……」

開かれた襟《えり》ぐりからすぅっと冷たい空気が忍び込み、押し込められていたはずの胸が自由になった。さっそく片方が、大きな手に包みこまれる。

「……んん、ん……っ」

くちびるを奪《うば》うばかりでなく、そんなことまで。エウフェミアはうるんだ瞳をさまよわせた。

手で相手の身体を押しのけようとするものの、ほとんど力の入らない状態では抵抗になるはずもない。口づけの陶酔《とうすい》に引き込まれた頭の中で、焦燥《しょうそう》ばかりがぐるぐると空《から》まわりした。

　そうしている間にも、兄は手のひら全体で押し込めるようにふくらみを捏《こ》ねまわす。指の側面で頂《いただき》をはさみ、こりこりとそれを転がされると、そこがうずうずとした感覚にさいなまれる。さらに、ぐに……と押し込めるようにつぶされ、甘い痛みに身じろいだ。

「……ふ……んぅ……っ」

　昨夜、執拗《しつよう》にやわらかく揉《も》みほぐされたふくらみは、ずいぶん敏感になっているようだ。ねっとりと張りついてくる手のひらの感触に、柔肉《やわにく》は前回よりもたやすく張りつめ、上気して汗ばみ、じわりじわりと愉悦をにじませる。それは下腹までしたたり落ち、熾《おこ》り火のような官能の炎をにわかに燃え立たせていった。

　熱さと息苦しさと、それを圧する心地よさに、次第に気が遠くなってくる。その頃になってようやく、くちびるが解放された。

「――はぁ、……はぁ……っ」

「いい眺めだ」

　大きく胸を上下させるこちらを、彼は舐《な》めるように見下ろしてくる。

　傍らに置かれた燭台が、寝台の中を明るく照らしている。押し下げられたドレスの襟ぐりは、ぴったりとした作りだったせいもあり、下からぐっと持ち上げる形で胸を強調していた。

「……いや――」

　たじろいで顔を背《そむ》けたエウフェミアの顎《あご》をつまんで引き戻し、兄がうっそりと笑う。

「自分のここがどうなっているのか、見てみろ」

言われなくとも、ずっと弄ばれていた白いふくらみの、艶《なま》めかしい様《さま》はいやでも視界に入ってきた。

さんざん揉みしだかれたせいか、いつも白いはずの柔肉はほんのり薄紅《うすべに》に染まり、普段薄紅のはずの頂は、赤みを増してぷくりと尖《とが》っている。

その頂を、不埒《ふらち》な指がきゅっとつまんで引っ張った。ジン……と痺《しび》れるような痛みとともに、上へと引き上げられたふくらみが形を変える。

「……やぁ……っ、――やめて……っ」

恥《は》じらい、首をふる妹を、彼は目を細めて眺めていた。しかしやがて顔を伏《ふ》せ、放っておかれていたもう片方の胸に、そっと口づけてくる。

やわらかくぬるりとした感触を受け、そちらも蕩《とろ》けるように痺れてしまう。まるで口づけるかのように口に含んだふくらみを、彼は舌の腹と口蓋《こうがい》とではさみつけるようにして食《は》み、唾液《だえき》をまぶして先端《せんたん》を転がした。たちまち硬《かた》く勃《た》ち上がった頂に、舌先がからみついて刺激《しげき》する。

「はぁっ……、ん……、やっ、やぁ……っ」

感じやすい場所への刺激に、ぶるりと身体がふるえた。

舐められている場所が熱い。じんじんと疼《うず》き、その恥ずかしさに余計肌《はだ》が張りつめていく。

(いけない――のに……！)

また淫猥《いんわい》な誘惑に負けてしまうのだろうか。胸をこんなふうに舐められた末、兄と妹という禁忌《きんき》を忘れて溺《おぼ》れてしまうのだろうか。

そんな危機感に心を立てなおそうとする傍《そば》から、ぬるりぬるりと突起《とっき》を舐められ、柔肌を甘《あま》嚙《が》みされる。痺れるほどのくすぐったさに、わずかに残った理性はぬぐい去られていった。

「や、……だ、だめぇ……っ……」

昨夜と同じように、心と身体をかい離《り》させられていく感覚に涙がにじむ。

慣れた態《てい》で与えられる官能は、身体にまとわりつくかのよう。振り払う間もなく、次から次へと呑み込みにかかる新たな波の前に、エウフェミアは抗《あらが》う気力も虚《むな》しく押し流された。

（こんなの……決して、許してはだめ――）

呪文のようにそう唱《とな》える心だけが、孤島のように物悲しく取り残される。

「……、んっ……――ぅうっ……」

せめてもとばかり、甘ったるいあえぎ声を殺そうとして、エウフェミアはくちびるを嚙みしめる。

妹の瞳が涙にぬれていることに、ヴァレンテも気づいたようだった。

「余計なことを考えるな」

指を食いこませるようにしてふくらみを押しまわしながら、ヴァレンテは欲望にぬれた声でささやく。

「私はおまえを愛したいと求めた。おまえはだまって私の好きにされていればいい。ただ感じて、よがっていればいいんだ」

「いいえ……っ、……赦《ゆる》されない、罪です……」

「禁忌は人を魅了《みりょう》する。目もくらむような蜜《みつ》の味を、人は禁忌の中にこそ見いだす」

熱い吐息《といき》がかかったかと思うと、敏感な突起を口に含まれ、強く吸い上げられた。

「はぁぁっ……」

びくびくと背中をのけぞらせているさなか、同じ場所を甘く嚙まれてさらに高い声がこぼれる。

「ひっ、……あ、ぁあっ！　だ、……だめぇ……っ」

語尾をとろけさせた、自分のみだりがましい声に顔を覆《おお》いたくなる。

（思い通りになどならない。自分からは、決して――）

昨夜とちがい自由な手を、エウフェミアは口元まで持ち上げた。

「……ん、……っ、……――く、……っ」

手の甲でくちびるを押さえるようにして、あられもなくもれてしまう声を我慢する。

そうして口だけでなく、心までも閉ざそうとしたことを察したのか、兄はドレスのスカートをめくり上げ、下着《カルソン》の留《と》め具《かし》を外して引き下ろしてきた。

とたん、ひんやりと下肢をなでた空気に、エウフェミアは脚《あし》をばたつかせる。

「いや——だめ……っ」

「本当にだめなのかどうか、見せてみろ」

「兄様……っ」

「ぬれていなかったら、やめてやる」

軽い口調で言い、彼は妹の抵抗をものともせず、余計なものを取り払ってしまうと、スカートを腹部までめくり上げた。そしてぴたりと閉ざされた両膝《りょうひざ》に手をかけ、挑発的に見下ろしてくる。

「その代わり、ぬれていたらどんな目に遭《あ》うか、……わかるな?」

「い……いや……っ」

嗜虐《しぎゃく》的に輝く琥珀《こはく》の瞳に、ゆるゆると頭をふった。そんな妹の目の前で、兄は膝を閉じようとするエウフェミアの奮闘《ふんとう》をおもしろがるように、もったいぶって押し開く。

その際、ちゅ……とねばついた音が、ごまかしようもなく寝台の上をただよった。

「や、……あ……」

敷布《しきふ》につきそうなほど脚を大きく開かせることでそこをくつろげ、すでにぬれて硬く勃ち上がっていた花粒《はなつぶ》を露《あら》わにするや、ヴァレンテは意地悪くほほ笑んでくる。

「もうこんなにして。清らかそうな顔をしていやらしい女だ」

「やめてっ——兄様、やめてください——……」

エウフェミアは両手で顔を覆った。

脚の付け根にまで顔を近づけ、彼は妹の花びらをしげしげと眺めている。

蠟燭《ろうそく》の明かりにきらきらと輝く様《さま》を見れば、そこがすでにひどく潤《うるお》っていることは明らかだった。そんな光景をはさんで兄と見つめ合うなど、心の責《せ》め苦《く》以外の何物でもない。――しかし、甘やかな拷問《ごうもん》はそれだけにとどまらなかった。

彼はなんと、舌《した》をのばして秘裂《ひれつ》をそっと舐め上げたのだ。

「ひっ、……や、あぁぁ……！」

指とはちがう感触に、蜜口《みつくち》があさましくひくつく。

熱く、弾力《だんりょく》のある舌でそこを舐められると、どうしようもなく腰が疼《うず》き、びくびくとふるえてしまった。

何度も何度も、入念に溝《みぞ》を往復され、襞《ひだ》の一片一片《ひとひらひとひら》までも舌先で抉《えぐ》るように探られ、それだけで達《たっ》してしまいそうになる。

「やぁぁっ……あぁっ、……んん、あぁぁ……！」

ひくひくとうごめく蜜口はとめどなく蜜をこぼし、舌はそれを思い知らせるように、わざとちゅくちゅくと淫らな音を立てて動いた。

「うぅっ……や、いやぁ……ぁ、んっ……」

恥ずかしさのあまり、瞳からはほろほろと涙がこぼれているというのに、蕩《とろ》けそうな快感に襲われた下肢《かし》からは力が抜け、脚がさらに開いてしまう。

ちゅく……と秘裂《ひれつ》から顔を上げたヴァレンテは、ぬらりと光るくちびるをゆがませた。

「おまえは、快感に泣きぬれた顔も色っぽいな。もっと泣かせたくなる」

そして長くのばした舌先で、興奮《こうふん》に尖《とが》っている秘玉《ひぎょく》をとらえる。

「いや……、いや……――それはだめ……！」

エウフェミアは左右にふった首を、次の瞬間、大きくのけぞらせた。

「あ、あ、あぁぁぁ……っ」

ねっとりと熱くぬれた舌が、ひどく敏感なそれをつつき、ねろりと舐め上げる。それだけで、下肢の奥が燃えるような喜悦《きえつ》に襲われた。たまらず、全身を大きくふるわせる。

「そんな――はぁっ、……あ、あぁっ、舐めては、だめ……っ」

強く吸われたかと思うと、甘く歯を立てられ、舌先でねとねととつついてくる。

内壁《うちへき》がひくひくとせつなく収縮《しゅうしゅく》し、泉のように後から後からあふれる蜜で、そこはとろとろに蕩けていった。

(だめ――だめなのに……っ)

「ふぁあっ、……っ、あぁあん……っ」

強すぎる愉悦《ゆえつ》に、大腿《だいたい》が跳《は》ね上がり、兄の頭をはさむ形で力を込めてしまった。脚の付け根に近いやわらかな内股《うちまた》に、耳と髪の毛の感触を感じ、どうしていいのかわからなくなる。

力を抜きたいのはやまやまだが、ぴちゃぴちゃくちゅくちゅと舐められている箇所《かしょ》から発する、気が遠くなるような悦楽《えつらく》に、脚がひとりでに痙攣《けいれん》してしまうのだ。

「だめぇっ……、そんなふうに、な、舐めては——だ、ぁあぁ……っ」

両の大腿で兄の頭をはさみ、ひたすら嬌声《きょうせい》を発する自分が信じられない。

昨夜とちがって自由な両手をのばして彼の頭をどけようとするものの、力はほとんど入らない。その結果、ただ髪の毛をかきまぜ、押しつけるだけになってしまう。わななく身体に合わせ、のばした両腕の狭間《はざま》では、寄せられた胸が大きく弾《はず》んでいた。

どこを見ても淫らな光景に、エウフェミアは悩乱《のうらん》させられる。

(もういや……、いや——!)

兄が与えてくる悪魔のような誘惑を前にして、自分がいかに無力か——これから先、彼に逆らった際に自分がどんな目に遭わされるのか、脳裏《のうり》に刻《きざ》みつけられるように理解していく。

もっとも敏感な粒《つぶ》をねぶられ続け、がくがくと跳《は》ねていた下肢は、いまやヴァレンテによってがっしりと押さえ込まれて動かすことができなくなっていた。腰をくねらすことすら阻《はば》まれ、逃《のが》しようのない快楽が腰の奥に深く渦巻いていく。

「もうだめ、……そればっかり……そればっかり、あぁぁ……!」

身も世もなくすすり泣くエウフェミアに満足したのか、ヴァレンテはふいに尖った花粒に吸いつき、それを歯先でやわらかく噛《か》みつつ、強く吸い上げた。

「あぁぁあぁ……っ」

そのたまらない刺激に、エウフェミアの細い腰が弓のようにしなる。兄の手の中でガクガクとふるえるそこから、津波のような快感が生じ、全身を呑み込んでいく。

頭のてっぺんまで突き抜けたそれに、視界は白く塗《ぬ》りつぶされ、小刻みにふるえる身体の中枢《ちゅうすう》――下肢の奥がみだりがましく収斂《しゅうれん》した。

「ん……ぅ……、ふ……」

過ぎ去った官能の余韻《よいん》に、言葉を発することもできず脱力していると、ヴァレンテはいまだひくひくとふるえる蜜口に、ぬぷりと指を差し入れてくる。

「あ……っ」

「どろどろだ。よほど気持ちよかったとみえる」

ぐちゅぐちゅと淫らな音を立てて動かされ、エウフェミアはゆるゆると頭をふった。しかし絶頂の後の身体はひどく過敏《かびん》になっており、ほんのわずかな刺激も貪欲《どんよく》にむさぼってしまう。

「あっ、あっ、……」

「たった一晩でずいぶんいやらしくなった。……何をされても感じてしまうのか？」

蜜にあふれた隘路《あいろ》を広げるように、指は二本に増やされ、ぐるりぐるりと入口付近をくつろげられた。すると内部まで空気が入りこみ、かき混ぜる音がぶちゅくちゅといっそうあられもないものとなる。

「いやぁ……っ」

羞恥《しゅうち》に身もだえつつも、蜜路《みつろ》はとろけてうごめき、中の指にせつなくからみついた。達《たっ》したばかりだというのに、またしても疼くような熱が身体を火照《ほて》らせていく。

「いまは……いまは、やめてください……っ」

腰をよじるようにして身を起こし、懇願《こんがん》するエウフェミアに、彼は嬲《なぶ》るように告げた。

「おまえが他の男を相手にこれほど乱れるとは想像しにくい。……こんなにも感じるのは血のつながりゆえかもしれないいな」

「いいえ、そんなこと……っ——あ、……んっ、んっ……」

「見えすいた嘘《うそ》を」

苦笑混じりにこぼし、彼は束ねた二本の長い指で奥の秘密の場所を抉る。

「素直に私を求めてくるのは身体だけか」

「あ、あぁっ……」

不埒《ふらち》な指は、果てたばかりの身体にふたたび火をつけてきた。湧き上がる愉悦にとろりとあふれた蜜が、指を伝って兄の手のひらをぬらす。

「指では足りないはずだ。もっともっと悦《よ》くしてほしいだろう?」

そう言いつつ、兄は自《みずか》らの金細工《きんざいく》の装飾帯《そうしょくおび》を外し、脚衣《きゃくい》の前をくつろげた。そしていきり勃《た》った牡《おす》を取り出すや、ぬれそぼった秘裂《ひれつ》にひたりと押しつけてくる。

エウフェミアはひくりと喉《のど》を引きつらせた。

「いえ――いけません、それは……っ」

「初めてというわけでもあるまいに。いまさらだな」

「兄様――あっ、……あぁ……っ」

逃れようがないとわかっていても、つい腰が引けてしまう。そんな妹のあがきを愉《たの》しげにいなし、ヴァレンテは脚《あし》を抱えるようにしてのしかかってきた。

ずぶずぶと、花唇《かしん》を割って突き進んでくる楔《くさび》に、エウフェミアは拒《こば》むように首をふりながら、頤《おとがい》を上げてあえかな声をもらす。

「あ……ぅ――あぁっ……」

指などよりもはるかに太く長いものに押し開かれ、ひどい苦痛と圧迫感を感じた。しかし蜜にあふれたエウフェミアのそこは、せまいながらも剛直《ごうちょく》を少しずつ呑《の》み込んでいく。途中、首をのばしたヴァレンテに胸を吸われ、下肢からふと力が抜けた。

そのほんのわずかな隙《すき》を、ズン……と容赦《ようしゃ》なく突《つ》かれ、最奥までいっぱいに埋《う》め尽くされてしまう。

「ふ、……くぅ……っ」

「そら。昨日よりもたやすく入っていく。……いっぱいに広がって頬張《ほおば》っている」

みっしりと漲《みなぎ》ったものが、これ以上ないほど内部を広げていた。ぎちぎちと張り詰めた蜜壁《みっへき》は、その脈動《みゃくどう》までをも感じ取る。

ヴァレンテは怜悧《れいり》な美貌《びぼう》に色めいた微笑を浮かべ、ため息をついた。

「……待ちかねた兄の味はどうだ？」

「――……っ」

待ちかねてなどいない。逃げられなかっただけだ。

傲然《ごうぜん》と押し入ってきた灼熱《しゃくねつ》に浅く息を吐《は》きながら、泣きぬれた瞳でそう訴《うった》える。気丈《きじょう》に見つめ返す妹に何を感じたのか――蜜洞《みつどう》を埋《う》める剛直がびくびくと脈打ち、さらにたくましくなった。

「あっ、や、……な、なぜ……」

「おまえが挑発するからだ」

「そんなこと、してませ……やぁっ、あ、……ああ……っ」

腰を引いたヴァレンテが、ふたたび重く鋭いひと突きで腰を進めてくる。

抽挿《ちゅうそう》をくり返すごとに花びらはやわらかくほぐれ、切《き》っ先《さき》は奥へ、さらに奥へと埋め込まれてきた。ふくれ上がった灼熱に突かれるたび、内奥《ないおう》が疼《うず》いて痺《しび》れ、下肢《かし》が跳《は》ね上がる。すると、抜き差しされる牡《おす》とともにぬれた蜜口が淫《みだ》らにめくれあがり、またぐちゅりと音を立てて巻き込まれていくのが、エウフェミアの目にも入ってしまう。

（いや……！）

そのみだりがましさがいたたまれず、目蓋《まぶた》を固く閉じた。

すると容赦《ようしゃ》のない腰つきに合わせ、寝台がギシギシときしむ音や、完全には脱がされていないドレスがかきまわされる衣《きぬ》ずれの音が耳に入ってくる。そしてもちろん、突《つ》かれるごとに自らの秘処《ひしょ》で上がる、じゅくじゅくという耳を覆《おお》いたくなるような音も。

「やぁ……んっ、……いやっ……、いやぁ……あ……っ」

猛《たけ》り立った剛直のみならず、淫猥《いんわい》な光景、悩ましい音――感覚のすべてで、エウフェミアは兄に犯《おか》される自分をありのままにとらえてしまう。

そして混然《こんぜん》となったそれらは、身の内を満たしていた未熟《みじゅく》な官能をあおり、燃え立たせていった。昂《たか》ぶった身体は快楽を求め、熱くやわらかく変貌《へんぼう》していく。

「ひっ……、っ……ん、う……うっ」

深く抉《えぐ》ってくる灼熱を受け止めるのは、まだ少し苦しい。しかしある瞬間から媚壁《びへき》はひくり、とうごめき出し、中をこすり上げてくるものに健気《けなげ》にまとわりつくような動きを見せた。ずん、と最奥を穿《うが》たれる衝撃《しょうげき》が甘いさざ波となって伝わっていくごとに、蜜路《みつろ》は熱くとろけ、悦《よろこ》びとともにそれを呑み込もうと蠢動《しゅんどう》を始める。

「あっ、……あぁっ……、はぁん……っ」

「よくなってきたな？」

ゆるりと動き出した腰を両手でつかみ、ヴァレンテが口元をほころばせる。

「淫らな花弁を存分に突きくずしてやろう。おまえの弱いところは心得ている」

言いながら、彼は抽挿《ちゅうそう》の強さや深さを変え、蜜洞をさらにほぐしていった。下肢をぶつける勢いで深くまで強く穿ち、そのまま最奥を揺《ゆ》さぶってくる。

「あ、あっ、あぁぁ……っ」

「ここがいちばん気持ちのいいところだ。そうだろう?」

猛った切っ先に敏感な部分を抉られ、ごりごりと押しまわされるごとに、汗ばんだ身体が艶《なま》めかしくのたうった。ぞくぞくと背筋を駆《か》け抜ける戦慄《せんりつ》に総毛《そうけ》立ち、背をふるわせて細く高い嬌声を発する。

さらにそこを幾度《いくど》となく続けて貫かれるうち、内奥から灼《や》けるような快感が湧き出してきた。どうしようもなく反応してしまい、甘く疼いた腰がひとりでに揺れてしまう。

「やぁっ、深っ……、ぁっ、……そんな深く、だめぇぇ……っ」

じゅぶじゅぶと激しく揺さぶられながら、エウフェミアは悲鳴を上げてのけぞった。

「そんなにきつく締めたら動かせない」

揶揄《やゆ》をふくんで笑いながら、彼は手をのばし、こちらの頬《ほお》をなでてくる。

「はしたなくとろけた顔をして。このところの冷たく取り澄《す》ました様《さま》が嘘《うそ》のようだ」

「取り澄《さ》まして……、など……」

「私を避け、たまに同席してもほとんど言葉を交わさなかったではないか」

その言《げん》に少しばかり拗《す》ねた響きを感じたのは気のせいだろうか？

意外な言われように、エウフェミアは愉悦《ゆえつ》をこらえて返した。

「避けてなど……いません……っ」

このところはクラウディオと行動することが多かったため、ヴァレンテとは予定が重ならなかっただけだ。また顔を合わせても、一緒にいるクラウディオとの会話を優先したため、兄は後まわしになってしまった——それだけだ。

しかし首をふるエウフェミアの、もっとも感じる場所を、彼は猛る切っ先で意地悪く貫いてきた。

「ぁぁあぁ……っ」

「その間、私はどうやっておまえをこらしめるかを考えていた。ようやく意趣《いしゅ》返しができるというわけだ」

「ああぁっ、……あぁっ……、そっ、そんなにっ……突いちゃ、……だめぇ……っ」

穿《うが》たれ、揺さぶられ、返す声までもその律動《りつどう》に乱れる。

抽挿のたび、ずくずくとこすられる柔襞《やわひだ》から、甘い刺激が生じて広がった。からみつく蜜路《みつろ》は、押し入ってくる灼熱を、中へ中へと自《みずか》ら妖《あや》しくうねって誘う。

それは自分の身ながら、羞恥《しゅうち》のあまり頭に血が上るほど卑猥《ひわい》な反応だった。

下肢をたたきつけるようにして最奥を穿ち、押しまわすように弱点をぐりぐり責められると、脳までとろけるほどの愉悦が破裂し、蜜洞《みつうろ》がきゅうきゅうと屹立《きつりつ》を引きしぼる。頼りなく虚空《こくう》をただよっていた脚の爪先《つまさき》までもが、ひくひくと痙攣《けいれん》した。

内部を埋め尽くすものの熱さと、大きさと、脈動を生々しく感じ、動揺と興奮《こうふん》とを同時に感じてしまう。

「はぁ……あっ、ん……あぁ――……」

「まるで咀嚼《そしゃく》されているようだ」

決して放さないとでもいうかのようにしゃぶりつく蜜口に指を這《は》わせ、ヴァレンテはついでとばかりに秘玉《ひぎょく》をぬるりと押しつぶす。

「あぁぁ……っ」

「私がおまえを味わうように、おまえも私を味わっているということだな」

びくびくとわななないた蜜洞の動きが気に入ったのか、彼は秘玉への刺激をくり返した。さらにきつくまとわりつく内壁をかきわけて、ずっしりとしたものの抽挿が勢いを増し、加減のない動きで奥までをこすり上げてくる。

「いやぁっ……はぁ……、もうっ……ぁ――もう、助け……っ」

いまや下肢ばかりでなく、全身がどこもかしこも痺《しび》れていた。許しを求めてすすり泣きながらも、意に反して甘えた声がこぼれ落ちる。

「あぁっ……はぁ、ぁん……っ」

「とろけて吸いつき、引き絞ってくる。……それにいつまでたっても少しきつい。最高だ」

ヴァレンテは続いて、胸の上で揺《ゆ》れて弾《はず》む果実を両手でつかんでくる。指の狭間《はざま》でこりこりと頂《いただき》を刺激され、言いようのない甘苦しい疼《うず》きが広がった。

「いやっ、……あぁっ、も、……お願い――」

胸で感じさせられ、またしても蜜壁《みつへき》が締まる。その瞬間、灼熱《しゃくねつ》にずぅんっ……と、ひときわ強く突き入れられ、下肢でマグマのような快感が迸《ほとばし》った。

「きゃあぁぁ……っ」

爪先まで、痺れるような愉悦が伝わっていく。もだえる妹を腕の中に囲い込み、彼は激情《げきじょう》にかすれた低い声で訊《たず》ねてくる。

「何を願うと?」

「あぁ……、んっ――助けて……、も、お願い……っ、あぁあっ……」

奥までぎちぎちといっぱいにされ、たまらずあえいだ。

身体が、こんなにも自分の思い通りでなくなることがあるとは思ってもみなかった。

いやなのに。心では恐ろしいことだとわかっているのに、そうやって――意志の力で快楽《かいらく》を封《ふう》じようとすればするほど、肌はより鋭敏《えいびん》に張り詰め、兄の愛撫《あいぶ》を強く感じてしまう。

「も、だめ……――い、……や、あぁあっ……」

抜き差しされるものの容赦《ようしゃ》のない蹂躙《じゅうりん》に、エウフェミアは汗ばんだ身を際限《さいげん》なくくねらせた。

いけないと思うほどに、淫らな思惑《おもわく》を敏感にとらえ、身体の芯《しん》に灯《とも》ったくるおしい熱をあおっていく。

穿《うが》つごとに少しずつ質量を増しているかのような、漲《みなぎ》った屹立《きつりつ》でエウフェミアの中を堪能《たんのう》していたヴァレンテが、その様《さま》を見下ろし愛《いと》おしげにささやいた。

「エウフェミア。……清らかで淫らな私の妹――」

そして彼はおもむろに、エウフェミアの両の足首をつかむ。

「あ……」

涙にぬれた瞳でぼんやりと見上げると、彼は足首を左右に広げ、下肢《かし》をぶつけるようにして激しい抽挿《ちゅうそう》を始めた。

「あぁ……、あっ、……あっ、……あぁぁっ、やっ……あぁっ、……ん」

身体が上下に揺《ゆ》さぶられるほどの腰の動きに、敷布《しきふ》をつかんで身体を支える。

もう何度目になるだろうか。最奥の敏感な箇所《かしょ》を灼熱でごつごつと突き上げられ、凹凸《おうとつ》のあるそれに内壁《うちへき》をこすられ、跳《は》ねた腰が歓喜《かんき》にふるえた。

身の内に湧き上がってきた目もくらむ喜悦《きえつ》に、ぶるりと大きくもだえる。それと同時に胸の頂と、蜜口の上にある秘玉をつままれ、迸《ほとばし》った快感にエウフェミアはついに決壊した。

「あ、あぁっ、ぁあぁぁっ……！」

甲高《かんだか》い嬌声《きょうせい》を上げ、中をずっしりと埋《う》める灼熱をきつく締《し》めつけ、全身をびくびくと――爪先まで引きつらせる。濃厚な官能によって高みに引き上げられた身体は、しばらく痙攣《けいれん》していたものの、ややあって少しずつ力が抜けていく。

うねうねと締めつける蜜壁《みつへき》の緊張がほどけた、そのとき彼はずるりと己のものを引き抜いた。そして脱ぎ散らかした衣服を引き寄せ、そこに精《せい》を放つ。

「……はぁ、……っ」

絶頂《ぜっちょう》から我に返ったばかりのエウフェミアは、初めぼんやりとしていたものの、やがてその意味を察すると、安堵《あんど》に胸をなで下ろした。

昨夜は意識を失ってしまったため、どうなったかわからずじまいだったのだ。

「兄様……」

恐れていた事態の中でも、最悪のものは回避《かいひ》できそうだ――

その思いに脱力していると、ヴァレンテが上体をのばすようにして、妹のくちびるにしっとりと口づけてくる。

そのまま幾度《いくど》かくちびるをこすり合わせ、淡《あわ》く食《は》み合った後、怜悧《れいり》な美貌《びぼう》を一度離した彼は、まつげの影を濃く落とした昏《くら》い眼差《まなざ》しでほほ笑んだ。

「安心するのはまだ早いぞ」

「え……？」

「一度で許してもらえると思っているのか？　ようやくこの関係がなじんできたというのに」

歌うように言ってヴァレンテは身を起こし、妹の身体《からだ》を反転させてうつ伏《ぶ》せにする。そして。

「……兄様……？」

とまどいを込めて呼びかけたエウフェミアの腰を、両手で持ち上げた。その状態で、いまだひくひくとうごめく媚壁《びへき》に指をすぅっと這《は》わせてくる。

「え、……なに、……や――」

獣《けもの》のように這わされた格好《かっこう》に、エウフェミアはたじろいで肩越しに兄を見た。相手はつき出された臀部《でんぶ》を両手でなでまわし、柔肉《やわにく》をつかんで自分に引き寄せる。

「尻まで蜜《みつ》でべとべとだ。……これは卑猥《ひわい》な眺めだな」

「兄様……な――な、……」

「おまえも慣れてきたから、あと一度くらいはいけるだろう」

「いや、……そんな、もう無理です……――んっ、はぁ……っ」

ぬれそぼり、ぽってりとふくらんだ淫唇《いんしん》に、すでに回復したらしい剛直《ごうちょく》がずぶずぶと潜《もぐ》り込んでくる。

先ほどのような抵抗もなく、エウフェミアのそこはやわらかくとろけて昂《たか》ぶりを呑《の》み込み、すぐにうねうねとからみついた。

これまでとちがう、あらぬ箇所《かしょ》を抉《えぐ》られる感触に、腰の奥がずくん、と疼《うず》く。よつんばいでそれに耐え、しならせた背をふるわせるエウフェミアに、彼は蕩《とろ》けた蜜路《みつろ》の感触を愉《たの》しむように、昂ぶりをゆっくりと押し入れてくる。

「あ……あ……っ、はあぁ……っ」

屹立《きつりつ》の表面の凹凸《おうとつ》までも感じ取り、淫《みだ》らに収縮《しゅうしゅく》した蜜壁《みつへき》からぞくぞくとした愉悦《ゆえつ》が湧き起こった。敷布に両手をついたエウフェミアは、リネンをつかんでせつなくあえぐ。

「こんな、格好、いやぁ……っ」

胸はこぼれてしどけなく揺《ゆ》れ、剝《む》き出しの尻を高く掲《かか》げるその体勢は、胴まわりにまとわりついたままのドレスも相《あい》まって、ひどくはしたない。

しかしヴァレンテはその格好に興奮《こうふん》したようだった。蜜路の中の灼熱《しゃくねつ》が、ぎちぎちと少しずつたくましさを取り戻し、奥へ奥へと押し込まれてくる。

「たまらなく淫らな光景だ。エウフェミア。いつも高潔《こうけつ》なおまえと思えばこそ――」

ぐっぐっと腰を使い、強く突き入れられる。いかにも兄を思わせるその獰猛《どうもう》な感覚に、強い悦楽《えつらく》がこみ上げた。

「あっ、あぁっ……ふ、……んっ、……あぁ……！」

圧迫するものを、それでも懸命《けんめい》に呑《の》み込み、熱くやわらかく締《し》めつける。そんな内部の動きにあおられ、湧き上がる恍惚《こうこつ》のままに腰を揺らすと、ふいにヴァレンテが、背後から身体を重ねるようにしてのしかかってきた。

「こんな格好、にずいぶん興奮しているようじゃないか。先ほどよりもいいぞ」

欲望にかすれた声でささやき、彼はうなじに吸いついてくる。

「あぁ、ん……っ」

くすぐったいところを舐め上げ、しゃぶられ、猫のようにそらせた背筋にぞくりと甘い痺《しび》れが走った。その間にも彼は胸のふくらみに手指を絡《から》め、重量をはかるように上下に揺らす。揉《も》みしだかれ、爪の先で頂《いただき》をいじられると、びりっと鋭《するど》い喜悦が生じ、また背がふるえてしまった。

「だめっ……それ、……い、一緒にはっ――ふぁ……あっ」

みっしりと中を埋《う》め尽くされながら、絶《た》え間《ま》なく刺激を与えられ、どうしようもなく気持ちのよい感覚に襲《おそ》われた腰がもどかしげにくねる。

ゆっくりと屹立《きつりつ》が引き抜かれたとたん、じゅく……という音とともに、新たにあふれた蜜《みつ》が大腿《だいたい》を伝ってこぼれるのがわかった。

「ここをいじられるのも好きだろう?」

すっかり愉《たの》しんでいる口調で言い、ヴァレンテは下肢《かし》にのばした手で、続く淫虐《いんぎゃく》のせいで痛いほどに尖《とが》っている花芯《かしん》をぬるりとつまむ。

硬《かた》くなった粒《つぶ》を指の腹でまさぐりながら、ひときわ激しく貫《つらぬ》かれ、灼熱にごりごりと腰の奥底をかきまわされ――

「やぁっ、……あっ、あぁあぁ……!」

ふいに突き上げてきた快感の塊《かたまり》に、息が詰まった。芯《しん》から甘く蕩《とろ》けてしまいそうな喜悦《きえつ》に目裏《めうら》が真っ白に明滅《めいめつ》し、蜜洞《みつうろ》をきゅぅっと引きつらせながら、下肢ががくがくとふるえてしまう。

「あぁ……っ、……はぁっ……あ……っ」

官能を味わい尽くし恍惚《こうこつ》のうちに弛緩《しかん》していく身体は、いっとき力を失い、エウフェミアは頬を寝台に押しつけた。

しかし兄のものはまだ硬《かた》く勃《た》ち上がったままである。

「また達《たっ》したのか？　早いな。感じすぎだ」

苦笑混じりにつぶやくと、彼はぎりぎりまで己を引き抜き、勢いをつけてひと息に付け根まで押し入れてきた。がつん、と強い衝撃《しょうげき》が内奥の弱点を穿《うが》つ。

「あぁっ……！」

稲妻《いなずま》のような喜悦が背筋を這《は》い上がり、エウフェミアは高い嬌声《きょうせい》を上げて、達したばかりの感じやすい身体をくねらせた。

言いようのない快感に、頭が真っ白になる。それは当然蜜壁《みつへき》にも伝わった。うねる内部がぎゅうぎゅうと、脈動する灼熱《しゃくねつ》にからみつく。

「根元から引きしぼられるようだ。すごい――」

最奥を押しまわしてくる屹立《きつりつ》よりも、感じ入ったような兄の声が、エウフェミアをさらに昂《たか》ぶらせた。

「ん、ぁぁ、……っ」

「兄のものをこうも貪欲《どんよく》に呑《の》み込んで。蜜をこぼして尻を振り立てて。いい格好だな、エウフェミア」

嬲《なぶ》る言葉に、エウフェミアは羽毛《うもう》の枕《まくら》を両手でつかんで引き寄せ、羞恥《しゅうち》と、快感に火照《ほて》ったのとで真《ま》っ赤《か》になった顔をうずめる。

ヴァレンテは喉《のど》の奥で低く笑った。

「あまり急《せ》いてはつまらないな。せっかくだ。じっくり味わおう」

言いながら、彼はエウフェミアの前に手をのばし、ふたたび花芽を指で転がす。けれど先ほどとはちがい、それはゆるゆるとした穏やかな愛撫《あいぶ》だった。

「んっ、……んっ……」

「ひくついて私を食《は》むおまえの中はとても具合がいい……」

蜜壁の感触を味わうように、言葉の通りゆったりとした抽挿《ちゅうそう》を続ける。腰の奥から押しよせる官能の波は、大きくなる前に引いていくかのよう。

直截《ちょくせつ》的な快楽しか知らないエウフェミアは、次第にその感覚に焦《じ》れてきた。

「あ、……はぁ……ん、……っ」

こみ上げては中途で放り出される愉悦は、輪郭《りんかく》をくずして全身に広がっていく。少しずつ溜《た》まっていったその熱は、染みいるように身体を火照らせ、芯《しん》から疼《うず》かせた。

「はぁ……」

「行儀のいい愛し方は気に入ったか？　慎《つつし》み深い女はこういうのが好きだというが」

ヴァレンテは獰猛《どうもう》なまでにずっしりとふくらんだ牡《おす》で、ぐちゅ、ぐちゅ、とゆるやかに動く。

ぎりぎりまで引き抜き、奥まで押し入れ、ぬれてからみつく媚壁《びへき》を心ゆくまで堪能《たんのう》しているようだ。

しかしエウフェミアはといえば、じわじわと昂《たか》ぶらされる官能を持て余し、こみ上げてくる欲望を必死の思いでこらえていた。じっとしていられず、我知らず腰を揺《ゆ》らす。

「……はぁ……っ」

「どうした。気に入らないのか？　激しくされるほうが好きか？」

尻をつかみ、彼は答えを促《うなが》すようにずくずくと奥を突《つ》いてくる。

「あっ、……あぁっ……」

湧き上がり、ふくらむ熱にとけてしまいそうだ。溜《た》まっていくばかりの愉悦に、頭がふやけていく。

熾火《おきび》のごとくじりじりと肌《はだ》を灼《や》く甘い痺れのせいで、元からしっとりと汗ばんでいた肌に、さらに汗が浮き出す。

「こ、――こういうの……、だめ……っ」

せつなくこぼれた吐息《といき》に、彼は我が意を得たりとばかり、背後から優しくささやいてきた。

「どうされたいのか言ってみろ」

まちがいない。この人は悪魔だ。

そんな思いを抱きながら、ゆるゆるとかぶりをふる。

「……も、だめ――助けて……」

「どうしてほしい？」

「もっと、動いて――お願い、ぁっ、……突いて……っ――ぁあぁ……っ」

大きな手が脇腹をざらりとなで上げてくる。ひくひくと身を打ちふるわせる妹の背中を――そこに点々と、宝石の粒《つぶ》のように浮かんだ汗を、彼は舌とくちびるで舐《な》め取っていった。

「はぁ――ぁ、ん……！」

「おまえは汗まで甘い」

「兄様ぁ……っ」

舌足《したた》らずで甘えるような声。幼い頃、こうすれば兄は何でも言うことを聞いてくれた。その記憶を忠実《ちゅうじつ》になぞる。

「おまえは。まったく……」

あきれた声音《こわね》ながらも、まんざらでもなさそうに応じ、ヴァレンテは昂ぶった牡を入口付近まで大きく引き抜いた。そして自《みずか》らもまたひそかに乱れる息を殺しつつ、訊《たず》ねてくる。

「私とクラウディオ王子と、どちらを愛している?」

「え……」

満たすもののなくなった内奥《ないおう》が、ひくひくとせつなくうねった。みだりがましい自分の反応に、ひどく羞恥《しゅうち》を感じてしまう。

(言えばその通りにするって言ったのに……)

恨《うら》めしく思いながら首をふった。

「兄様……。お、……っ、お願い……──」

小刻みに打ちふるえる肩越しにふり向き、涙をまとわせた銀のまつ毛をしばたたかせて懇願《こんがん》する。

しかし彼は入口のあたりを切《き》っ先《さき》でかきまわしただけで、再度訊ねてきた。

「私と夫と、より愛しているのはどちらだ?」

「あぁっ……」

敏感になりすぎた身体の奥が、さらなる刺激を求めてわななく。

快楽に懊悩《おうのう》しつつも、答えを拒《こば》む妹の中から、ついにヴァレンテは無情にも、完全に腰を引いてしまった。

「……、や……あ、……っ」

中途半端に取り残されたつらさに、敷布《しきふ》をつかむ手に力がこもる。貫《つらぬ》く怒張《どちょう》が引き抜かれたことに、「いや」などと言いたくはない。しかし意に反し、腰が牡を誘うように揺れてしまった。その奥は自らを圧する刺激を求め、淫らに収縮《しゅうしゅく》している。

ヴァレンテは、漲《みなぎ》り硬《かた》く勃《た》ち上がったものを、蜜《みつ》をこぼしてひくつく秘裂《ひれつ》全体に押しつけてきた。

「どちらだ、エウフェミア。言ってみろ」

ぽってりと腫《は》れて敏感になったそこを、脈の浮き出た熱い牡で溝に沿って刺激され、しならせた背中をびくびくとふるわせる。しかしそれも、昇り詰める手前で止まってしまった。

「……ぁ、はぁっ……、……いや……ぁ……」

ぐつぐつと煮詰まった官能の塊《かたまり》が、破裂の時を待っている。さまよった手が羽毛の枕にふれた。それをつかんで引き寄せ、ひんやりとした表面に火照《ほて》りきった顔をうずめる。

そうして寄せてきた大きな官能の波をこらえた。

「あっ……ぁ……、……ぁあ……んっ……」

「どうなんだ？」

エウフェミアは沸騰《ふっとう》しそうな興奮《こうふん》を我慢しているというのに、兄はなおもささやき、胸の双丘《そうきゅう》をやわらかく捏《こ》ねながら、背筋に熱いくちびるを落としてくる。

「は、ぁぁ……ん……っ」

ぞくぞくと背中を這《は》い上がる快感に、つばを飲み込んだ。真実はともかく、この場を切り抜けるだけなら回答は決まっている。

「に、さま……」

枕にうもれ、くぐもった声で、エウフェミアは応じた。

「愛しているのは……、兄様……っ」

これでクラウディオのほうが大事などと言ったら、姿の見えない彼の身に何が起きるかわからない。とっさにそう考えての答えだ。

それに血のつながりは、男女の仲よりも強い絆《きずな》で結ばれている。そういう意味では、まちがってはいない……と思う。

「だからお願い……兄、様……っ」

「エウフェミア……、いい子だ」

こみ上げる愉悦《ゆえつ》を味わうように陶然《とうぜん》とささやき、ヴァレンテはいきり勃《た》った楔《くさび》を激しくエウフェミアに突き入れてきた。

「きゃぁ、あぁあ……！」

太く脈動する灼熱《しゃくねつ》は、たっぷりとぬれそぼった蜜壁《みつへき》をこすりつけながら奥深くを穿《うが》ち、すぐにまた引き抜かれていく。

「あ、あっ、あぁぁ……っ」

激しい律動《りつどう》がもたらすたまらない喜悦《きえつ》に、たちまち我を忘れてしまう。突き上げに合わせ、未熟ながらも腰を振りさえした。

「あぁっ、……あっ、あぁ……んっ……」

「今日限り、兄と呼ぶのはやめろ。これから私のことは名前で呼べ。ヴァレンテと」

いやらしくうねってからみつく媚壁《びへき》をかきわけ、彼はじゅくじゅくと剛直《ごうちょく》を抜き差ししながら、指でぬるぬると花芽をまさぐり、押しつぶす。

耐えきれないほどの喜悦に、身体がぶるぶると引きつった。

「いやぁ、それっ……あっ、……同時は、だめぇぇ……っ」

「ヴァレンテだ、言ってみろ」

「ヴァ……ヴァレン、テ……ッ――ああぁん……っ」

ずん、と重く鋭く突き上げてうながされ、考える前に応じてしまう。すると彼は襞《ひだ》がめくれ上がる勢いで引き抜き、再度奥まで押し入れてくる。

「もう一度」

奥にとどまったまま、切っ先でぐりぐりと押しまわされ、弾《はじ》けた快楽にエウフェミアは身震いをした。

「ヴァレンテ……！　――ヴァレンテ、ヴァレンテ――お願い……っ」

懇願《こんがん》を受け、勢いを増した灼熱が、じゅぶじゅぶと幾度《いくど》も激しく突き上げてくる。

奥まで埋め尽くす脈動のもたらす途方もない愉悦に、身体のあらゆる箇所《かしょ》から力が抜けていった。くずれ落ちようとした脚《あし》を、ヴァレンテが臀部《でんぶ》をつかんで支える。

顔を枕に埋め、尻だけを高く突きだした格好で、エウフェミアはあふれる蜜とともに、兄の剛直をもっとも深いところまで呑《の》み込んだ。くり返し穿たれるごとにビクビクと身をふるわせ、甘い嬌声を張り上げる。

「あっ、……あぁっ、ぁん、……あぁぁ、……あんっ」

快楽に我を忘れた状態で、どれだけの時間がたったのだろう。

ふいに、ヴァレンテが無造作に言った。

「そろそろよかろう。――ジュリオ」

「ふ、ぁ――……」

突然出てきた第三者の名前に、エウフェミアは上げかけていた声を呑《の》み込む。快感に朦朧《もうろう》としていた頭がわずかに冷え、現実が戻ってきた。枕から持ち上げた顔を、まさか、という思いで横に向ける。

そんなエウフェミアの傍《かたわ》らで、先ほど開かれた側とは反対側のカーテンが、外からまくられる。そこには――

「――!!」

目にしたものに、エウフェミアは身体中の血が音を立てて逆流していくのを感じた。

そこには、縛《しば》られ、猿ぐつわをかまされ、ジュリオに剣を突きつけられて動きを封じられたクラウディオが、膝《ひざ》をついて座らされていた。

「いっ――」

目を血走らせ、燃えるような眼差しでこちらをにらみつけてくる夫と視線が重なり、喉《のど》から悲鳴が迸《ほとばし》る。

「いやぁあぁっ……！」

そんな妹を、そしてクラウディオを、ヴァレンテは勝ち誇《ほこ》った表情で見下ろしてきた。

「さぁもう一度聞かせてくれ、エウフェミア。私とクラウディオ王子、愛しているのはどちらだ？」

「あぁ……、あっ……あぁっ」

衝撃に呆然《ぼうぜん》とする身体が、背後から無情にゆさぶられた。彼はいっそう激しく腰を突き上げ、ひどく感じるところをねらい、そこばかりをずくずくと切っ先で抉《えぐ》ってくる。

嵐のような恍惚《こうこつ》に執拗《しつよう》に襲われ、そこに混乱が加わり、意識がもみくちゃになった。惑乱《わくらん》の際に達《たっ》した身体の奥から、噴泉《ふんせん》のようにたまらない感覚がこみ上げ、全身をわななかせて駆《か》けめぐる。

「あぁあぁ！　……いやぁっ、ぁぁあっ、……やめ――」

「さぁ、エウフェミア。愛しているのはどちらだ？」

「――ヴァレンテ、……ヴァレンテ……！」

わけのわからない状況から逃《のが》れたい。その思いだけで、エウフェミアは声を張り上げる。と、兄はさらに追い詰めるように言った。

「では夫へ引導《いんどう》を渡してやれ。私が何を言っても聞きはしないだろうから」

彼はエウフェミアを追い詰めているのだ。二度と後戻りのできないところへと。そう悟り、枕に顔をうずめて首をふる。

すると彼は、興奮《こうふん》にいきり勃《た》った灼熱で、責め立てるように最奥を穿《うが》ってきた。

「あぁあぁ……っ」

「いまさら否定しても無駄《むだ》だ。おまえが来たときから、我々の会話はすべて筒抜けだった」

嬌声を上げて悶《もだ》える妹に、彼はとどめを刺すように、いっそう甘く声をひそめる。

「今夜が初めてではないことも、もちろん知られてしまっただろうな」

「いやぁぁ……っ」

そして夫にそっと目を向ければ、クラウディオは怒りに上気した顔をゆがめ、涙のにじんだ青い瞳を血走らせ、食い入るようにこちらを見ていた。

かまされた猿ぐつわを、いまにも食いちぎってしまいそうな様子である。

そんな夫の前で、脱がされかけたドレスをしどけなくまとい、腰だけを高く上げて。兄のもので貫かれている姿を見られている。

混乱と衝撃でエウフェミアは気が遠くなった。いっそ気絶してしまいたかった。

枕に顔をうずめ、きつくつぶった目尻《めじり》に涙が浮かぶ。頭の中は真っ白なのに、身体はその間にも内奥《ないおう》まで犯してくるものをきつく食いしめ、快楽《かいらく》を得ていた。

「ん……っ、ああっ、ん……っ！」

「すごいな。とろとろにとろけて、必死にむしゃぶりついてくる」

わざとらしく声を張り上げ、ヴァレンテは後ろから深く突き入れてくる。汗ばんだ細い腰をつかみ、自らの膝《ひざ》を使ってエウフェミアの脚をさらに開かせ、淫《みだ》らな音を立てて激しくゆさぶってくる。

「やぁっ、広げない、で……え……っ」

脚を広げられたせいで、秘裂《ひれつ》からこぼれた蜜が敷布にしたたるのが目に入った。また蜜口にも隙間《すきま》ができたせいか、ずちゅずちゅと屹立《きつりつ》を出し入れする音が、ひときわ高くなる。

何よりその格好では、兄の牡《おす》を呑《の》み込み、つながっている部分までもがクラウディオの目にふれてしまうだろう。

「おまえの一番感じるところを突いてやろう。夫によく見せてやれ。最愛の兄に抱かれた時、おまえがどれほど淫らに乱れるのか」

「いやぁっ、……やめて——もう……ん、あぁっ、あぁぁっ……！」

快感に追い立てられ、こみ上げてきた濃密な悦《よろこ》びに、枕の中で頭をふる。しかし続けて、いよいよ独占欲を剝き出しにした兄の声には、従わないわけにいかなかった。

「さぁ、きちんと別れを。ミゼランツェには行けないと――何事もなかったかのような顔をして、未来の王妃になどなれないと言ってやれ」

エウフェミアは絶望的な気分でそれを聞く。まさしく彼の言う通りだったから。

こうなった以上、もうクラウディオの傍《そば》にいることはできない。クラウディオのほうも、もうエウフェミアを連れて帰りたいなどと望みはしないだろう。

硬《かた》くいきり勃《た》った兄の楔《くさび》に穿たれ、ゆさぶられながら、エウフェミアは枕に顔を押しつけて口を開いた。

「はっ……、あっ……、――クラウディオ、ごめんなさい。……ごめんなさい――」

ぎっ、ぎっ、と寝台のきしむ音が、それに重なって響く。

「わたくしは……、ん、あぁっ……あなたの想《おも》いに、……あぁっ、あっ、値《あたい》するような女では、ないの……っ」

「よくできた」

脈打って隆起《りゅうき》した怒張《どちょう》を、兄は今度こそエウフェミアを快感の頂点へと押し上げるように突《つ》き上げてきた。激しい律動《りつどう》で、最奥をがつがつと穿ってくる。

「あっ、あっ……、あああ、ぁぁぁあぁ……！」

こすられる蜜壁のすべてが気持ちよかった。びくびくと痙攣《けいれん》し、くずれ落ちそうになる肢体《したい》を両手でつかんで支え、ヴァレンテは打ちつける腰の速度を上げていく。

「あっ、あっ、あっ、……あぁあっ」

　熱くふるえる内奥のもっとも感じる場所を、ずんずんとくり返し重く突かれ、下肢から燃え立つような悦楽《えつらく》が湧き出してきた。

　あと少しのところでヴァレンテは身体を倒し、それまでエウフェミアの腰を支えていた両手で、胸の双丘をつかんでくる。ぐにぐにとそれを捏《こ》ねまわしながら、つかんだそれに指を食い込ませるようにして引っ張り、その反動でぐっぐっと腰を打ちつけてくる。

「あぁあっ、……やぁあ……あぁあっ、あん……！」

　荒々しくされているにもかかわらず、胸の奥がぐずぐずと甘く痺《しび》れ、それは下肢をさいなむ焼けつくような快感とからみ合い、全身を痺れさせた。

　焦《じ》らされた分強い快感に、大きく開かされた内股《うちまた》がふるえ、のけぞらせた背をびくびくと痙《けい》攣《れん》させる。そしてついに——

「……あぁあぁあ……！」

　身の内を走り抜けた衝動に、頭の中が真っ白になる。

　エウフェミアは背後から抱きしめてくる兄の腕の中で、あられもなく身もだえながら、深く激しい絶頂に我を忘れた。

まさか兄が、こうまで非道な真似《まね》をするだなんて。

「——……」

極《きわ》まった余韻《よいん》に息を乱しながら、エウフェミアは心身双方の憔悴《しょうすい》のあまり、寝台にうち伏《ふ》した。

自分でも愕然《がくぜん》としてしまう。

(心だけは——せめて、心だけは正しくあろうと……、あんなに誓っていたのに——)

子供の頃からずっと、兄を慕《した》い続けてきた。

彼をきらうなどありえない。それどころか、世界中の人間が敵にまわったとしても、自分だけは変わらず彼を愛する自信があった。

それでも、これまでは兄妹の愛と、男女の愛をはっきりと区別することができていた。両者が交わることなどあり得なかった。しかし——

無理やりにとはいえ身体を重ねてしまったいま、その境が急速に曖昧《あいまい》になってきている。

(こわい——助けて。どうなってしまうのかわからない……!)

理由などない。ただ理屈を超えたところで、心身が恐れおののくのだ。

創世の時に神が定めた摂理《せつり》に反することを。死した後の審判の場で、峻厳《しゅんげん》な天使たちによって其の罪を曝《あば》かれ、悪魔に魅入《みい》られた者と宣告されることを。

「エウフェミア」

ささやく声に優しく呼ばれ、肩がふるえた。

むしろ兄はなぜ平気なのだろう？　このような罪を犯《おか》して。

（兄様は、いつもそう――）

他の人々が神と国王を崇《あが》め、天と地上の法に従う中、彼はいつでも己のみを信じて頼っている。己の中の掟《おきて》が他の法とぶつかる際には、それを犯すことを恐れない。

そんな彼を、ずっと誇《ほこ》らしく思ってきた。すらりとした端正《たんせい》な佇《たたず》まいを目にするたび、胸を高鳴らせていた。そして――

エウフェミアは、大きくてやわらかい枕に顔を埋めたまま口を開く。

「ヴァレンテ……ヴァレンテ、お願いです。……早くクラウディオを放してあげてください。……でないと大変なことになります」

解放したところで大騒ぎになることにちがいはないだろうが、いまはとにかく、一刻《こく》も早く夫の視線から逃れたい。

枕を通し、くぐもった声で訴《うった》える妹の頭上で、ヴァレンテの声が「縄《なわ》をとけ」と短く命じた。

そして彼はエウフェミアの頭をなで、髪の毛を指で弄《もてあそ》びながら落ち着き払って言う。

「心配するな。クラウディオ王子は決してこのことを口外にするまいよ。第一に、この上ない醜聞《しゅうぶん》から妻の――ひいては我が身の名誉を守るため。第二に自分の軽《かる》はずみな行動によって、良好だった国との間に軋轢《あつれき》を生み出し、無益《むえき》な戦《いくさ》と犠牲《ぎせい》を自国に強《し》いないために」

とそのとき、軽《かろ》やかな兄の言《げん》とは対照的な、地を這う怨嗟《えんさ》の声が重なって響《ひび》いた。

「決して……口が裂《さ》けても言うものか。自分が愚《おろ》かだったのだと……毒婦《どくふ》にだまされていたなどと、誰にも言えるものか——」

噛みしめた歯の隙間から、しぼり出しているのだろうか。激情にふるえるその声は、枕に顔を埋めたままのエウフェミアの耳に、動物がうなっているようにも聞こえた。

「一国の王子として、パヴェンナに禍根《かこん》は残さない。だが個人としてはおまえたち兄妹を生涯《しょうがい》赦《ゆる》さない。邪悪《じゃあく》な所業を力の限り侮蔑《ぶべつ》してやる。悪魔の姦淫《かんいん》に溺《おぼ》れる呪われた兄妹は地獄に落ちろ！　罪を糧《かて》とする永遠の劫火《ごうか》に焼かれてしまうがいい！」

唾棄《だき》するような叫びが、心にぐさぐさと突き刺さる。

喉も裂けよとばかりに吠《ほ》えたクラウディオは、そのまま足音も高く寝室を出ていってしまった。——糾弾《きゅうだん》に、おののきふるえる妻を置き去りにして。

「なかなか気の利いた捨て台詞《ぜりふ》だ。……いま、初めてあいつを気に入った」

ヴァレンテは、自分の傍《かたわ》らで寝具に顔を埋めて泣き伏す妹の頭をなでながら、そううそぶく。

(行かないで——)

くぐもった嗚咽《おえつ》をこぼしながら、エウフェミアはやわらかな羽毛の枕を力いっぱい抱きしめた。

去っていくクラウディオに助けを求めたい。この恐ろしい罪から救ってほしい。

この兄のもとに取り残されることが恐くてたまらないのだ。檻《おり》の中に深く捕らわれたまま、一人でどうすればいいというのか。

（こわいの）

（助けて、クラウディオ……！）

たったいまひどく裏切ったばかりの身で、あさましくもすがり、連れ出されることを希《こいねが》う。しかしそれはもちろん求める相手に届くことはなく。

エウフェミアの隣《となり》にいるのは今も昔も変わらず、人々に悪魔と呼びそしられる兄——ただ一人だった。

3章　理性は淫虐に呑み込まれ

翌日ミゼランツェの使節団は、それまで粘《ねば》り強く構えていたのが嘘《うそ》のように、すみやかにパヴェンナの王城から出立していった。人々は、クラウディオとヴァレンテとの間でミゼランツェに有益《ゆうえき》な密約が交わされたのではと一時《いっとき》ささやきを交わしたものの、その注意はすぐに目の前にせまった祝祭日に呑《の》み込まれた。

そして週が明けると、街は祭りに浮き立った。

戦《いくさ》に明け暮れていた昔とちがい、半島随一《ずいいち》の大国となったいま、パヴェンナの王都には祭りに際して諸国からあらゆる品々がもたらされ、通りに連なる店先にあふれんばかりに積《つ》まれている。通りという通り、広場という広場に花や垂《た》れ幕《まく》が飾られ、辻《つじ》ごとに曲芸師《きょくげいし》や楽士《がくし》が立って技を披露《ひろう》し、道行く人々は色鮮やかな晴れ着に身を包んでいた。そしてそのすべてが仮面をつけている。

その夜は王宮でも盛大な仮面舞踏会《ぶとうかい》が催《もよお》された。

フレスコ画の描かれた円天井《まるてんじょう》を有する大広間は、盛大な祝賀《しゅくが》の催しにまばゆいばかりに飾り立てられている。壁燭台《かべしょくだい》という壁燭台のすべて、そしてシャンデリアの蠟燭《ろうそく》すべてに火が灯《とも》され、周囲に散りばめられたクリスタルの粒《つぶ》に反射し、鏡に映り、いたるところに施《ほどこ》された彫金《ちょうきん》の装飾《そうしょく》を輝かせていた。

その一画では、この日のためにと召し抱えられた楽士たちが、宴席を楽しく盛り上げる。贅《ぜい》を凝《こ》らした仮面をつけ、普段とは一風《いっぷう》変わった装《よそお》いを身にまとった人々は、召使いが銀《ぎん》の盆《ぼん》で運んでくる葡萄酒《ぶどうしゅ》を片手に談笑《だんしょう》し、また相手かまわず朗《ほが》らかに踊っている。

（クラウディオが参加したがっていたわね……）

にぎやかな広間から逃《のが》れバルコニーに出たエウフェミアは、仮面を外し、手すりにもたれて大きく息をついた。彼にひどい屈辱《くつじょく》を与えてからまだ数日しかたっていないのだ。とてもではないが大騒ぎをする気分になどなれない。

「王子様がいなくなって、お姫様は気鬱《きうつ》の病《やまい》！」

するりと広間から出てきた道化が、甲高《かんだか》い声ではやし立ててくる。エウフェミアは眉根《まゆね》にしわを寄せて応じた。

「あっちへ行きなさい」

「今宵《こよい》、仮面舞踏会。王子は貧乏人に、貧乏人は王子に。誰もが自分でなくなる日。囚《とら》われのお姫様は流浪《るろう》の踊り子に――」

くるくるとまわりながら道化がはしゃぐ。

ようは叔父《おじ》の好きな乱痴気《らんちき》さわぎだ。城の大広間に集う、仮面をつけて、仮装で着飾った貴族たちと同じく、エウフェミアも普段とはちがう——芸を売り物に、街から街へ旅をする一座の娘のような衣装に身を包んでいた。

「格好だけよ、こんなもの」

「自由はないのか？　自由はないのか！」

けけけけけ……！　と高く笑い声を発した道化は、その直後、広間から新たにやってきた人影に、剣の鞘《さや》で頭を小突《こづ》かれ、「ぎゃっ」と大げさなほど飛び上がった。逃げていく道化の脇に立っていたのは、流浪《るろう》の民の仮装をして仮面をかぶったヴァレンテだった。

奔放《ほんぽう》で野性的な印象の装束《しょうぞく》が、鍛《きた》え上げられたしなやかな体軀《たいく》によく似合っている。漆黒《しっこく》の繻子《サテン》の生地に金で装飾をあしらった端正《たんせい》な仮面が、秀麗《しゅうれい》な眉宇《びう》に謎《なぞ》めいた魅力を添《そ》えていた。

彼もまた、こちらを頭から足先までじっくりと眺めている。エウフェミアは頬《ほお》が熱を持つのを感じ、腕で自分の身体《からだ》を隠すようにした。

宴席に侍《はべ》る踊り子の衣装は腕が剝《む》き出しで、襟《えり》ぐりは大きく開き、じゃらりと重い首飾りの色鮮やかな大粒《おおつぶ》の宝石が、白い肌《はだ》と胸の谷間を強調している。見えそうでいて、肝心《かんじん》なところは決して見えない作りだが、まちがっても一国の王女が着るようなものではない。当然、似合っているとも思えない。

しかし兄は琥珀《こはく》色の瞳《ひとみ》を、満足そうな笑みに細めた。

「バルコニーに逃げ込んだのは正解だ。今夜おまえを目にした男たちは皆、想像の中でこの美しい踊り子の衣裳をはぎとり、真珠《しんじゅ》のような肌をくちびるで味わっているにちがいない……」

甘くささやき、抱きしめようとのばされてきた腕から、エウフェミアはするりと身をかわす。

「こんな装束を着るように言ったのはあなたです、ヴァレンテ。皆の前だというのに、意味深な目つきでわたくしを見つめて、逃げ出したい気持ちにさせたのも」

「生意気な台詞《せりふ》を聞くほどそそられるものだぞ。まだ気づかないのか？　逃げられるほど追いたくなる男の習性に」

大理石の手すりを伝うようにして後ずさる妹へ、彼はのんびりとした足取りで近寄ってきた。

「あきらめて私に身をゆだねろ、エウフェミア。私がおまえを手放すことは決してない。――そう、こんなふうに……」

バルコニーの隅《すみ》に追い詰められた末、たくましい両腕の中に捕らわれる。夜風に冷えていた身体が、その瞬間、なじみ深い体温と官能的な香りに包まれた。胸の内側と外側を兄で満たされ、目がくらみそうになる。それでもエウフェミアは、言いなりにはなるまいと渾身《こんしん》の力で身をよじった。

「ヴァレンテ――兄様、やめてください……っ。わたくしは、このまま禁忌《きんき》を犯《おか》し続けるつもりはありません。今日……今日、告解《こっかい》をしました……！」

「なんだと？」

「教会に行き、司祭に真実を打ち明けて、心から後悔していると申し上げましたわ。司祭は……驚かれたようですが、罪をお赦《ゆる》しくださいました。心を強くもって二度と同じ過《あやま》ちをくり返さないようにと——あ……っ」

ヴァレンテは抱擁《ほうよう》をとき、両手で頬を包んで強引に仰向《あおむ》かせる。

「告解だと？　笑わせる。何と告白したんだ？」

薄い笑みをはりつけたまま、彼は頬に当てていた両手を肩まで滑《すべ》らせ、エウフェミアの大きく開けた襟ぐりをつかむや、力を込めてそれを引き下ろした。とたん、弾《はず》むようにこぼれ出たまろやかな双丘《そうきゅう》を、冷たい両手でつかんでくる。

「いやっ——」

暴れてあらがう妹の身体を大理石の手すりに押しつけ、彼は指先で薄紅《うすべに》の花びらをいじった。

「兄に胸を揉《も》まれて感じきった声を上げ、舐《な》めしゃぶられてここを硬《かた》く尖《とが》らせたと、そう言ったのか？」

突然の刺激に、平《たい》らかだった先端《せんたん》がたちまち凝《しこ》っていく。きつくつまれる痛みの中からも、じわりとした官能がにじみだし、エウフェミアはもれそうになる声を、懸命《けんめい》に飲み下した。

「ま、……まじめ、に聞い……て、くだ……っ」

目元を羞恥《しゅうち》に染め、うるんだ瞳でにらみ据《す》えてくる妹に、ヴァレンテは仄暗《ほのぐら》い笑みをひらめかせると、エウフェミアの両脚《りょうあし》の間に右足を押し入れ、大腿《だいたい》で付け根を刺激してきた。緩慢《かんまん》に押しつぶされるような刺激ながら、閉ざされた花びらの中に隠れた花芽は、ゆるりとした疼《うず》きを発する。

「……んっ、……」

「ここに兄のものをくわえこんで昇天したと、きちんと告白したか？」

揶揄《やゆ》のこもった声でささやかれ、エウフェミアの頬に朱《しゅ》が走った。こみ上げた怒りのままに手を振り上げ、相手の頬をたたく。

ぱん！　というかわいた音とともに、彼の顔から黒い仮面が弾《はじ》け飛んだ。

「――――」

視線が重なり、時が止まる。エウフェミアは、かつては無心に慕《した》っていた相手に向けて、心をさいなむ苛立《いらだ》ちをぶつけた。

「あなたが罪を犯すのはあなたの勝手です。でもそこにわたくしを巻き込まないで……！」

彼が強《し》いてくる関係のせいで、自分がどれほど悩まされているか。このところの鬱屈《うっくつ》を弾けさせたエウフェミアに、彼は物憂《ものう》く訊《たず》ねてくる。

「私を一人地獄へ送り込み、自分はきれいなまま、クラウディオと添《そ》い遂《と》げて天国へ行くつもりか？」

それは、いつもの皮肉めいた声音だった。しかし琥珀の瞳には、どこか異様《いよう》な光がゆれている。

敵だらけの境遇《きょうぐう》にあって、お互いに相手だけが世界でただ一人、心を許せる存在だった。生きるも死ぬも、運命を共にする伴侶《はんりょ》だった。

だから彼は、自分だけ心を翻《ひるがえ》したエウフェミアをこんなふうに責めるのだ。その身勝手さに腹が立つ。——けれど。

（……そんなふうに見ないで——）

まるで支えの外された櫓《やぐら》のような。均衡《きんこう》を失い、こちらに向けてくずれ落ちつつある心を、危《あや》うい眼差《まなざ》しは伝えてきた。

拒《こば》めば拒むほどにのめり込んでくる熱情の前に、感じるのは恐怖しかない。

「…………」

我知らず後ずさった瞬間、それが呼び水となったかのように、ヴァレンテは肩にかけていた丈《たけ》の短い外套《マント》を外した。そして、半身をさらしたままのエウフェミアの身体をそれで包むや、物も言わずに抱き上げる。

「にい——ヴァレンテ……！」

動揺し、呼びかけは悲鳴のように高く響《ひび》いた。しかし相手はそれに応《こた》えることなく室内に戻り、大広間を足早に横切る。色とりどりの派手な衣装を身にまとった人々が、いっせいに好奇の視線を投げかけてきた。

王女が兄に抱かれている。二人になって何をするつもりやら。仮面の向こうの雄弁《ゆうべん》な眼差しに、エウフェミアは身を灼かれるような恥ずかしさを感じて暴れた。

「いやです、下ろして。……放して……！」

「おとなしくしろ。言うことを聞けないなら外套《マント》をはいで放り出すぞ」

こちらを見もせずに返され、はっとする。言うまでもなく、外套《マント》の下の上半身は裸《はだか》である。

「……卑怯《ひきょう》だわ……」

「褒《ほ》め言葉だ。私にとっては」

喉《のど》を鳴らして低く笑いながら、ヴァレンテは人々の視線の中を悠然《ゆうぜん》と通り過ぎた。

廊下《ろうか》に出たところで、控《ひか》えていたジュリオが主《あるじ》の姿に気づき近づいてくる。その耳に、ヴァレンテは何事かをささやいた。ジュリオはうなずき、無感動な薄青《うすあお》の眼差しをちらりとエウフェミアに向けてくる。

「さあ、……楽しい饗宴《きょうえん》を始めよう」

兄のささやきに、胸の中で新たな不安が頭をもたげた。


連れていかれたのは、城内に点在する小さな広間のひとつだった。真紅《しんく》を基調として華やかに装飾された壁《かべ》に囲まれた、がらんとした部屋は、少人数での会議や催しによく使われる。エウフェミアも四重奏《カルテット》など小規模の楽団を呼び、内輪で楽しむ際などに利用していた。

しかし昼間とちがい、壁燭台の明かりが灯《とも》されているだけのいまは部屋全体が仄暗《ほのぐら》く、ほんのり赤く浮かび上がる壁も相《あい》まって隠微《いんび》な雰囲気《ふんいき》である。

床には東方《とうほう》の商人から献上《けんじょう》された、厚みのある大きな絨毯《じゅうたん》が敷《し》かれている。その上に、向かい合わせになるように、繻子《サテン》張りの頑健《がんけん》な椅子《いす》が二脚《きゃく》置かれていた。椅子の間は三歩ほど離れている。

さらに片方の椅子の周りには、仮面をつけた三人の男が立って控えていた。皆、すらりと背が高く均整の取れた体つきをしている。襟と袖《そで》にたっぷりと生地を使ったシャツに、身体にぴたりと沿った上着《タブレット》、そして仕立てのよい脚衣《きゃくい》。ありふれていながらもきちんとした格好は、一見、折り目正しい貴族の従者といった態《てい》である。

それぞれ深紅、濃緑《のうりょく》、群青《ぐんじょう》の天鵞絨《ビロウド》で装飾された仮面で顔を半分ほど隠しているのは、祭りのせいだろう。

部屋に入ったヴァレンテがそちらを指さすと、ジュリオはとまどうエウフェミアを男たちの待つ椅子のほうへと連れていった。一方ヴァレンテは、ぽつんと置かれている反対側の椅子に腰を下ろす。

「……なにを、するの……?」

ジュリオによって男たちに引き渡されたエウフェミアが、細い声で訊ねると、真紅の仮面の男が優しく応じた。

「何も恐がることはありません、姫君」

響きのよい低い声は、女性をなだめるのに慣《な》れているふうである。

状況がつかめずうろたえるエウフェミアを、向かいに座ったヴァレンテがおもしろそうに眺めていた。脚を高く組み、肘掛《ひじか》けに腕を乗せた彼は、ややあって物憂《ものう》く口を開く。

「私に抱かれるのがいやだと言うのなら、他の男に弄《もてあそ》ばれるといい。私はそれを見て愉《たの》しむことにしよう」

言って、彼はエウフェミアの周りに立つ三人に目をやった。

「貴婦人の寝室を渡り歩く男妾《だんしょう》たちだ。女の歓《よろこ》ばせ方を知っている。おまえも愉しむといい」

「え……？」

身分の高い女性に愛をささやき、金品を得て快楽を提供する男たちがいることは、知識として知っている。しかし彼らが自分とどう関係するのだろうか。

話が読めないまま三人を振《ふ》り仰《あお》ぐと、彼らは密やかな目くばせを交わし合い、やがて濃緑と群青の仮面の二人がエウフェミアの手を取った。そればかりでなく彼らは、仮装のせいで剝《む》き出しの腕にするりとふれてくる。

「なんと……、真珠《しんじゅ》のように白く輝くばかりでなく、すばらしくなめらかなお肌《はだ》でございますね」

「練《ね》り絹《ぎぬ》の手ざわりだ」

「な……っ――放しなさいっ」

見知らぬ男たちから肌に手を這《は》わされる。そのあまりに無遠慮《ぶえんりょ》なふるまいに怒りを覚え、エウフェミアは力まかせに手を振りほどこうとした。しかしその抵抗はあえなく潰《つい》える。

二人は大して力を入れているようには見えなかったが、手首をつかむ手はびくともしなかった。たじろぐエウフェミアに、椅子の真後ろに立った真紅の仮面の男が、ものやわらかに声をかけてくる。

「どうかお心を安らかに、姫君。我々は貴女《あなた》を歓ばせるためにいるのです」

そう言いつつ、相手はエウフェミアの脇《わき》の下に手を差し入れ、腕を持ち上げるようにして、上腕《じょうわん》の内側から肘、前腕《ぜんわん》へとなで上げてくる。

「――……っ」

ひどく艶《なま》めかしい手つきに、ぞわぞわと肌が粟立《あわだ》った。わずかに息を詰める様《さま》からそれを察したのか、相手が頭上でくすりと笑う気配がする。

「これはこれは。……感じやすい、すばらしい肌をお持ちのようだ」

そして気がついたときには、その相手に両手首を取られ、後ろにまわされひとつにされていた。

「本来ならばリボンなどで縛《しば》るところですが、お身体に跡《あと》を残さないようにとのご指示ゆえ、僭越《せんえつ》ながら私が手で押さえることにいたします」

その言葉の通り、真紅の仮面の男は背後にまわしたエウフェミアの手首を、自分の手でつかんで押さえる。先ほどと同じように、それは力はこもっていないものの、どんなに強く引っ張っても、決して外れなかった。エウフェミアは青碧《せいへき》の瞳をさまよわせる。

「にい――ヴァレンテ、これはいったい……！」

「言った通りだ。これからおまえは、そいつらに天国に連れていかれる。幾度《いくど》でも、昇り詰めることができる限り」

「……なぜ――？」

「この先おまえが二度と私に逆らわないと、約束したなら終わりにしよう」

「そんな――まさか。……わたくしが……？」

兄と肌を重ねることへの抵抗は決してなくなったわけではない。それどころか、クラウディオの前での醜態《しゅうたい》を悔《く》いる気持ちも大きいのに。

「クラウディオは去った。おまえを私から救い出す者はもうどこにもいない」

こちらに同情するように、彼は陰《かげ》りを帯《お》びた眼差しでつぶやく。

「おまえにできることは、私の愛を受け入れ、これまでのように私に寄り添《そ》うことだ」

「――……」

兄の思惑《おもわく》を、その時ようやく理解した。彼はエウフェミアが、自分から彼の前に身を投げ出すのを待つつもりなのだ。二度と反抗的な態度は取らないと誓《ちか》うまで、自《みずか》らは指一本ふれまいと、男たちを呼びつけた――

つまりエウフェミアを淫《みだ》らに責《せ》め、ヴァレンテのために陥落《かんらく》させるのが、この仮面の男たちの仕事ということか。

（そんな――）

あまりにふしだらな思惑に絶句してしまう。

兄は時折、叔父を楽しませる目的で宮廷に娼婦《しょうふ》を呼び、背徳《はいとく》的な余興《よきょう》を供《きょう》することもあると聞く。しかしまさか、妹である自分がその餌食《えじき》になる日が来ようとは――

「それでは早速《さっそく》失礼して」

両脇に立った濃緑と群青の仮面の男たちが、エウフェミアの銀の髪を肩の後ろに払う。

「さわらないでっ」

背後で手首をまとめられた状態で、エウフェミアは抗《あらが》い、何とか立ち上がろうとした。しかしそれを察した傍《かたわ》らの男が、すかさず肩を押さえるようにして、それを阻《はば》んでくる。

「どうかお気を鎮《しず》めてください。その状態でお立ちになられては肩を痛めます」

「それならいますぐ放しなさい、無礼《ぶれい》な……！」

状況が把握《はあく》できたことで、ようやくいつもの自分を取り戻すが、少し遅かったようだ。男の力には到底かなわず、エウフェミアは彼らに自由を奪《うば》われてしまったことを、認めないわけにいかなかった。

「なんのつもりですか、ヴァレンテ。こんな……っ――いますぐやめさせてください」

戸惑《とまど》いながら兄に助けを求めたものの、彼は男たちに向け、淡々《たんたん》と命じる。

「続けろ」

男たちはうなずき、芝居《しばい》がかった口調で声を張り上げた。

「おとなしく遊ばれてくださいさい、姫君」

「そうすれば我々は、貴女をとてもいい気持ちにして差し上げますから」

「――……」

芝居《しばい》がかった、ではなく、これはヴァレンテに見せる芝居でもあるのだろう。

先ほどの彼の口ぶりからすると、エウフェミアを陥落させる過程を、見世物《みせもの》として愉しむふうでもあったから。

(ひどい――)

目の前に座る兄を、エウフェミアは腹立たしい気分で見据《みす》えた。しかし相手は意に介《かい》したふうもなく、楽しげにそれを見つめ返してくる。

そうするうちにも濃緑の仮面の男が、踊り子の衣裳の上からそっとエウフェミアの胸に手を這《は》わせ、ゆっくりと愛撫《あいぶ》してきた。

「姫君は敏感な肌をお持ちのようですが、お胸はいかがなのでしょうか」

「――……っ」

布越しとはいえ、見知らぬ男の手でそんなところに無遠慮にふれられ、息を呑《の》む。

「これは……見た目は白桃《はくとう》のようにきれいに張っておられるのに、さわり心地はクリームのようだ。指の中で蕩《とろ》けてしまいそうなほどやわらかい……」

大きな手は、ふくらみを下からすくい上げ、ヴァレンテへ見せるようにふるふると揺《ゆ》さぶる。

その感触に、頬《ほお》が熱くなった。

決して感じるまいと、手の感触を意識から閉め出そうとするものの――

「頂《いただき》がぽつんと尖《とが》っておいでですよ」

色めいた言葉とともに、指先が先端《せんたん》をぐっと押し込めてくる。

「…………っ」

肌の粟立《あわだ》つ感覚に、もれそうになった声を何とか呑み込んだ。不埒《ふらち》な指淫《しいん》から逃《のが》れようと身体をよじるが、背後の男に手首を固定されてしまっているため、動くことができない。

「や……やめて――っ」

うわずった声をおもしろがるように、濃緑の仮面の男の手は双乳《そうにゅう》をすっぽりと包み込み、いやらしくふくらみを捏《こ》ねながら、指で頂をくすぐってくる。

男の巧《たく》みな手淫《しゅいん》に、快楽《かいらく》を覚えた身体は敏感に反応してしまった。

「っ……や、ぁ――」

「やはり非常によい感度をお持ちのようだ」

「このように魅惑《みわく》的な大きさのお胸が、さらに感じやすいとは——独占できる王太子殿下《でんか》が、さてもおうらやましい」

くにくにと乳首《ちくび》を転がしながら言う男に、反対側にいた群青の仮面の男が応じる。そして脚《あし》の付け根へと手をのばしてきた。

「私はこちらを可愛《かわい》がりましょう」

そんな言葉とともにスカートの上から脚の間に手を差し込まれ、ひくりと喉《のど》を鳴らす。

「あっ、やぁ……っ——っ、ヴァレンテ……お願いです、やめさせて……っ」

情けなくふるえる懇願《こんがん》の声も虚《むな》しく、薄笑《うすえ》みをたたえた兄は悠然《ゆうぜん》とこちらを眺めるばかり。うろたえ、恥《は》ずかしがる妹の様子をすら楽しんでいるようであり、エウフェミアは泣きたい気分になった。

その間にも男の手は布越しに脚の付け根の秘裂《ひれつ》を、的確になぞってくる。官能をよく知る指に、くすぐるように溝《みぞ》をまさぐられ、思わず声がもれてしまった。

「……あっ、だ——だめ……っ」

「こちらも敏感なようですね」

指はただ溝を這《は》っているだけだが、両胸への刺激と相《あい》まって、やがて声をかみ殺すのも難しくなる。

「ん……んっ……」

「軽く触っているだけなのに、こんなに悦《よろこ》んでいただけるとは」

蜜口《みつくち》のふくらみを布越しにふにふにとつつかれ、エウフェミアは必死に脚を閉じようとする。しかしそれは相手の手をはさみつけるだけに終わった。

やがて指は秘裂をたどり、前方の突起《とっき》をくすぐり始める。

「んっ――や、……っ、ぁ……」

胸と合わせ、もっとも敏感な突起をくりくりと同時にいたずらされ、ジン……と発した艶《なま》めかしい愉悦《ゆえつ》に、身体を縮めるようにして打ちふるわせる。

「いい反応ですね。さぁ、感じているお顔を、王太子殿下にお見せしてください」

「いや……っ」

頤《おとがい》をつままれ、真《ま》っ赤《か》に火照《ほて》った頬とうるんだ瞳を、無理やり前に向けられた。なんとか顔を背《そむ》けようとするエウフェミアの耳に、非情な兄の声が響く。

「脚を開かせろ」

「……………っ」

ヴァレンテの命令に、両脇にいた仮面の男たちはすみやかに従った。恭《うやうや》しく、しかし容赦《ようしゃ》なくエウフェミアの膝《ひざ》を取り、彼らはそれを左右に開く。

「いやっ、なにをするの……！」

懸命《けんめい》に抵抗したものの、エウフェミアは両脚を椅子の肘掛《ひじか》けに引っかけられてしまった。肘掛けもまた綿を詰めた繻子《サテン》で覆《おお》われているため痛みはないが、おかげでスカートの襞《ひだ》を広げきったみっともない格好である。

「ヴァレンテ！　――こんなのあんまりです……！」

昔、継母《ままはは》の王妃から受けた陰湿《いんしつ》ないやがらせには耐えることができた。けれどこのように身体の自由を奪《うば》われて、異性に好きにされるなど耐えられない。

それも他でもない、兄がそれを命じ、エウフェミアのそんな姿を愉《たの》しんでいるだなんて。

「ヴァレンテ……！」

必死の願いに、彼は頬杖《ほおづえ》をついてこちらを見つめたまま、ゆったりと応じた。

「見世物を終わらせるための方法は教えたはずだ」

はたと我に返り、聞いた言葉を思い出す。

『この先おまえが二度と私に逆らわないと、約束したなら終わりにしよう』

「――……」

逆らわず、兄の言いなりになれと？　抱きたいと言われた時には、大人しく身をまかせるようにと？

しばらく考え、ゆるゆると首をふる。

「わ、わたくしは……そんなことは、決して……」

「まだまだ責めが足りないようだ」

断じるヴァレンテの言葉に、深紅が落ち着いて応じた。

「急《せ》かされずとも、これからでございます」

（そんな——）

これまでのように力ずくで乱暴されたほうが、まだましだ。そうすれば、あきらめて身を任せることができる。これは自分の意志ではないと、自分に言い訳をすることができるのに。

それではあきたらず、心まで屈服させようというのか。

愕然《がくぜん》とするエウフェミアのスカートの上から、群青の仮面の男が、突起《とっき》を指先でくすぐってくる。

「あっ……、ぁっ、……やぁ……っ」

「男をそそる、とてもいい声ですね。たまらない」

赤くなった顔でいやいやをする、その胸では濃緑の仮面の男が、手のひら全体で胸を揉《も》みしだきながら、すでに硬《かた》くなっている先端《せんたん》をいじっていた。

「んん……っ、ふっ、……うっ……」

指先でくにくにと転がし、時折きゅっとつまんだり、引っ張る悪戯《いたずら》をくりかえす。そのたびにじんじんと発する言いようのない疼《うず》きは、甘い熱となって周囲に広がっていく。

「……、……はぁっ……」

エウフェミアはその鈍《にぶ》い疼きに身をくねらせた。

「あえぐ声を聞くだけで、こちらまで昂《たか》ぶってしまいそうです」

ささやいた群青の仮面の男の指が、スカート越しに花芯《かしん》のあたりをつまみ、きゅぅっと引っ張る。突然の刺激に腰が跳《は》ね上がった。

「やっ、ぁ、あぁ……っ！」

胸と下肢《かし》と、同時に襲《おそ》ってきた甘苦しい感覚に、ひくひくと全身が揺《ゆ》れてしまう。

女性を悦《よろこ》ばせるのが仕事だという男たちの手つきは、ふれ方がいちいち艶《なま》めかしく、ほんのわずかな手戯《しゅぎ》で驚くほどの愉悦《ゆえつ》をもたらしてきた。もっとも感じやすい場所をねらい、慇懃《いんぎん》にして卑猥《ひわい》な言葉を投げかけ、エウフェミアをなす術《すべ》もなくもだえさせる。

その様子を、正面に陣取ったヴァレンテが眺めて愉しんでいた。謎めいた琥珀の眼差しと目が合い、身体全体が火がついたように熱くなる。

知らない男たちによって、こんなふうに乱されている自分は、兄の目にどのように映っているのだろうか。

（――いや……っ）

その羞恥《しゅうち》が、よりエウフェミアの中の熱を煽《あお》る。恥ずかしさに目線をさまよわせる妹を嬲《なぶ》るように、彼は物憂《ものう》くつぶやいた。

「いつまで服を着せたまま遊ぶつもりだ？」

仮面の男たちが、意味ありげな目くばせを交わし合う。

「大変恐れ多いことですが――」

「殿下のお許しを得たので、失礼して姫君のお召し物をはいでみましょう」

濃緑の仮面の男が、言葉とは裏腹に少しも恐縮した様子なく、大きくあいた衣裳の襟《えり》ぐりに手を差し込んできた。そして、ねっとりと肩をなでるような、もったいぶった仕草でそれを押し下げてくる。

「い、や……っ」

こんな場所で素肌《すはだ》をさらされることに動揺し、とっさに身じろいだものの、何の抵抗にもならなかった。上衣が引き下ろされた弾《はず》みに、長い三連の首飾りがジャラリと音を立てる。

「首飾りはこのままでよろしいでしょう。色鮮やかな瑪瑙《めのう》の珠《たま》が、白い肌に映《は》えてそれはそれは美しい」

それは赤い瑪瑙がオリーブの実ほどの大きさに丸く研磨《けんま》されて連《つら》なっている意匠《いしょう》だった。冷たい石が肌にふれる感覚に、肌が粟立《あわだ》つ。

襟ぐりが下ろされたせいでふるりとこぼれ出た胸を、男は今度は素手でじかに覆《おお》ってきた。そのまま艶めかしい手つきで、ゆるやかに揉《も》みしだかれる。

「……あ……っ」

「あぁ、やはり……感動するほどやわらかいお胸だ……」

官能を呼び起こすようにじっくりと揉みこまれ、これまでの刺激に尖《とが》っている頂《いただき》を、つ……

と指先でたどった。くすぐったさに、ぴくりと肩がふるえる。

「あっ……」

ふくらみを捏《こ》ねながら、突起を指の腹でくにくにと転がされると、そこはじんじんと痺《しび》れて熱を持ち、悦《よろこ》びのさざ波に酔い始めた。

「……ふ、……はぁ……」

「まるで手のひら全体に吸いついてくるかのようです」

やわやわと揉みしだいた柔肉《やわにく》を、下からつかむように持ち上げて、男はエウフェミアに見せつける。

「私の指の形にたわんでいるのがおわかりになりますか？」

「——……っ」

前を見れば、胸よりもまず兄の姿が目に入る。顔を背《そむ》けたエウフェミアを追い詰めるように、男は続けた。

「この小さな紅瑪瑙《べにめのう》も、じっくりいじって差し上げねばなりませんね」

「あ……うっ、や……、やぁ……っ……」

指先でくびり出した赤い頂を、男は執拗《しつよう》につまみ、こすり上げ、くすぐってくる。妖《あや》しく甘い疼《うず》きがぴりぴりと湧き上がり、肌は羞恥《しゅうち》に熱く張りつめていく。

「ぁ……っ、あっ……、ん、……だめ……っ」

敏感な突起への責め苦《せく》に悶《もだ》えるエウフェミアを見下ろして、群青の仮面の男が「それでは」と口を開いた。

「私はスカートをめくり上げてみましょう」

「いやっ、……だめ――あ、ふぁ……っ」

スカートの裾《すそ》を持ち上げた男に向けて首をふろうとしたものの、反対側の男によって乳首《ちくび》をくりくりとくすぐられ、あえなく声が蕩《とろ》けてしまう。

「姫君のそこの様子をぜひお見せください」

群青の仮面の男は、肘掛《ひじか》けに乗せられた脚《あし》を覆《おお》っていたスカートを、じわじわと腰までまくり上げていった。

「……や、やめてっ……」

「下着《カルソン》も取ってしまいましょう」

軽い口調で言いながら、男は腰から膝《ひざ》までを覆う下着《カルソン》の留《と》め具《ぐ》を外してしまう。

「いやっ……、そんな、ことをしたら――……」

「そんなことをしたら、王太子殿下にすべて見られてしまいますね。ほんの少しの悪戯《いたずら》で、慎《つつし》み深い姫君のここがどのようになっているのか……」

そのときだけ脚を肘掛けから外し、下着を器用に剝《む》いてしまうと、男はヴァレンテに向けて、何もつけていない状態のエウフェミアの両脚を押し広げてみせた。

覆うものがなくなったそこは、ひどくひんやりとしている。そのことに顔から火が噴《ふ》く思いだった。見なくてもわかる。きっとぬれている。

「やめ――やめて……っ」

腕は後ろ手に拘束《こうそく》されたまま。ふたたび肘掛けに膝《ひざ》を引っかけられ、秘処《ひしょ》を大きく広げられてしまい、エウフェミアはきつく目をつぶった。しかし仮面の男たちは、容赦《ようしゃ》なく秘め事を曝《あば》く。

「なんと、すでにこんなにも蜜《みつ》をこぼしておられるとは……」

「ですがまだ初々《ういうい》しい、実に美しい花びらだ」

「さぁ、姫君。殿下にもよく見ていただきましょう」

とろりとした口調で言い、群青の仮面の男が、そこを指で左右にくつろげる。その際、くちゅ……と響《ひび》いたあえかな水音にいたたまれなくなり、ひくっと喉《のど》が鳴った。

「う、ぅ……っ」

目元を赤く染めて恥《は》じらうエウフェミアの顔を、濃緑の仮面の男が、さりげなく頬《ほお》に手をかけ上げさせる。正面に向けられ、ひたりとこちらに据《す》えられた琥珀の瞳と重なると、羞恥の涙がにじんできた。

恥ずかしい、見られたくない、と思うほどに、ひとときもそらされることのない彼の視線を、強く意識してしまう。

たたみかけるように、仮面の男の声が響いた。

「殿下。このように――薄紅《うすべに》の無垢《むく》な花びらながら、蜜にぬれてひくひくとうごめいております。何かを求めているようでございます」

わざとらしい口上《こうじょう》に、ヴァレンテは軽く口の端《はし》を持ち上げる。

「続けろ」

「では心して味わわせていただくことにいたしましょう」

それも仕事ということか。男たちの口調は丁重《ていちょう》でありながら、どこか熱を欠いていた。いまこの場で、熱く乱れているのが自分だけだと思うと、それが余計に恥ずかしい。

「……や……、め、……いやっ……、いやぁ……っ」

いやいやをするエウフェミアの素肌の上を、四本の手が這《は》いまわる。指や手のひら全体を使い、情欲をかき立てるように、緩急《かんきゅう》をつけて的確に官能の疼《うず》きを掘り起こしてくる。

時にくすぐるように。時に焦《じ》らすように。脇腹や大腿《だいたい》、胸といった敏感な箇所《かしょ》ばかりをねらい、みだりがましくふれられると、もたらされる甘い刺激に、火照《ほて》って張りつめた肌がざわざわとわななないた。

「や……、だ、だめ……っ、あ、っ……ぁ、ん……」

びくん、びくん、とふるえる胸元で、三連の瑪瑙《めのう》の首飾りがじゃらじゃらと音をたてて弾《はず》んだ。たゆたうような愉悦《ゆえつ》に身体中が痺《しび》れ、気持ちよさに頭がぼんやりとしてくる。

両手でわしづかむようにして執拗《しつよう》に胸を揉《も》みしだいていた濃緑の仮面の男が、甘ったるい声音でささやいてきた。

「なんてお可愛《かわい》らしい。胸や太ももだけでもこのように反応されて……」

「この状態で、花びらの中の雌《め》しべにふれたらどうなるのでしょう?」

群青の仮面の男が、蜜にぬれた淫唇《いんしん》の中、ぷっくりと腫《は》れて勃《た》つ小さな紅玉《こうぎょく》を、人差し指の先ですぅっとなで上げる。

「あぁあっ……」

弾けた甘い疼きに悲鳴を上げながらも、宣告された内容に、必死にかぶりをふる。

兄にされるのも恥ずかしくて耐えがたいことを、面識のない男にされるだなんて。

「そんな――いや……」

しかし身もだえて抗《あらが》うエウフェミアに、男たちは口々に告げてきた。

「脚を閉じてはなりません、姫君」

「快楽に乱れたはしたないお姿を、王太子殿下にお見せしなければならないのですから」

これも男たちの技のうちなのだろうか。卑猥《ひわい》な言葉でささやかれるごとに、身体は熱く昂《たか》ぶっていく。おまけに言葉を耳にしただけであるというのに、蜜口がひくひくと淫《みだ》らにわななき、とろりとぬれた。

そんな自分にとまどっていると、ギ……と、かすかに椅子のきしむ音が響く。

琥珀《こはく》の視線は、なおもこちらに据《す》えられたまま。足を組み替えたらしいヴァレンテは、揶揄《やゆ》するように告げてくる。

「花びらからあふれ出した蜜《みつ》が椅子を汚しているぞ」

「いっ……、言わないで……っ」

金糸《きんし》の浮き模様を打ち出した繻子《サテン》地の椅子の上で、エウフェミアは剝《む》き出しの臀部《でんぶ》を揺らした。

「これほどまでに感じやすい姫君が、我々の責め苦にどこまで耐えられるものでしょうか」

深紅の仮面の男の言葉に、ヴァレンテが薄い笑みを見せる。

「──だ、そうだ。屈《くっ》するならいまだぞ、エウフェミア」

「もうやめて、ヴァレンテ。……こんな──こんなこと……っ」

「あまり簡単に降参されてもつまらんがな。恥《は》じらい、身もだえるおまえを堪能《たんのう》するのもまた一興《いっきょう》だ」

くつくつと笑う雇い主の意を受け、真紅の仮面の男が、くったりと背もたれにもたれかかっていたエウフェミアを、つかんでいた両手首を押し出し、胸を前に突き出す形にして言った。

「さぁ、この淫らなお身体をもっと可愛がって差し上げろ」

「それでは失礼して」

早速《さっそく》濃緑の仮面の男が、形のよいふくらみに顔を寄せ、見せつけるように舌をのばして先端《せんたん》をつついてくる。ぬれて卑猥《ひわい》に動くそれにくすぐられ、先端がむずむずと甘くさざめいた。

「……ん……っ」

「つついただけで感じておられるとは。舐《な》めたらどのようになってしまわれるのですか？」

笑って言い、男は先端をすっぽりと口に含む。

「あ……う、ん……んぅ！」

硬《かた》く尖《とが》った先端が、ぬるりとした感触に包まれた。舌の上で、飴玉《あめだま》を舐めるようにしゃぶられ、転がされると、ぞわぞわとした愉悦《ゆえつ》が背筋を走り抜ける。

「やっ、あ……、ぁ――いやぁ、ぁあっ……」

ぬるぬると嬲《なぶ》られていた粒《つぶ》がふいに吸い上げられ、びくりと肩がふるえた。と思うと、こりこりと歯を立てられて、身をよじらせる。その動きに合わせてもう片方のふくらみがゆれた。

一度乳首から口を離した男がそれに手をのばす。

「こちらも揉《も》んでよろしいでしょうか？」

そして返事を得る前に、布越しの愛撫《あいぶ》によって敏感に張り詰めたふくらみを、円を描くようにして捏《こ》ね始めた。片側の粒をぬるぬると口にふくまれ、舌先で転がされながら、反対側を悩ましい手つきで揉み上げられ、次第に身体が淫靡《いんび》な熱で満たされる。

伏《ふ》せていた瞳をそっと上げれば、相変《あいか》わらずこちらをじっと見つめる琥珀の瞳と視線が重なり、よけいに熱が高まった。

「い……やぁっ、ぁ、……っ、ん……っ」

頭上から別の男の声が降ってくる。

「なんという……、王太子殿下のおっしゃる通り、恥じらいながらも感じやすい様《さま》がたまりませんね」

感心する口ぶりに、もどかしい苛立《いらだ》ちがこみ上げた。

「ヴァレンテ、……っ」

彼は平気なのだろうか。エウフェミアを愛していると言いながら、他の男にこんなことを許すだなんて。

自分は、彼以外の人間にふれられてこんな様を見せる自分が、いやでたまらないのに。にもかかわらず、あられもない姿をヴァレンテに見られていると思うと、なぜか抵抗の力が抜けてしまうことも、ひどく不本意なのに――！

まるで恋人への非難のような、それを口には出すことができず、正面にいる兄をただ食い入るように見つめる。

と、彼はこちらの眼差しが変わったことに気づいたようだった。おもしろそうに促《うなが》す。

「どうした。何か言いたいことでもあるのか？」

「あ……あなたを――見損《みそこ》ない、ました……っ」

「知っている。そんなことはおまえを初めて抱いたときから百も承知だ」

「ヴァレンテ……ッ」

「聞きたいのはそんな言葉ではない。――快楽の前に降伏《こうふく》しろ。それだけだ」

艶《つや》めいたくちびるに薄い笑みを刷《は》き、彼は男たちに向けて顎《あご》をしゃくった。

「まだ責める場所が残っている」

群青色の仮面の男が、うなずいてエウフェミアの座る椅子《いす》の前にひざまづく。椅子の肘掛けに膝《ひざ》を乗せられた状態では隠す手段のないそこを、男は無遠慮《ぶえんりょ》にのぞきこんできた。

「もちろん承知しておりますとも。一番いじめがいのある場所ゆえ、最後までとっておいたのです」

「――……っ」

自分にとっていちばん秘《ひ》めやかな場所をさらされ、羞恥《しゅうち》に目をつぶる。男の指がぬれた秘裂《ひれつ》をくちゅくちゅとなぞり、蜜口《みつくち》の周りをくすぐってくると、エウフェミアはくちびるを噛《か》みしめた。

「ん……、んっ……」

ぬるりと、硬《かた》く勃《た》ち上がった秘玉《ひぎょく》をなでられると、鋭い快感にその時ばかりは大腿《だいたい》をびくりとふるわせてしまう。

「や、……やぁあっ……」

「せっかくですから、きちんと剝《む》いて差し上げなければなりませんね」

「んんぅ……！」

男の指が突起《とっき》の包皮《ほうひ》を剝きあげ、敏感な粒《つぶ》を外気にさらした。すでに硬《かた》く凝《しこ》っていたものは、それでなくとも過敏《かびん》になっているというのに。

「そんな――しないでっ……いや、……いやぁ……っ」

「あぁ、姫君。お可愛らしいこの粒を、こんなに硬くして……。これはいじめがいがあります」

剝き出しになった粒に、すくった蜜をまぶすようにして、ぬるりぬるりといじられる。身体のもっとも敏感なところが鋭い官能に責められ、エウフェミアはひくひくと内股《うちまた》を痙攣《けいれん》させた。

「あ――やぁ……っ」

さらに蜜に溺《おぼ》れる秘芽《ひが》をつまみ、言葉の通り硬く凝ったそれを指の腹で幾度《いくど》も転がされると、大きく身体が波打ってしまう。内奥《ないおう》でくすぶる熱がぐつぐつと煮詰まっていくかのようだ。

「あぁぁ……っ、んんっ、はぁ、ん……！」

胸の頂《いただき》でも、ちがう指が同じことをしていた。鋭敏《えいびん》な突起でそれぞれ弾《はじ》ける強烈な刺激に、腰の奥から熱い波がこみ上げてくる。

敏感な場所をすべて同時にいじられる快感に目眩《めまい》がしそうだった。エウフェミアはのけぞりながら大きく首をふる。

「いやぁっ……、はぁっ……ああ、ぁん……っ」

蜜口がひくつき、とろりと新たな蜜をこぼすのがわかった。そんな自分の反応に瞳が涙でうるみ、頬が朱《しゅ》に染まる。

なぜこんな屈辱《くつじょく》を受けなければならないのだろう？

そう考え、高みの見物を決め込んでいた兄へ訴《うった》える。

「もうやめて——やめさせてください、ヴァレンテ……っ」

しかし兄は、片眉《かたまゆ》を優雅《ゆうが》に持ち上げるばかり。

「心配せずとも、抱かせはしない。おまえの味を知るのはこの世でただ一人、私だけでいい」

「ヴァレンテ……！」

本気なのだろうか。本当に、エウフェミアが兄の言いなりになることを了承するまで続けるつもりか。

おののくエウフェミアの前で、ヴァレンテは再度、仮面の男たちに続けるよう促した。

男たちが笑み混じりの視線を交わす。そして両側からささやいてきた。

「我々の奉仕《ほうし》で愉《たの》しんでおられながら、ずいぶんつれないことをおっしゃる」

「いけない方ですね。お仕置きをしなければ」

甘い声音で言い、群青の仮面の男が、エウフェミアの首から三連の首飾りを取り外す。連なる瑪瑙《めのう》の珠《たま》がじゃらりと鳴った。

色鮮やかな赤瑪瑙は、ほとんどがオリーブの実くらいの大きさである。けれど一定の間隔《かんかく》で、大粒の苺ほどの大きさの珠も混ざっていた。

「これをどうするか、おわかりになりますか？」

首をふると、男は笑いながら秘処《ひしょ》の溝を指でなぞる。蜜口《みつくち》の周囲をくるくると指先でくすぐるように刺激し、あえいで息を詰めるこちらに向けて言った。

「ここ……とろとろになって、やわらかいですね」

（まさか――）

青碧色《エメラルド》の瞳を見開くエウフェミアが見ている前で、男は蜜口に人差し指を差し入れ、入口のあたりをくちゅりとかき混ぜる。

「……ん、……あっ……」

「物ほしげにひくついているこのお口で、首飾りを呑《の》み込んでいただきましょう」

「――……っ」

卑猥《ひわい》な提案に、エウフェミアの肌《はだ》はみるみる紅潮《こうちょう》していった。

熱を持ちすぎたあまり、宙に浮いたような感覚のまま、ぼんやりとする頭をふる。指でも舌《した》でもなく、そんなもので辱《はずかし》められるのは耐えられない。

「……やめて、お願い、ヴァレ――兄様っ、あ――ぁあっ……！」

群青の仮面の男は、まずは首飾りに連なる瑪瑙のひとつを、花芽に押し当ててくる。丸く研《けん》磨《ま》されたつるりとした石が、ころころとそれを転がした。硬《かた》いもので押しつぶされている感触にこらえきれず、びくりと腰を揺らしてしまう。

「あっ、ひっ……、あっ……や、あっ、やぁ……っ」

丸い石で敏感な粒《つぶ》を遊ばれるたび、大腿《だいたい》がびくびくとわなないた。下肢《かし》にばかり意識を奪《うば》われていると、耳の横ですました声が続ける。

「こちらを忘れては困りますよ」

濃緑の仮面の男が、両胸をねっとりと揉《も》み上げてきた。執拗《しつよう》な手つきで白い柔肉《やわにく》を捏《こ》ねながら、先端《せんたん》を指先で押しつぶし、あるいは軽くひっかいて刺激してくる。

ずっと揉まれていたせいだろうか。ふくらみ全体が疼き、硬《かた》く凝《しこ》って鋭敏になった頂《いただき》も、じりじりと下腹まで響くほどの愉悦をずっと感じ続けていた。

「うぅっ……――ん……あぁっ」

いやいやをし、すすり泣きながらも、官能の行為に長《た》けた手に淫《みだ》らにふれられれば、身体はますます火照《ほて》り、自然と背をしならせてしまう。

「そのようにご自分からお胸を突き出して。もっといじってほしいのですね」

すかさず濃緑の仮面の男が言い、大胆《だいたん》にふくらみを捏ね上げた。つんと勃《た》ち上がった頂に手のひらがこすれ、さらに悩ましい感覚に襲われる。

「はぁっ……い、いいえ……、ちが……――あぁ……っ」

そのとき、秘裂《ひれつ》を嬲《なぶ》っていた男が、花芽をふたつの瑪瑙《めのう》の粒ではさんできた。しかしつるりと丸い石では蜜《みつ》にまみれたそれをとらえられず、幾度《いくど》はさまれてもぬるんと逃げてしまう。

包皮から頭を出した敏感すぎる突起は、そのいたずらに翻弄《ほんろう》され、小さく弾《はじ》けるような快感をひっきりなしに発してくる。

「んっ……、はっ……ぁっ……や、ぁっ……！」

甘い痛みは、熱く痺《しび》れるような妖《あや》しい感覚となって花芽をさいなみ、エウフェミアは肘掛けに乗せられ開かれた内股《うちまた》を、絶えずひくひくとふるわせた。

「王太子殿下、ご覧になってください――」

そう言いながら群青の仮面の男が、秘処《ひしょ》に押し当てていた首飾りを持ち上げる。するとそれに従うようにして蜜《みつ》が一筋、きらりと伝った。

エウフェミアはふるえる声で懇願《こんがん》する。

「やっ……、もうやめて、お願い……っ」

恥ずかしすぎて、どうにかなってしまいそうだ。しかし男は慇懃《いんぎん》に応じた。

「おねだりは、殿下になさいませ」

その兄は、相変わらずこちらを見つめている。エウフェミアの嬌態《きょうたい》のせいか、琥珀の瞳には情欲の炎がちらつき、先ほどよりも熱がこもっているようだ。

もう二度とあなたには逆らいません。

そう言えばいいのだろうか？　あなたが望むとき、望むままに身を捧《ささ》げます――と？

そうすればこの者たちをどこかへやって、このふしだらな責め苦から解放してくれるのだろうか。こんな辱《はずかし》めには耐えられない……。

からからの喉《のど》の奥から、求められた言葉がこぼれそうになる。——が、直後につばを飲み込んで首をふった。だめだ。

こちらに据《す》えられる強い視線を、うるんだ瞳で必死に見つめ返す。

抵抗がほとんどなくなったことを察したのか、背後にいた深紅の仮面の男が、それまでずっと押さえていたエウフェミアの両手首を放した。ホッとしたのもつかの間、男はこちらの耳にくちびるを近づけ、甘くひそめた声で告げてくる。

「姫君のぐずぐずのここが大粒の石を呑《の》み込む様《さま》を、王太子殿下にもよぅくご覧になっていただきましょう」

そしてあろうことか、彼は後ろからエウフェミアの両膝に手をかけてきた。

「さぁ、もっと大きく脚《あし》を広げて」

言葉とともに、ただでさえ肘掛けによって大きく開かれていた大腿《だいたい》が、さらに左右に広げられる。足を持ち上げられたせいで、ぱっくりと割れた秘裂が、より露《あら》わになった。

「いや！　だめぇっ、こんな……っ」

腰を揺らして身じろぐエウフェミアの前では、ひざまづいた群青の仮面の男が瑪瑙の粒をつまみ、ぬれてひくつく蜜口《みつくち》に押し当ててくる。

「では――まずはこの、一番大きな珠《たま》から」

首飾りの瑪瑙のうち、大粒の苺ほどの大きさの珠だった。男はそれをひとつ、人差し指で蜜口の中にゆっくりと押し込んでくる。ぐちゅ……という、はしたない音が、淫靡《いんび》な室内に響いた。

丸く研磨された石は、ほとんど抵抗らしい抵抗もなく入っていく。

「……あ、……っ」

「簡単に呑《の》み込んでしまいましたね」

蜜口の近くに、異物に拓《ひら》かれる違和感があった。人差し指がそれをさらに奥まで押し込むと、当然、それに連なっていた小ぶりの珠も続いていく。

「んぅっ……ぁ……、ぁっ……」

「もうひとつ――さらにひとつ……」

ヴァレンテの妨《さまた》げとならぬような位置から、群青の仮面の男はいちいち口に出しながら、次々と瑪瑙の珠を押し込んでくる。

膝《ひざ》を押さえつけられたエウフェミアは、身をさいなむ快感をこらえることができず、ヴァレンテの見ている前で火照《ほて》る身体《からだ》を悩ましくくねらせた。

「……、はぁ……、あっ……ぁん、っ……」

男は、蜜洞《みつうろ》を半分ほど満たすまで挿《い》れたところで手を止める。たっぷりぬれた花びらは、まだまだ入るとばかり、ひくついていた。

「欲張りなお口だ。これだけ呑み込んでも足りないらしい」

開かれた脚のはざま――蜜口から赤い首飾りがのびる様《さま》は、自分の目から見てさえたまらなく卑猥《ひわい》だった。

「中をかきまぜてみましょうか」

群青の仮面の男は、瑪瑙が入っている蜜壺《みつつぼ》に指を差し込み、石を奥まで押し入れるように動かす。ぐちゅぐちゅという淫らな水音はもちろん、中でカチカチと石がぶつかり合う、かすかな音まで耳に届き、その羞恥《しゅうち》に蜜口がひくひくとわななないた。

「後から後から、つきることなく蜜がこぼれてくる。……なんとはしたないお口でしょう」

じゅくじゅくとそれをかき混ぜながら、男が言う。

瑪瑙の珠は、蜜洞の中でからみ合い、ぶつかり合い、奇妙な凹凸《おうとつ》の感触で襞《ひだ》を奥まで刺激する。かき混ぜる指と、うねる蜜壁《みつへき》がさらに珠を転がし、止まらなくなった。

びくびくと反応した媚壁《びへき》は、男の指ごと首飾りを締《し》めつけてしまう。官能をくすぐられ、その心地よさに、熱を帯びた身体を小刻《こきざ》みにふるわせる。

「い、や……あっ、首飾り――取って……、ん、あ……っ」

涙まじりに懇願《こんがん》するも、こちらを見つめる兄は一顧《いっこ》だにしなかった。ただだまって、エウフエミアが陥落《かんらく》するのを待っている。

（もう耐えられない。助けて――……）

二度と逆らわない。そう言えば解放される。

これ以上、見知らぬ男に好きにされるのはいや。首飾りの石で愛されるなど論外だ。……けれど。

（いいえ。――いけないわ……）

かといって快楽に屈《くっ》することなど、もっとできない相談だった。

恐ろしいのは、兄の望むままに身を捧《ささ》げると約束をして、自分の心すらも見失ってしまうこと。

一度口にすれば、おそらく彼を拒《こば》む頑《かたく》なな気持ちはくずれてしまう。そしてくり返し肌《はだ》を重ねるうち、兄との関係を拒む気持ち自体が消えてしまいそうで怖いのだ。

それこそが、ヴァレンテのねらいなのだろうけれど。

（やっぱり、だめ……っ）

自問にしぶとく首をふるエウフェミアの傍《かたわ》らで、濃緑の仮面の男が口を開いた。

「ではこちらも少し趣向《しゅこう》を変えてみましょうか」

彼は、それまで胸のふくらみを包んでいた手をずらし、指の間からぴんと飛び出した硬《かた》い先端《せんたん》をつまむや、ふくらみを放す。

「あ……ぁっ」

柔肉《やわにく》の自重で先端が引っ張られ、ジン……と痺《しび》れた。

「いやっ……」

「首飾りと、どちらが気持ちいいですか？」

男は人差し指と親指で頂《いただき》をつまんだまま、双丘《そうきゅう》を軽く揺らす。

「うう……っ」

そうされると、ふるんっと自分の胸がゆれる感触を、より感じてしまった。やわらかな衝撃《しょうげき》に、先端はつねられているように鈍《にぶ》く痛む。なのにそれはジンジンと甘い熱を発する。

上下に弾《はず》むふくらみを目にするたび、いたたまれない羞恥に乳房《ちぶさ》が張り詰め、悩ましい疼きにますます火照っていった。

もちろんその間、下肢の花びらをかきまわす淫虐《いんぎゃく》も続けられている。

吊《つ》り下げられた胸から生じる愉悦と、瑪瑙を詰められた蜜壺《みつつぼ》から伝わる快楽が、同時に背筋を這《は》いまわり、身体全体が苦しいほどの官能に満たされた。

しかしどれも決定的な刺激となるには遠い。淡《あわ》い愉悦は、身の内の官能を熱く燃え立たせるばかりで、それを解放するための強く濃密な一撃にはなりえない。

熱い身体を打ちふるわせ、つばを飲み込み、淫虐に耐えるエウフェミアを、男たちは余裕の態《てい》で嬲《なぶ》ってくる。

「姫君の恥ずかしい姿を、王太子殿下の目にたっぷり焼きつけていただきましょう」

「感じるままに気をやられてしまって結構ですよ。……このような責め苦で得られる満足などたかが知れておりますゆえ」

「頂《いただき》を極めることなく小さな快感を与えられ続けると、どのような女性もやがて聞き分けがよくなってまいります」

「官能と羞恥《しゅうち》に意識は朦朧《もうろう》とし、身体は悩乱《のうらん》し、相手かまわず淫《みだ》らに腰を振るようになるのです」

「一晩かけて姫君をそのようにお仕込み申し上げ、殿下にお献《ささ》げいたしましょう」

「あ――ぁ……」

たたみかけられる淫靡《いんび》な言葉に、エウフェミアは気が遠くなる思いだった。

夜明けまではまだまだ間があるというのに。いまですら、もうこれ以上は耐えられないという際《きわ》まで追い詰められているのに。

この責め苦はまだまだ続くというのだろうか。だとしたら、夜明けになったら自分はどうなってしまうのだろう？

『意識は朦朧とし、身体は悩乱し、相手かまわず淫らに……』

卑猥な言葉が頭の中を駆《か》けめぐる。

（そんな――……）

いま降参するか、それともさんざん弄《もてあそ》ばれ、辱《はずかし》められた末、我を失って降参するか。……この先に待つ道は、そのふたつ以外にないというのか。

（――……）

淫猥《いんわい》な見世物が始まってから漠《ばく》として察していたことを、エウフェミアはようやくそれと認識して受け止めた。

涙が出る。無体《むたい》な兄の仕打ちにだけではない。そうまでして自分を支配しようとする兄を、なお疎《うと》みきれない自分自身にも。

「ヴァレンテ……ヴァレンテ、――お願い……っ」

ややあって――ぼんやりとした頭ながらもしばらく逡巡《しゅんじゅん》を重ねた末に、エウフェミアは快楽ではなく、兄が自分に向けてくる妄執《もうしゅう》の前に陥落《かんらく》した。

逃げれば逃げるほどに獰猛《どうもう》な報復をもって立ちはだかる、闇《やみ》の獣《けもの》のような激情の前に。

あえぎ過ぎてからからになった喉《のど》に、つばを飲み込み、無体を強《し》いる相手を見つめる。

「――お願い、やめさせて……っ」

「合意のもとに私のものになる覚悟がついたのか？」

「――……っ、……」

同じ問いをくり返し投げてくる姿に、そのとき――無残《むざん》に壊れてしまった関係を何とか取り戻そうという兄の焦燥《しょうそう》を、ふと感じた。

エウフェミアからこれまでと同じ無心の信頼を得ようとし、けれどそれがかなわないことに、彼も手を打ちあぐねている。

よってその隙間《すきま》を快楽で埋《う》め、つなぎとめようとしているのだ。エウフェミアから求めさせることで、それが一方的なものではないと思い知らせ——そして二人はお互い、唯一無二《ゆいいつむに》の存在となる。これまで通りに。

「……い、けません。……ぁっ……、そんな——……」

「ならば首飾りを呑《の》みこんだまま朝まで喘《あえ》ぐがいい」

「あ、ああっ……あ、ぁぁ……っ」

主《あるじ》の意を受けた仮面の男たちの手練手管《てれんてくだ》は止まることがなかった。

しかし瑪瑙《めのう》の珠《たま》は、あくまで蜜路《みつろ》を半分ほど埋めるのみ。奥までの刺激には足りない。それは弄ばれる胸の果実も同じである。

感情が昂《たか》ぶるごとに責める手つきが荒々しくなっていくヴァレンテとちがい、仮面の男たちの指戯《しぎ》はどこまでも冷静だった。

肌は愉悦《ゆえつ》を感じて粟立《あわだ》つものの、それは表層的なものでしかなく、甘いさざ波に身を打ちふるわせるほど、さらなる快感を求めて蜜路がひくつき、やるせない熱が腰の奥にたまっていく。

「ふ、ぁっ……あ……っ」

助けてほしい。助けて——

頭の中がその言葉だけでいっぱいになり、花唇《かしん》からあふれた蜜が、とうとう椅子《いす》からこぼれ落ちるほどの段になって、エウフェミアはすすり泣きながら目の前に座る相手に向けて呼びかける。

「……ヴァレンテ――」

大好きな兄。自慢の兄。愛する兄。お互いにただ一人、信じて心を預けることのできる運命の伴侶《はんりょ》。

そう。彼はエウフェミアの世界のすべてだ。

エウフェミアは頬を伝う涙を感じながら、あえぐように言った。

「あなたがいい」

自ら求める言葉を口にして。

そして二人はお互い、唯一無二の存在になるのだ。これまで通りに。

「知らない……人なんて、いや――あなたじゃ、なきゃ……」

「……私が、なんだ？」

「何でも……言うことを、聞くから……だから――」

「私に抱かれるのでも？」

色めいた言葉にぞくりとする。そしてそんなふうに感じる自分を縛《いまし》める。……それを、これまでは考える前に、無意識のうちに行っていたことに気づいた。

そしていま、縛める自分をこそねじ伏《ふ》せるようにして、口を開く。

「こんな……ひどいのは、いや……。愛するなら、……あなたが、自分で……して――……」

何が真実で、何が口実なのか。自分が何を望んでいて、何を恐れているのか。うまく物を考えることのできない頭で言葉を紡《つむ》いだ。

ヴァレンテはそんな妹をしばらく見つめた後、ゆっくりと立ちあがる。

「今宵《こよい》の饗宴《きょうえん》はここまでとしよう」

エウフェミアからは見えない場所に控《ひか》えていたらしいジュリオが出てきて、仮面の男たちをうながした。両脇の二人に続いて、背後からエウフェミアの両脚を押さえつけていた深紅の仮面の男が、それを椅子の肘掛《ひじか》けの内側におさめるようにして手を離す。

全員が出ていってしまうと、がらんとした小広間が静まり返った。

身体《からだ》中を熱く火照《ほて》らせ、ぐったりと椅子《いす》に寄り掛かるエウフェミアの前に立つと、ヴァレンテは妹の頬を手で包み、そこをぬらす涙を指でふいてくる。そして傲然《ごうぜん》と告げた。

「いますぐおまえがほしい」

エウフェミアが力なくうなずくと、彼はこちらの顎《あご》をとらえ、いきなり深くくちびるを重ねてくる。淫猥《いんわい》な見世物に彼も充分昂《たか》ぶっていたようだ。荒々しい口づけは、燃えるような欲望を伝えてきた。

それだけではない。右手が胸をつかみ、性急《せいきゅう》に揉《も》みしだいてくる。柔肉《やわにく》に指が埋《う》まるほど力をこめて押しまわすその愛撫《あいぶ》は痛いほどだが、いまはそれすら官能を高めるものでしかない。

「……っ、……んぅ……っ」

ふさがれたくちびるからもれる声は、甘くくぐもっていた。

彼の左手は脚の付け根を探り、とろりと蜜《みつ》にぬれた首飾りを見つけるや、それを軽く揺さぶってくる。揺れが蜜洞《みつうろ》の中にまで伝わり、悲鳴がこぼれそうになる。

「──……んんんっ……！」

たったそれだけのことでビクビクとふるえてしまったエウフェミアに、彼は口づけをしながら笑ったようだった。首飾りをすべて引き抜くと、左腕でエウフェミアの右脚を持ち上げ、足の裏が肘掛けに乗るほどまでに広げさせる。

そして獰猛《どうもう》なまでにいきり勃《た》った自身の楔《くさび》を、ひくつく蜜口《みつくち》に押し当ててくる。

「私からおまえを奪《うば》う者に、これからも容赦《ようしゃ》はしない。覚えておけ。私はおまえの父親代わりで、兄で、恋人で、夫──男としてなれるもののすべてだ。誰も私以上におまえを愛する人間はいない」

言葉はひと言ひと言、しっかりと言い含めるかのよう。欲望はすでに逞《たくま》しく屹立《きつりつ》しているというのに、切《き》っ先《さき》は蜜口の周りをいたずらにこするばかりだった。

この期《ご》に及んでなおも焦《じ》らされ、淫らに求めそうになる声を必死にこらえる。

「っ、……ん、……ぁっ、ヴァレンテ……ッ」

「これまでと同じように、これからも。ずっと──永遠に、傍《そば》に……」

無意識にまで染み込ませるかのような、執拗《しつよう》なささやきに、エウフェミアはただ、がくがくと首を縦に動かした。

「誓えるか？」

「……何でもっ、言うことを聞くと……、はぁっ……、……言ったわ……」

「その言葉、忘れるな」

言うや、彼は最奥までひと息に進んできた。

「きゃぁあぁぁ……っ」

媚壁《びへき》をこすり上げ、一気に貫《つらぬ》いてきた灼熱《しゃくねつ》に、みだりがましい悲鳴を上げる。深すぎる衝撃に身体が弓なりに反《そ》り返り、びりびりと背筋を這《は》って突きぬけた快感に夢中でかぶりをふった。

「あぁあぁ、ヴァレンテ……はんっ――あぁぁ……っ」

「大変な歓迎ぶりだ。見られて興奮《こうふん》したんだな」

やわらかく蕩《とろ》け、情熱的にからみつく蜜壁《みつへき》の反応に、彼は淫靡《いんび》な笑みを浮かべる。そしてどっしりと重厚な作りの椅子がギシギシと揺れるほど激しい突き上げをくり返してきた。

力強く漲《みなぎ》った剛直《ごうちょく》は、そのたびぐちゃぐちゃと耳をふさぎたくなるような音をたてて柔襞《やわひだ》をこすりたててくる。硬《かた》く張り出した先端《せんたん》にそうされると、ぞわっとあふれだす愉悦《ゆえつ》に腰の奥まで痺《しび》れてしまった。

そんな中、快感が渦巻く最奥の弱点を、ずんっ、と重く深く突き入れられ、意識が飛びそうになる。

「あぁぁっ、……あぁんっ、んん……っ」

歓喜に我を忘れ、ガクガクと腰をふるわせた。

しぼり上げるようにからみつく蜜壁の感触を愉《たの》しんでいるのか、ヴァレンテはぎゅうぎゅうと締《し》めつけるそれをかきわけ、さらに力強く腰を前後させてくる。その動きに合わせ、たぷんたぷんと胸が弾《はず》んで揺《ゆ》れた。

「すごい……。なりふりかまわぬ態《てい》でむしゃぶりついてくる。わかるか？」

色濃い情欲に湿《しめ》った吐息《といき》が、こめかみにふれる。

「あっ、は……ぁ、あ……っ、ヴァレンテ……っ」

激しい悦楽《えつらく》に思考は麻痺《まひ》していき、頭の中からあらゆるものが拭《ぬぐ》い去られていった。

それでなくとも達《たっ》する直前で長く放置されていた身体は、何をされてもどうしようもなく感じてしまう。芯《しん》から熱くうずき、快感を追うこと以外に考えられなくなる。

「あぁっ、――はぁぁんっ、……そんな……っ、ふ……深いっ……、あぁぁっ……」

「ねだってみろ。先ほど言ったみたいに」

「んんっ、あぁぁ、ヴァレンテ……ッ、ヴァレンテ、……はぁんっ、んっ、あ……あなたがいい……！」

「兄に貫かれているのに？　それでも悦《よろこ》んでいると？」

「兄様……だから――」

虚《うつ》ろな意識で応じたとたん、中のものが、ぐん、とふくらむ。

「あっ……ふぁぁ、……っ」

ずっしりと埋まっているものによる、さらなる圧迫感に、下肢《かし》の奥がぞくぞくと痺《しび》れる。

ヴァレンテは、頼りなく自分の服をつかんでいたエウフェミアの手を取ると、自分の首にまわすようにして言った。

「しがみつけ。——そう、力をこめて……」

片手で椅子を押さえた彼もまた、もう片方の手でエウフェミアの身体を抱きしめてくる。言われた通り力を込めて首筋にしがみつくと、兄の身体に押しつけた胸がつぶれた。硬《かた》く凝《しこ》った先端のこすれる感触までもが気持ちよく、息が止まりそうになる。そして抱きついた兄の身体もまた熱かった。

ずん、ずん、と腰まで激しく響く衝撃に、限界を迎えそうな身体は、何もかも忘れて淫《みだ》らな感覚に酔いしれる。

「ひっ、あっ、あっ、——」

突き上げに合わせて、気がつけば自《みず》ら腰をふっていた。熱く滾《たぎ》る牡《おす》が、思いきり締めつける媚壁《びへき》をこすり、一番感じる最奥のふくらみをひときわ強く突き上げた。そのまま硬い先端でごりごりとそこを抉《えぐ》られ、燃え立つような官能に襲われる。

「あっ……ぁあぁっ……！」

鋭すぎる責めについ逃げてしまった腰が、力強い腕に引き戻され、なおも同じ場所をこすり立てられた。息の詰まるような快感の大波が押し寄せ、深い愉悦《ゆえつ》に揉《も》まれながら、エウフェミアの意識は歓喜の高みへと押し上げられていく。

「あっ、あぁあぁぁっ……！」

いままでにないその高さに、兄の首にかじりつく腕に力がこもった。ぶるぶると身をふるわせて、自分の深部に猛々《たけだけ》しく突き立てられた灼熱《しゃくねつ》をきつく締めつける。

下肢がとろけてしまうほどの恍惚《こうこつ》に泣きたくなった。

それは本来、味わってはならないものだ。決して覚えてはならない、禁断の――

「愛している。……愛している、エウフェミア」

すすり泣く妹の額に口づけ、ヴァレンテがのめり込むような眼差しでささやいてくる。

「私たちは死ねば道が分かたれる。ならばせめて、生あるうちは私の腕の中に――」

(兄様――……)

普段はこれまでと変わらず、どんなときも冷静にして理性的。にもかかわらず、エウフェミアへの執着に関するかぎり、彼は完全に箍《たが》が外れてしまっている。

恐ろしい。

強すぎる執着は大抵の場合、よい結果を招かないから。苛烈《かれつ》な性質の彼であればこそ、余計にエウフェミアの不安を招く。

（こんなこと……。開き直ってはいけない……のに――）

乱れた呼吸にあえぎながら、脱力した頭を彼の肩に預けた。――と。

「服を脱げ、エウフェミア。もう一度だ」

こちらのこめかみに、頰に、愛《いと》おしげに口づけながら、彼は無情に命じてくる。

頭をもたげ、青碧色《エメラルド》の瞳をゆらして見上げる妹の視線を、彼は淡々《たんたん》と受け止めていた。

糸が張り詰めたようなその緊張に――このように爛《ただ》れた状況にあっても、鋭さと艶《つや》やかさを失わない優雅な美貌《びぼう》が、異様な熱をこめて見つめてくることに、鼓動《こどう》がさわぎ始める。

すべてを兄のせいにできるわけではない。そう気づいたことも、エウフェミアの胸を重苦しくさいなんだ。

罪は、兄と交わったことだけではない。

（兄は兄。きちんとわきまえることが、できていたはずなのに……）

ヴァレンテを思うとき、なぜいま自分の心はこうも揺れるのか。それが不安でたまらなかった。

出口の見えない迷路に自ら踏《ふ》み込んでいく気持ちで、乱れたまま身体にまとわりついていた踊り子の装束《しょうぞく》を、兄の見ている前でゆっくりと取り払っていく。

……背徳《はいとく》的な行為に際しても、羞恥《しゅうち》ばかりを強く感じ、最初の頃のような、恐れおののく気持ちはかすんでしまっている。

いまや罪は、エウフェミアの心にもなじみつつあった。

＋＋＋

その日を境にヴァレンテはエウフェミアへの執着《しゅうちゃく》を隠さなくなった。

どこに行くにも妹を伴い、人目もはばからずにその腰を抱き、豊かな銀の髪に顔をうずめ、とまどい顔の妹の耳元で何事かささやいては笑う。

それを揶揄《やゆ》する国王の戯言《ざれごと》もどこ吹く風。まるで恋人に対するようなそのふるまいに、信仰深い人々は眉根《まゆね》を寄せた。公然と人の道に背《そむ》く王太子の姿は、むろんのこと彼らの目に不吉と映る。

ほどなく噂《うわさ》は街にも広がっていった。背徳の醜聞《しゅうぶん》は、王太子にまつわるそれまでの陰惨《いんさん》な噂《うわさ》と相《あい》まって、人々の好奇と嫌悪をかきたてた。

かの王太子には、いつか神の罰《ばつ》が下る。

話をそう締《し》めくくり、胸の前で十字をきる——それが街の人々のならいになっていると、その噂が今度は王宮に伝わってきた。

「エウフェミア様のことを悪く言う者はおりませんわ。エウフェミア様が、クラウディオ様と夫婦らしい関係を築こうとなされていたことは、皆が目にしておりましたから……」

気づかわしげな侍女のリリアナの言葉にも、エウフェミアの心は晴れなかった。

（でも、神様はご存じだわ……）

いけないことだと心では拒《こば》みつつも、与えられる快楽の前に、いつも最後には身も世もなく屈《くっ》してしまうエウフェミアの弱さを。

無垢《むく》な頃はただ誇《ほこ》らしい思いで眺めていた兄の姿を、いまでは身体ばかり意識し、陵辱《りょうじょく》と官能を思い出さずに見ることができなくなっている罪深さを。

（罰はまちがいなく、わたくしにも下る——）

その思いは嵐の前の雲のように重く垂《た》れ込め、遠からず訪《おとず》れるであろう報《むく》いの予感に心を落ち着かなくさせた。


二人の関係が宮廷で暗黙《あんもく》の了解となって半年後のこと。

エウフェミアは、叔母《おば》からの手紙で招きを受けて、都の郊外にあるエモスの修道院に向かった。

叔母とは、聖皇《せいおう》の妹にして叔父《おじ》の妻——つまりはこの国の王妃である。しかし色好みの夫による度重なる裏切りに耐えきれず、数年前に俗世《ぞくせ》を捨ててしまった。

宮廷から退《しりぞ》いたとはいえ王妃であることに変わりのない彼女のもとには、聖皇やパヴェンナ国王への取り次ぎを求め、いまも頻繁《ひんぱん》に客が訪《たず》ねてくるというが、彼女はそのどれにも応じることなく静かに暮らしている。

しかし娘のような年齢の姪《めい》に関してはその限りではないようだ。

「ずいぶん久しぶりね」

修道院の奥まった一画にある、貴人《きじん》のための部屋に足を踏み入れたエウフェミアを、叔母は親しみを込めて迎えてくれた。

「呼ばなければ来ないだなんて薄情《はくじょう》な子。たまには顔を見せてくれてもいいのに」

申し訳ありません。そう返すべきところだろうが、入室に際して目にしたものに、エウフェミアは青碧色《エメラルド》の瞳を軽く見張る。

訪ねた相手は寝台の上にいた。そしてその寝台が、天井から吊《つ》られた紗《しゃ》の薄布にすっぽりと覆《おお》われていたのだ。

「叔母様……」

困惑するエウフェミアに、叔母は小さく笑う。

「うつる病《やまい》なの。だから取り払うことができないのよ。ごめんなさいね」

「うつる病……？」

もしや、という思いが頭をかすめた。近年、半島の北部で流行していた伝染病が、このところパヴェンナの近隣《きんりん》にまで広がってきているという。

その考えを察したらしく、彼女はうなずいた。

「宿を貸した巡礼者《じゅんれいしゃ》の中に、感染した人がいたのかもしれないわ」

「具合はお悪いのですか？　手紙にくわしく書かれていなかったので、わたくし……」

今日エウフェミアがここに来たのは、叔母からの手紙に、病に伏せていると書かれていたためだ。けれどここまで深刻な状況だとは思っていなかった。

動揺《どうよう》するエウフェミアに、叔母は薄物《うすもの》越しに笑いかけてくる。

「もう治らないわ。だから話せるいまのうちに、どうしてもあなたに会っておきたかったの。来てくれてありがとう」

「治らないだなんて……。そんなことおっしゃらないでください」

「同じ病を患《わずら》う人を見たことがあるから、わかるのよ。……あぁ、そんな顔をしないで」

「叔母様……。わたくし、もっと早くに来ればよかった――」

叔母は、ヴァレンテとエウフェミアに目をかけてくれる数少ない大人だった。兄と共に彼女を慕《した》い、尊敬していたため、王宮から去ると聞いたときにはとてもさみしかったものだ。だから彼女がここに移ってからも、暇《ひま》を見つけては訪ねていた。――ヴァレンテとこういう関係になる前は。

（半年の間に、こんなことになっていただなんて……）

足が遠のいていたのは、エウフェミア自身の後ろめたさのせいでもあるし、妹がここに留《とど》まってしまうことをヴァレンテが警戒《けいかい》したためでもあった。

以前クラウディオが指摘《してき》した通り、教会権力はヴァレンテが唯一《ゆいいつ》意のままにできない弱点である。信仰の名のもとにエウフェミアを保護されてしまえば、彼の力をもってしても強引に連れ戻すことはできない。そのため彼は、エウフェミアが勝手に王宮を抜け出さないよう、ずっと監視させていた。

二週間前にヴァレンテが戦《いくさ》に出た後も、それは変わらなかった。それどころか留守《るす》中の監視は、彼がいるときよりもさらに厳しい。

今日は、叔母から届いた手紙を監視の貴族と兵士とに見せ、無視すれば政治的な問題に発展しかねないと脅《おど》して強行突破したのだ。渋々《しぶしぶ》エウフェミアを外出させることに同意はしたものの、彼らは修道院までついてきた。――しかし。

エモスは女子修道院であるため聖皇の許可でもなければ中に入ることができず、いまはなす術《すべ》なく入口の前で待っている。

そう。……いまなら兄から逃《のが》れることも可能である。聖皇の妹たる叔母の庇護《ひご》を受ければ。

心の中ではもちろん、その考えがくすぶっていた。こんな機会はそうそうない。

（でも……この状況では――）

ひそかな相談事は、叔母の病身を目にして吹き飛んでしまった。やせ細り、薄紗《うすしゃ》越しとはいえ、手や顔に黒い痣《あざ》のようなものが散っているのが見て取れる。

しかし叔母はそれを気にする様子もなく、ベッドの近くに椅子を置いて腰を下ろしたエウフェミアにのんびりと声をかけてきた。

「ヴァレンテは相変《あいか》わらず？」

「ええ。王太子としての務めを果たし……敵からも、そうでない者からも恐れられております」

それでも自分だけは兄の味方だと、迷いなく信じていた過去を思い出しながら、重い気分を飲み下す。叔母は深くうなずいた。

「あの子は立派よ。でも理解はされないわ」

「――……」

やわらかくほほ笑む叔母を、エウフェミアは薄紗越しに見つめた。そして彼女が、昔から兄の味方であったことを思い出す。それは自分たちを取り巻く大人の中ではめずらしいことであり、それこそが彼女に信頼を置くようになった理由でもあった。

「叔母様は、ヴァレンテの――兄のやり方が正しいと思いますか？」

迷いながら問うと、彼女は「もちろんです」とたおやかに応じる。

「この半島は歴史的に、群立する小国の間に戦が絶えませんでしたからね。きっかけが領土的な野心だったとしても、クレメンテ王のおかげで国としてひとつにまとまり、無益《むえき》な戦乱が収まったのは事実。けれどあの方は政治家ではなかったから、制圧時にずいぶん遺恨《いこん》を残したというではないの」

「その通りですわ」

王太子としての実権を得るや、ヴァレンテが聖皇座庁《せいおうざちょう》との結びつきを強めたのは、そのせいだ。

「ほんの少しでも均衡《きんこう》を失えば、一瞬にしてくずれてしまいかねない国を、ヴァレンテは若年《じゃくねん》の身でよく持ちこたえさせましたよ」

「……そのやり方が強硬《きょうこう》なせいで、兄自身もひどく恨まれておりますが」

「我《が》が強く強欲な諸侯《しょこう》を、譲歩《じょうほ》だけでたばねるのは不可能だもの。ヴァレンテはあえて悪役を買って出ているのではないかと思うのよ」

「――……」

「仮にパヴェンナによる支配がくずれたとき、半島はまたひどい混乱に陥《おちい》るでしょうね。それだけは何としても避《さ》けなければならないと、……先日ここで話していましたよ」

「先日？　兄が……？」

何でもないかのように言われたことに、エウフェミアは少し驚いた。自分の知らないところで兄がここを訪ね、そういった真意を叔母に語っていたということに。

（――他の人には見せない本心を、わざわざここまで来て、叔母様に打ち明けたの……？）

それは、以前はエウフェミアの前でだけ見せる姿だったはずだ。それなのに……。

気がつけば、兄を責めるような心持ちになっていた。

(関係が変わってしまったから?)

この半年ほど、二人でいるときも前のように気の置けない穏やかな時間を持つことができないでいる。

持てるわけがない。ヴァレンテが求め、そしてエウフェミアが拒《こば》むばかりのいまは。

(だから?　だから叔母様のところに来たの……?)

真綿で締められるように、緩慢《かんまん》に胸が痛む。そんなふうに思える立場ではないとわかってはいても、そう感じてしまう心を止めることはできない。

「今日来てもらったのは、ヴァレンテに伝えてほしいことがあったからよ」

叔母の声が、先ほどまでとはちがうように聞こえ、エウフェミアは青碧色《エメラルド》の瞳《ひとみ》を伏《ふ》せた。しかし続けて聞こえてきた問いに、その目をしばたたかせる。

「ミゼランツェのクラウディオ王子を知っているわね?」

「……え?」

叔母の口から出た思いがけない名前に、目線を上げた。と、彼女は紗の布越しでもわかるほどはっきりと眉根《まゆね》を寄せる。

「とても恐ろしい方なのだそうね。あちこちで戦を指揮し、抵抗すれば市民でも殺し、占領した後は多くの人に見せしめの拷問《ごうもん》を加えて首を刎《は》ねてしまうのだとか。……まるでヴァレンテのよう」

「……誰の話ですか?」

「ですから、クラウディオ王子ですよ。あなたの夫の」

「――まさか。そんな……」

「聞いていないの? 巷《ちまた》ではずいぶん噂になっているのに」

「――……」

ここ半年ほど、クラウディオの動静についてエウフェミアの耳にはひと言も入ってきていない。おそらくはヴァレンテが口止めをしているのだろう、と予想はしていたものの。

(見せしめの拷問? クラウディオが……?)

空を写したかのような、まっすぐな青い瞳を思い出す。人好きのする明るい笑顔と、朗《ほが》らかな笑い声を。

なにかのまちがいだ。そう言おうとした矢先。

『悪魔の姦淫《かんいん》に溺《おぼ》れる呪われた兄妹は地獄に落ちろ!』

最後に耳にした彼の叫びまでも脳裏《のうり》によみがえり、エウフェミアは言葉を呑《の》み込んだ。まさか。まさか。……そう思う。けれど――……。

逡巡《しゅんじゅん》するエウフェミアの前で叔母は続けた。

「ヴァレンテとちがうのは、クラウディオ王子は、国に安定ではなく混乱をもたらすために戦っているということ。パヴェンナ国内の諸侯《しょこう》に、専制《せんせい》からの独立をあおってまわっているそうですよ」

「そんな……」

「兄の……聖皇猊下《げいか》のところにもやってきて、パヴェンナへの支持を取り下げるよう訴《うった》えたのだとか。兄も一度は退けたようですが……」

ヴァレンテはもちろん聖皇座庁の後ろ盾《だて》に対し、それなりの見返りを支払っている。そう知ったクラウディオは、半島が乱世にあった時代、そこに干渉《かんしょう》することで利益を得ていた北方や西方の大国を味方につけ、同じように莫大《ばくだい》な対価を示したのだという。

「猊下は我が兄ながら欲深い方。これからは、いままでのように聖皇座庁をあてにしすぎないようにと、ヴァレンテに伝えてちょうだい」

「聖皇様が……兄を裏切ることもありうると……？」

信じられない思いでつぶやくエウフェミアに哀《かな》しげな眼差《まなざ》しを向け、叔母は「それからもうひとつ」と重い口調でつぶやいた。

「この病のことよ。……高熱を発し、いたるところに青黒い斑点《はんてん》が現れて、やがて全身が黒ずんでいく……私は四十年前、聖皇座庁の御膝元《おひざもと》であるロージエの街でこの病の悲劇《ひげき》を目にしたことがあります」

「それは……大陸から伝わってきたという、あの病ですか?」

おそるおそるの問いに、彼女はうなずく。

「伝播《でんぱ》する力がとても強いのです。放置しておけば、ひと月足らずで街ひとつをたやすく呑《の》み込んでしまうでしょう。決して警戒《けいかい》を怠《おこた》らないよう、ヴァレンテによく伝えてください」

言い終えて、叔母は懇願《こんがん》するようにこちらを見た。

「エウフェミア、あなたの兄をよく支えるのですよ」

「――……」

しばらく時間はかかったものの、エウフェミアはなんとかうなずく。

「……ええ」

それから意識して笑顔を浮かべてみせた。

「一言一句《いちごんいっく》たがえず兄に申し伝えます。叔母さま」

はっきりとした応《こた》えに、彼女は安心したように息をついた。

「よかった。……さぁ、今度はあなたが話す番。王宮の様子を教えてちょうだい。何か楽しい話だといいのだけれど……」

話をしているうちに叔母が眠ってしまったようだったので、エウフェミアは席を立った。

質素な石の廊下に出たところで、ふいに足もとを小さな影が走り抜ける。朗らかな笑い声を響かせ、スカートの裾《すそ》を翻《ひるがえ》して駆《か》け去ったのは子供だった。その後を追うようにして、年配の修道女が這《ほ》う這《ほ》うの体《てい》で姿を見せる。

「あぁ、エウフェミア様……」

「ルーチェは元気にしているようですね」

「はい。来たばかりの頃はおとなしかったのですが、いまではすっかりここに慣れて毎日あの通りです。一時《いっとき》もじっとしていてくれないのが困りものなくらいで……」

やれやれという口ぶりながらも、表情はやわらかい。

「あの子の元気な声を聞くだけで気持ちが明るくなると、王妃様はおっしゃいますけれど」

「ならいいのですが……、病がうつらないよう気をつけてください。いざというときは王宮に引き取りますので」

そう言った矢先、どこからともなくうめき声が聞こえてきた。

「……他にも患者が？」

エウフェミアの問いに、修道女は暗い顔でうなずく。

「はい。王妃様と同じ病です。先月から門をたたく者が現れまして……。いま北の国境付近ではやっているようです」

「そうですか……」

病が国内にまで入り込んでいることを知り、重い気分で相づちを打った。そして玄関を出ようとしたところへ、忙《せわ》しない蹄《ひづめ》の音が近づいてくる。どうやら玄関の先——監視の者たちが待っている門に、だれかが来たようだ。

（早馬……？）

馬を急がせていた雰囲気《ふんいき》からそう推測し、門をくぐる。——と。

そこには二週間前に戦陣《せんじん》に向かったはずのヴァレンテが、ひと目で軍馬とわかる頑健《がんけん》な黒馬に打ちまたがり、一騎でたたずんでいた。

王城に帰ってから、こちらに駆けつけたのだろうか。鎧《よろい》姿のままの兄を、エウフェミアは驚きとともに見上げる。一方ヴァレンテも、ふらりと門から出てきた妹の姿を目にして、息を弾《はず》ませながら軽く目を見開いていた。

「——……」

どうやら……エウフェミアがここに逃げ込んだと勘《かん》ちがいし、取り戻しに来たようだ。相手の様子からなんとなくそう察する。そこにいつもの余裕はなく——むしろそれをかなぐり捨てたかのような態《てい》に、言葉を失った。

昏い翳《かげ》りを宿し、食い入るように見下ろしてくる琥珀《こはく》の瞳から、エウフェミアは目をそらすことができなくなる。

しばらくの間、互いに言葉もなく、ただ見つめ合った。

（叔母様。……わたくし恐ろしいのです――）

口にすることのできなかった言葉を胸に、兄の眼差しを受け止め、まっすぐに見つめ返す。彼が恐くてたまらない。けれど同時に、いやというほど思い知る。自分の心がどうしようもなく彼のもとにあるということを。

きっと自分はここから逃げても、誰といても、彼のことを思ってしまうだろう。

幼い頃から彼だけが特別だった。十二の時、異国で刺客《しかく》から救われたあの時から――あるいはそのずっと前から、エウフェミアにとって世界の中心はヴァレンテでしかありえない。

他のどの存在も、どれだけの愛情も、彼の代わりになりはしない。

これ以上近しく、うとましく、恐ろしく、……けれど声を上げて泣きたくなるほど愛《いと》おしい存在が、他にいるわけがないのだ。

「――……」

身じろぎもせず立ち尽くしていると、ややあってヴァレンテが鞍《くら》から降り、近づいてくる。大股に近づいてきた彼は、エウフェミアに向けて手をのばし、物も言わずに抱きしめてきた。強く、深く――さらに強く。

孤独を恐れるが故《ゆえ》に妹を支配し、とどめ置こうとする身勝手な想い。けれどその激情はこの世の誰よりも強く、激しく、なりふり構わずエウフェミアを求めてやまない。

無言で抱擁《ほうよう》してくる腕の中、エウフェミアは胸の奥底でくすぶる歓喜にきつく目をつぶり、努めて平静な声で返した。

「どうかなさいましたか？」

　王城に帰るや、ヴァレンテは休む間もなくエウフェミアを自分の寝室に引きずり込み、組み敷《し》いてきた。

　貪《むさぼ》るような口づけは息苦しく、のしかかってくる身体《からだ》は熱く、押し寄せる情欲の激しさに翻弄《ほんろう》されているうち、気がつけば生まれたままの姿にされていた。

　愛し合うのに余計なものをすべて取り除くと、彼はひどく昂《たか》ぶった牡《おす》で性急に貫《つらぬ》いてこようとする。

「ま……待ってくださいっ。いきなりは無理――こんな急に、無理です……っ」

　身につけるものの何もない心もとない姿で、それでも必死に寝台を這《は》って逃《のが》れ、隅《すみ》まで追ってきた相手の胸を腕を突っ張って押しのける。

「いまさら拒《こば》んで何になる？」

「そうではありません。お願いですから、乱暴にしないで――あ……っ」

　隅まで追い詰めてきたヴァレンテは、その言葉に我に返ったように、エウフェミアの下肢《かし》にふれてくる。

秘裂《ひれつ》を指でたどり、まだそこが充分潤《うるお》っていないことを察したようだ。めずらしく焦《じ》れた態《てい》で寝台の傍《かたわ》らに置かれていた小卓に手をのばすと、彼はその引き出しから、栓《せん》のされたクリスタルの小瓶《こびん》を取り出した。小瓶といっても、エウフェミアの使う香水瓶よりはひとまわりほど大きい。

「それは——」

問いに、彼は栓を抜きながら応じる。

「打ち身や捻挫《ねんざ》の手当に用いる香油《こうゆ》だ」

「香油？」

「薄荷《はっか》油を希釈《きしやく》したものだったか……」

簡潔《かんけつ》に言い、彼は瓶を傾《かたむ》けて、とろりとした油を自分の手で受け止めた。油にまみれた指を、エウフェミアに見せるように持ち上げる。と、すっと清涼な香りが鼻腔《びこう》を通り抜けた。

彼はそれを、敷布《しきふ》の上に横座りするエウフェミアの脚《あし》の付け根に持っていき、目を上げる。

「脚を開け。これでは塗《ぬ》れない」

「ですが、ヴァレンテ。それ……」

のろのろと膝《ひざ》を立てながら、気乗りしない心もちで返す妹の膝を、彼は自分の手で左右へ大きく開き、蜜口《みつくち》にくぷりと指を差し入れてくる。

「あぁ……、っ……」

せまい内壁《うちへき》の中で、指が円を描くようにぬるりと動いた。

「身体に害はない。ただ少し、塗った後に冷たくなるだけだ」

「なん――、やぁ……っ」

言葉の通り、指の触れた箇所《かしょ》が、スーッと氷を当てられたかのように冷えていく。しかしやがて、じんわりと熱くなっていった。

「あっ、いや、熱い……っ」

カァァッ……と下肢で発した熱に、エウフェミアは脚を閉ざして身もだえる。その前でヴァレンテはさらに瓶を傾け、指をぬらした。

「香油の効能だ。本当に熱いわけではない」

「そんな――やめて、もう塗らないで……いや――あぁっ……」

油まみれになったヴァレンテの指が、ふたたび蜜口に押し込まれてくる。内壁をほぐすようにぐるりとまわる指が、油を奥まで丹念に塗りこんでくる。

指をかわそうと腰を引くと、彼は押さえつけるようにして、さらにくちゅくちゅと奥のほうまで拓《ひら》いてきた。

「おとなしくしろ。油をつけずにひどくされたいのか？」

「ちが……もう少しゆっくり――」

「無理だ。二週間も触れていない」

そっけなくいなし、彼はもう一本、指を増やす。まだまだせまいそこに、指は油の助けを借りて無理やり押し入ってきた。

なんとか迎え入れたものの、中がぎちぎちと拓かれる。同時に、蜜洞《みつどう》全体がカァァッ……と熱を持っていった。

驚きに見開かれた青碧色《エメラルド》の瞳《ひとみ》が、たちまちうるんでいく。

「あ……、あ、ぁ……ぁぁ……っ」

思いも寄らない刺激に、こわばった肩がふるえ、あえかな声がもれる。

くちくちと音を立てて長い指が抜き差しされると、じりじりと火を近づけられたかのように疼《うず》く内壁がこすられて、たまらない心地になった。

蜜口に兄の指を受け入れたまま、脚をぴったりと合わせ、内股《うちまた》をふるわせて内奥《ないおう》の熱い疼きに耐える。そんなエウフェミアの姿をひとしきり目で愉《たの》しんだ後、ヴァレンテは指を引き抜くと、再度こちらの膝を割り開いて秘処《ひしょ》を露《あら》わにし、怒張《どちょう》を押しつけてくる。

あられもなく広げられた花びらに熱い屹立《きつりつ》をこすりつけ、せめてもとばかりわずかににじんでいた蜜《みつ》をまとわせるや、彼は油でぬめったそこに切《き》っ先《さき》をぐぐっ……と押し込めてきた。

「後でゆっくり可愛《かわい》がってやる。いまは私を満足させてくれ――」

色濃く情欲を孕《はら》んだ声音でささやかれ、ぞくりと腰がふるえる。

「ふ、……ん……ううっ」

油を使ったとはいえ、ろくに準備をすることもなく受け入れるのが苦しいことに変わりはない。

みしみしと隘路《あいろ》を割って押し入ってくる、ずっしりとした圧迫感に、エウフェミアは喉《のど》をのけぞらせてうめいた。

「……あ……、……ん――う……」

ヴァレンテはエウフェミアを強く抱きしめ、のしかかるようにして腰を押しつけてくる。その重さと、硬《かた》い筋肉の感触、そしてぴたりと肌《はだ》のふれ合う甘やかな心地に、いっとき息苦しさを忘れた。

ほどなくして、己の欲望でエウフェミアを奥まで埋め尽くすと、彼は色めいた吐息《といき》をこぼす。

「……やはりせまいな。きつく締《し》まっていて、破瓜《はか》したての頃のようだ……」

しかしそれもしばらくのことだった。

やがて内部がその大きさになじんでいくと、剛直《ごうちょく》は薄荷の香油の染みこんだ内壁をこすり上げて動き、じりじりとそこをさいなむ熱を昂《たか》ぶりに変えていく。

「あっ、あ、……やぁっ、あ……熱いっ……熱……っ」

「痛むか？」

「い、いいえ……でも――」

とたん、湧き上がってきた愉悦《ゆえつ》にぶるりとふるえ、エウフェミアは息を詰めた。

「……こっ、……こすられて、じんじんして……や、やぁあ、あ……っ」

香油のせいでどうしようもなく敏感になった媚壁《びへき》は、ずくずくと突き上げられるごとに、びりびりと恥ずかしいほどに痺《しび》れてエウフェミアを懊悩《おうのう》させる。

それだけでも腰の奥から甘苦しい愉悦がこみ上げるというのに、ヴァレンテの剛直に余裕のない勢いで、ずんっ、ずんっと重く最奥を穿《うが》たれると、内奥で弾《はじ》ける衝撃《しょうげき》がめくるめく恍惚《こうこつ》となって脳髄《のうずい》までを貫いてくる。

「はっ、……あ、ぁあ……あぁぁ……っ」

わずかばかりの間に、頭が真っ白になるほどの強い官能に襲《おそ》われ、エウフェミアは必死に相手の首にしがみついた。……以前教えられた通りに。

「いきなりでも感じているようじゃないか」

抱きしめて身体《からだ》を密着させたまま、ヴァレンテが肩口でささやく。

「いやがっているようには見えないぞ。乱暴にされるのも好きなのか？」

「ちがっ……、あなたが……自制できない、なんて、めずらし……から――」

がつがつと腰を打ちつけてくる衝撃に揺《ゆ》さぶられながら、必死に返した。

抱きしめている兄の身体が熱い。

いつも冷淡なほど落ち着き払っている彼が、こんなふうに欲望を剝《む》き出しにして挑《いど》んでくることに、エウフェミア自身の気持ちも引きずられてしまうのだ。その興奮《こうふん》に巻き込まれ、心も身体も、情欲を呼びさまされていく。

息を乱した彼が、喉《のど》の奥で艶《つや》っぽく笑った。

「自制？　している。私が自制を捨てたらこんなものではない」

「あぁっ、ぁぁあ……っ――でもっ、は、激し……ぁあっ……」

言葉のわりに、彼はほとんどぶつかるような、貪欲《どんよく》に求めるばかりの勢いで重なってくる。ガクガクと揺さぶられる下肢《かし》は熱く痺れ、燃え立つかのようだった。蕩《とろ》けた媚壁はすでに蜜《みつ》をあふれさせ、剛直の抽挿《ちゅうそう》にぐじゅぐじゅと音を立てている。それでも香油の効果の残る蜜路《みつろ》はじんじんと疼《うず》いたままで、張り出した切《き》っ先《さき》にこすり立てられるたび、普段よりもいっそうぞくぞくと痺れる。

「あぁぁぁん、……ぁあっ……、も、少し……ゆっくり、して――あぁぁ……っ」

快感をこらえるためばかりでなく、抽挿の勢いに振り落とされまいとするために、兄にしがみつく手に力がこもった。

これで自制をしているというのなら、そうでない時はどうなってしまうのか。

「嘘《うそ》をつくな。乱暴にされて感じきっているくせに」

「あっ、か……ぁあっ、――か、感じてなど、いま……あっ、ぁっ、ぁぁんっ」

「おまえがこんなふうに扱われてもよがるなんて、思ってもみなかった」

意地の悪い言葉の通り、荒々しい抽挿にもかかわらず蜜壁は灼熱《しゃくねつ》にからみつき、幾度《いくど》も締《し》めつけて官能を拾ってしまう。

ビクビクと身をふるわせ、蕩けた嬌声《きょうせい》を発してしがみついてくる妹へ、彼はうれしそうにつぶやいた。

「怖がらせるまいと手加減をしていたが、私は本来乱暴にするのが好きな質《たち》だ」

抱きしめていた手でおもむろにエウフェミアの尻をつかむと、それを引き寄せるのと同時に、ぐっと腰を突き上げてくる。

「きゃあっ、あぁあ……っ」

「これからは時折ひどくしてやろう」

ただでさえいっぱいになっている蜜洞《みつうろ》を、さらに奥までぐんっと抉《えぐ》られ、焼けつくような快感に意識が飛びそうになった。

香油のせいで、冷たいのだか熱いのだか判別できない内壁は、いまや蜜にあふれている。締めつける隘路《あいろ》を、猛《たけ》りきった切っ先は容赦《ようしゃ》なく押し開き、奥まで貫いてきた。

身体の重みをかけるようにして下肢を打ちつけられ、エウフェミアは足先まで痙攣《けいれん》させながら、せつなくのけぞる。

「エウフェミア――……エウフェミア……」

感じ入ったようにくり返す兄の声に、いじられてもいない胸の奥が疼いた。

力と欲望に満ちた楔《くさび》は、エウフェミアをも急いで陶酔《とうすい》に溺《おぼ》れさせようとするかのように、もっとも感じる内奥の場所をくり返し抉る。衝撃のたび、どうしようもなく感じてしまい、少しずつ嬌声が高くなっていく。

ひらりひらりと絶頂をかわされる愛撫《あいぶ》に焦《じ》らされる普段とは、まったく異なる歓喜によって、エウフェミアはほどなくして官能の頂《いただき》まで連れていかれた。

「やっ、あ……、あ――あぁあぁっ……！」

神経が灼《や》かれるような快感に、まぶたの裏で白い光が弾《はじ》け、敷布から背中を浮かせてがくがくと全身をふるわせる。

しかしヴァレンテの灼熱はまだ硬《かた》いままで、エウフェミアが達《たっ》している最中も、後も、激しく揺さぶり続けてきた。

「あぁあっ、……やぁあぁっ、……うっ、動いては……い、やぁあ……あぁっ」

ビクビクと痙攣したままの下肢から、ずんずんと絶え間ない愉悦《ゆえつ》が発し、またたくまに身体が燃え上がっていく。とても自分とは思えないほど、あられもなくもだえ、求めて泣きつき、極まった声を発した。

頂と頂の境がわからないほど続けざまに昇り詰め、頭の芯《しん》まで痺れてしまう。

朦朧《もうろう》とした意識の中、ずるりと屹立《きつりつ》の引き抜かれる感覚があった。

「あっ、……はぁっ、……はぁ……」

わけがわからないほどの激情にひきずられた顚末《てんまつ》に、放心の態《てい》で荒い息をつく。ぼんやりと見上げた先で、ヴァレンテが脱ぎ捨てた衣服で欲望の処理をしている光景が目に入った。

彼は決してエウフェミアの中では果てない。

自分の快楽よりも、エウフェミアの精神的・身体的な負担を考えてくれている——ということなのだろう。おそらく。

『あの子は立派よ。でも理解はされないわ』

叔母《おば》の言葉が脳裏《のうり》によみがえる。エウフェミアも同感だった。問題は彼自身が、理解されたがっていないということだ。

人々に慕《した》われるよりも、恐れられることを望んでいる。それが、敵の多い環境で育った彼の処世術《しょせいじゅつ》なのだろう。

それでも以前は、エウフェミアにだけは本心を見せてきたものだが、このところそれもなくなった。身体を重ねるようになってから、心の距離は確実に遠ざかっている——

(なぜ——)

それが男と女の関係になるということなのだろうか。彼の真意がどこにあるのか、いまはまるでわからない……。

「我を忘れるほどよかったのか?」

ぐったりとして言葉もないエウフェミアの余韻《よいん》が醒《さ》めないうちに、彼はふたたびのしかかってきた。早々に回復したらしい昂《たか》ぶりで、すっかりやわらかくなった花びらに押し入ってきながら、じゅくじゅくとその感触を味わっている。

「約束だ。今度はゆっくり可愛がってやる」

「ま……待って。すぐには……はっ……、すぐは無理……ん……っ」

休息を求める声は、やわらかな口づけに封じられた。

甘く吸いつき、ついばむように離れては、また押し当てられる。一転して優しくなったその触れ方に、身体よりもまず心が疼《うず》いた。

「……ふ、……あ……」

蕩《とろ》けたくちびるから甘い息がこぼれ始めると、彼はエウフェミアのくちびるを食《は》みながら笑う。剛直をぐちゅぐちゅと抽挿《ちゅうそう》しながら、飽きずに媚壁《びへき》を捏《こ》ねまわしてきた。

気ままにそれをくり返されるうち、そのゆるやかな感覚に、エウフェミアの下肢は甘く痺《しび》れて蕩けていく。官能に火のついた腰はうねり、もっと強く、もっと奥へとばかり、蜜路がみだりがましく収縮《しゅうしゅく》した。

甘美《かんび》な刺激に背中がのけぞるものの、兄の動きは先ほどとは打ってかわって穏やかなもので、昇り詰めていくには足りない。

「はぁ……んっ、……ああ……っ」

「とろけた眼差しがたまらなく色っぽいな、エウフェミア」

くちびるを解放すると、彼は身を起こし、快感に悶《もだ》える妹の姿を堪能《たんのう》する。

「感じている声をもっと聞かせてくれ」

ずくずくと、脈の浮いた楔《くさび》の側面で秘玉《ひぎょく》の裏をこすりたてられ、そこから湯水のように熱い愉悦があふれ出した。

「ふぅっ……あぁ、ぁぁんん……っ」

そうしておきながら、悦《よろこ》びにわななく襞《ひだ》が快感にこわばると、その反応を逃《のが》すようにゆったりと抜き差しをしてくる。

こうなったら彼がその気にならない限り終わらない。エウフェミアは、寄せては返す悦びの波に翻弄《ほんろう》されながら、ただこらえ、せつなくあえぐばかりだった。

せめてとばかり、まだ香油の効果が残り、熱く疼《うず》くそこを自《みずか》ら相手にこすりつける。

「ふとした思いつきだったが……ずいぶん気に入ったようだな」

息を殺して笑い、ヴァレンテは楔を大きく引き抜くや、蜜壁《みつへき》をこすり上げるようにして埋《う》め込んできた。

「あぁぁあっ……んんっ――だめっ、……だめぇ、……そんなにしないで……っ」

淫《みだ》らで甘苦しい、淫靡《いんび》な熱が全身を満たす。情欲を昂《たか》ぶらせ、肌《はだ》という肌を鋭敏《えいびん》にし、悩ましい快楽の中にエウフェミアをとどめ置く。

「どれ――」

そんなつぶやきとともに、彼は寝台の上に放り出していた小瓶《こびん》をふたたび手に取った。そして栓《せん》を開けるや、エウフェミアの身体の上でそれを傾《かたむ》ける。

「ひゃっ……」

つ……と香油の細い筋が腹部から胸元までを伝い、火照《ほて》った肌がざわめく。その後、したたった香油を手のひらで広げるようにして塗《ぬ》りつけられ、すうっと冷えていく心地に身をよじらせた。

「や、っ……冷た、あ……っ、――」

先ほどと同じく、冷たいのに熱い不思議な感覚が肌を襲《おそ》い、じりじりとさいなむ。しかも下《か》肢《し》は灼熱《しゃくねつ》に貫《つらぬ》かれたまま。

ぬるぬるとすべる手に、下腹から胸元に向かって脇腹をなでるように愛撫《あいぶ》され、こみ上げる喜悦《きえつ》に、きれぎれのあえぎ声が寝室に響きわたった。

「やっ……、だめ、それ――……あっ、……ぁん、ん……あぁ……っ」

大きく身もだえるたびに、寝台のきしむ音がまとわりついてくる。油でぬるりとすべった手が、脇腹から這《は》い上がり脇の下をなでてくると、弱いところへの刺激に肌がぞくぞく粟立《あわだ》った。

「はぁあっ……あ、あっ……、んっ……」

身体《からだ》だけでなく、蜜壁《みつへき》までもがびくびくとふるえ、奥まで埋め込まれたままの牡《おす》をせつなく締《し》めつける。そしてもちろん腹部から脇の下にかけての肌がスーッと冷えていき、その後カァッ……と熱を持った。

「や、や……あ――……っ」

いつにない刺激に、たまらず身体をくねらせると、ヴァレンテが腰を揺らしながら笑みを深める。

「これは卑猥《ひわい》な眺《なが》めだ。食べ頃の果実のように張りつめた白い肌が、ぬらぬらと光ってのたうっている」

「いや――寒い……っ」

「では温めてやらないとな」

なおもぬるついた手を這《は》わせながら、彼は挿《さ》し込んだままの牡で奥をずくずくと突いてきた。

焦《じ》らされっぱなしだった身体は突然与えられた官能に我慢できず、下肢で燃え立った淫蕩《いんとう》な感覚に突き動かされるようにして、淫《みだ》らに腰をのたうたせる。

「は……、あぁっ、あぁぁ……っ」

ビクビクとのけぞった胸の上で、ふくらみが上下に弾んで揺れた。身の内で吹き荒れる快感の嵐《あらし》に、ヴァレンテのたくましい腰を、巻きつけた脚《あし》できつく締《し》めつける。

身体の芯《しん》は燃えるように熱いのに、表皮だけが冷たい。……いや、熱い？　わけがわからない。その常ならぬ感覚に、ひたすら惑乱《わくらん》させられた。

「少し腰を使っただけで、大変な反応だ」

ヴァレンテは笑いながら、今度は自分の脇をはさむエウフェミアの膝《ひざ》に手をやり、左右に開いて脚の内側をなでまわしてくる。

「あっ、や……っ」

膝から脚の付け根までを、香油のぬめりを使ってなで下ろされ、腰が浮いてしまった。

「あぁっ、い……いやぁ、それ……っ」

内股《うちもも》も、ふれられるとじっとしていられなくなる敏感な場所である。ぬるついた淫《みだ》らな感触でなでられ、どうしようもなく感じてしまった。うねる腰に、ヴァレンテが一瞬息を詰める。

「弱点の多い身体だな。責めがいがある」

「やぁっ、……そこは、だめです……あ、ぁぁぁ……っ」

「そこもだろう？」

「あっ、……はぁっ、……そこもっ、さわらないで――んんっ、……あぁっ……」

弱い箇所《かしょ》ばかりをねらった、執拗《しつよう》で濃密《のうみつ》な愛撫は、エウフェミアを官能の際《きわ》へとひたすら追い詰めてきた。身の内でふくらんでいく蕩《とろ》けるような愉悦《ゆえつ》に、全身で感じ入る様《さま》を見下ろして、ヴァレンテが満足そうにささやいてくる。

「気持ちよさそうだな、エウフェミア。……おまえは、私の愛撫に感じている姿がいちばん美しい……」

そしてまたずくりと奥を突く。

「はぁっ……！」

「二番目に美しいのは、私に貫《つらぬ》かれて悦《よろこ》んでいる顔だ」

「……っ、そんな……いやらしい顔……っ」

「私にとってはこの世の何よりも美しい。目を奪《うば》われ、心をつかまれ、虜《とりこ》になる——」

「ばかな、ことを……」

「欲望にとらわれた男はおしなべて愚《おろ》かなものだ。ねだり事をするならいまだぞ」

言って、彼はくつくつと喉《のど》の奥で笑った。ずいぶん機嫌がよさそうだ。二週間ぶりにエウフェミアを抱いているから……と考えるのは早計《そうけい》だろうけれど。

喜悦《きえつ》に蕩《とろ》けた目で見上げていると、視線に気づいたヴァレンテがくちびるを重ねてきた。しばらくすると、それを割ってすべりこんできた舌《した》が、エウフェミアを求めてくる。

「……んっ、……ふ——」

からみつかれ、吸い上げられるたび、ぞくぞくと淫靡《いんび》な感覚が下肢《かし》まで伝い、内部を埋《う》める灼熱《しゃくねつ》を淫《みだ》らに締めつけた。

巧《たく》みな口づけのみならず、ひくひくとうごめく媚壁《びへき》の感触にまで、顔が熱く火照《ほて》っていく。

ややあってくちびるを放した彼は、ふたたびゆるやかに抽挿《ちゅうそう》を始めた。

「愛している、エウフェミア。私は生あるかぎりおまえを求める。……おまえは私のすべてだ——」

「は……──、あ……、あっ……」

「どれほど私に汚されても清らかさを失わないところも、自分だけ清らかであり続けようとする頑《かたく》なところも、自分を犯《おか》す私を憎むことのできない甘さもすべて。愛《いと》おしい──」

　さざ波のような疼《うず》きが、身の内からじわじわとこみ上げてきた。熱い昂《たか》ぶりがゆったりと蜜壁《みつへき》をこすり上げるたび、生じる愉悦《ゆえつ》が、言葉とともに身体に染みこんでくる。

（わたくしも──）

　愛している。どこからともなく浮上してきた言葉に、はっと目を見張った。──その時。燭台《しょくだい》の明かりに彩《いろど》られてきらめく琥珀《こはく》の瞳と、ふいに視線が重なる。

（──……っ）

　しまった、と思った。伝わってしまったかもしれない。彼は人の気持ちにとても敏《さと》いから。

「──……」

　見つめ合ったまま、しばらくどちらも動かなかった。

　やや乱れた息づかいだけが密《ひそ》やかに響《ひび》く張りつめた雰囲気《ふんいき》の中、エウフェミアは、ふいに輪郭《りんかく》を取った気持ちに目をつぶる。

　自覚した想《おも》いは決して許されない。

（封じなければ──）

　そんな思いに、エウフェミアは危《あや》うい空気を吹き散らすように口を開いた。

「このところの戦《いくさ》は、……クラウディオが起こしたものなの？」

「……聞いたのか」

香油でぬめり、汗《あせ》ばんだ身体を見下ろしたまま、兄は物憂《ものう》く応じてくる。それに、あえかな吐息《といき》をこぼしながらうなずいた。

「まるで……人が変わってしまったかのような話だったわ。……あれは本当なの？」

「本当だ。兵を殺し、民を殺し……まるで手負いの雄牛《おうし》のような暴れようだ」

「そんな──」

絶句すると、彼はふいに強く突き上げてきた。

「きゃ、ぁ……っ──」

「まだあいつのことが気になるのか？」

まるで火がついたかのように、彼はおもむろにエウフェミアの膝《ひざ》を割り開くと、下肢《かし》をたたきつけるようにして内奥《ないおう》を抉《えぐ》ってくる。

ずっと淫靡《いんび》な悪戯《いたずら》にさらされていた身体は快感に昂《たか》ぶり、ほんの少しの刺激でさえも大きくとらえてしまう。容赦《ようしゃ》のない律動《りつどう》に、エウフェミアはたちまち身体を燃え立たせ、襲《おそ》いかかってきた官能に身もだえた。

擦《す》られた内壁《うちへき》があますところなく気持ちいい。

「あぁぁっ、……んっ……夫──です、……から……っ」

「攻め陥《お》とした城主の娘を陵辱《りょうじょく》し、三日三晩慰《なぐさ》みものにしたそうだぞ」

「あっ……う、……ま、まさか……っ」

「本当だ。相手をおまえに見立てて復讐《ふくしゅう》しているのかもしれないな」

ヴァレンテはそこで一度動きを止めると、乱れていた自《みずか》らの息を調《ととの》える。そして喉《のど》の奥で笑いながら腰を引いた。

「……あっ、――……っ」

快楽に満たされていたエウフェミアは、蜜《みつ》を引いて離れていく剛直《ごうちょく》を目にして、熱く疼《うず》く腰をふるわせる。息をふるわせて耐えるこちらの様《さま》を見下ろして、彼は目だけで笑った。

「うれしいことだ」

「な……なにが……？　――はぁ、ん……っ」

ヴァレンテは寝台の上でエウフェミアの身体を腹ばいにさせると、腰を高く持ち上げる。そして充血しきってふくらんだ秘裂《ひれつ》に、背後から屹立《きつりつ》を押し当てながら、低く笑った。

「これでおまえの夫を切り刻む充分な口実ができた。喜ばずにいられるか」

「や、あぁあっ、ぁあ……っ……」

じゅくじゅくっ……と粘《ねば》ついた音を立てて後ろから貫《つらぬ》かれ、エウフェミアは背筋をしなやかに反《そ》らせる。この体勢は相手の顔が見えない上、暴力的な感覚を受けてしまうため苦手だった。

しかしそれゆえ、彼は時折、己の支配を誇示《こじ》するように強《し》いてくる。

すべらかな背中と腰に手を這《は》わせながら、ヴァレンテは何かに挑《いど》むかのごとく、じゅくじゅくとふたたび激しく怒張《どちょう》を突き立ててきた。

「あぁっ……、ぁあぁっ、……ぁあっ……」

こんなやり方はいやだと思っていながらも、逞《たくま》しく硬《かた》い屹立に、いつもとはちがう角度から最奥のもっとも感じるところを穿《うが》たれると、腰が淫《みだ》らにうごめいてしまう。焦《じ》らされ、昂《たか》ぶらされた身の内からほとばしる愉悦《ゆえつ》に、ビクビクと痙攣《けいれん》するようにもだえてしまう。きつく締《し》めつける蜜壁《みつへき》を、灼熱《しゃくねつ》の切《き》っ先《さき》にこすり上げられる悩《なや》ましい刺激に、のけぞった身体が小刻みにふるえた。

歓喜《かんき》に我を忘れる妹を執拗《しつよう》に責め立てながら、ヴァレンテがふいに声を張り上げる。

「ジュリオ。姿見《すがたみ》を持ってこい」

どこからともなく返事が聞こえ、エウフェミアは寝室に自分たち以外の人間がいたことに気づき、羞恥《しゅうち》に懊悩《おうのう》した。……否《いな》、それ以上に——

「ヴァレンテ……ッ、あぁっ、……か、鏡なんか、……いやです……っ」

「何が映るか、楽しみだな」

妹の懇願《こんがん》をにべもなく退け、彼はずんっと奥までいっぱいに埋《う》め尽くしてくる。嬌声《きょうせい》を発し、胸を揺《ゆ》らしてふるえるエウフェミアの気づかぬうちに、ジュリオは戻っていったようだ。

大きな姿見が寝台から少し離れたところに置かれ、次いで彼は天蓋《てんがい》から垂《た》れるカーテンを夕ッセルで支柱にくくりつけた。

視界の端《はし》でわずかに捕《と》らえただけでも、鏡には寝台の上で行われている嬌態《きょうたい》がすべて映っている。そちらを見るまいと敷布《しきふ》に視線を落としたところ、ヴァレンテが後頭部にふれてくる気配があった。

その手は、よつんばいの身体を覆《おお》っていた、エウフェミアの長い銀の髪を根本のあたりでかき上げ、顔を露《あら》わにする。

「見ろ、エウフェミア。クラウディオもこんなふうに女を犯《おか》している。そして心の中ではおまえを犯している」

言うや、彼はつかんだ髪を引っ張るようにして、エウフェミアの顔を鏡に向けさせた。そして目に入ったものに、エウフェミアは弱々しく首をふる。

「あっ……やっ――……」

汗と香油にまみれた身体をくねらせ、苦悶《くもん》にゆがめた顔を快楽《かいらく》に火照《ほて》らせて。後ろから征服《せいふく》されている自分の姿を目《ま》の当たりにして、エウフェミアはあまりの淫猥《いんわい》さに気が遠くなった。

そしてまたヴァレンテの言う通り、自分たちの体勢にクラウディオと他の女性の姿が重なる。

攻め陥とした城主の娘を陵辱《りょうじょく》したというクラウディオも、相手をこのように征服し、責め立てたのだろうか。

（あの優しい人が――……？）

とうてい信じられない。自分たち兄妹への恨みが、彼の人柄を変え、そのような行為に駆《か》り立てたなどとは。——だが。

あの仕打ちが、どれほど深く彼の心を抉ったのかは想像に難くない。

「やめてっ……、——やめて、ヴァレンテ……！」

兄と共有する罪が、またひとつ増えた。

その思いに鏡から顔を背《そむ》けるエウフェミアの髪を放すと、ヴァレンテは、揺さぶられるままにたぷんたぷんと弾《はず》む胸の柔肉《やわにく》を両手でつかむ。そしてそれを引き寄せるようにしてエウフェミアの上体を引き上げ、彼はつながったまま寝台の上に腰を下ろした。

「やっ、——あっ、いやぁぁぁ……あっ」

気がつけば鏡が目の前にあり、羞恥《しゅうち》と動揺に悲鳴を上げる。そこには、ヴァレンテに背中を預け、彼の脚《あし》をまたぐようにして座る自分の姿が映っていた。鏡に向け、大きく脚を開いた形で。

蜜《みつ》にまみれた腫《は》れぼったい花びらが、猛々《たけだけ》しい兄の楔《くさび》に広げられ、根元まで呑《の》み込んでいる様《さま》を見せつけられ、ひっと息を詰める。

「……いやっ、やめてっ——そんな……見せないで……っ……！」

頭が真っ白になるかのような衝撃《しょうげき》にもかかわらず、体勢が変わったことにより、自重でさらに深いところまで楔《くさび》を迎え入れた媚壁《びへき》は、内部を犯《おか》してくるものをあさましく喰《く》いしめた。

うねうねとうごめき、灼熱《しゃくねつ》の塊《かたまり》のようなそれにむしゃぶりつく蜜路《みつろ》の動きをまざまざと感じ、羞恥《しゅうち》に煽《あお》られた性感は、ぞくぞくとした愉悦《ゆえつ》に変じて腰の奥に伝わっていく。さらに、あられもない自分の嬌態《きょうたい》を目にした興奮《こうふん》に身体中が沸《わ》き立ち、沸騰《ふっとう》したかのように熱くなった。

そんな状態でじゅくじゅくと激しく腰を打ちつけられ、最奥をこすり上げられる衝撃に、絶《ぜっ》頂《ちょう》の兆《きざ》しを感じた腰がびくびくっと跳《は》ねる。

「いや……、ああぁあっ、ヴァレンテ……！」

ヴァレンテはその腰をつかみ、さらにずくずくと刺《さ》し貫《つらぬ》いてきた。その昂《たか》ぶりに衝《つ》き動かされ、やがて下肢《かし》の奥で堰《せき》が決壊する。とたんにあふれ出した、あまりにも深く強い官能に、エウフェミアは背筋をのけぞらせ、あられもなくさらされた内股《うちまた》を痙攣《けいれん》させた。

「あっ、あぁぁあぁ……っ」

「何度でも達《い》け。私に貫かれた自分を見ながら、何度でも——」

昇り詰め、歓喜《かんき》に打ちふるえる妹の身体を背後から抱きしめ、ヴァレンテはうなじに吸いついてくる。

「はぁんっ……」

快感の余韻《よいん》に昂《たか》ぶっていたエウフェミアが肩をひくつかせると、今度は歯を立てて噛《か》みついてきた。その甘い痛みに抗《あらが》って身をよじると、彼は抱きしめていた腕をするりとほどく。

ややあって、彼はふたたび香油の瓶《びん》を手にして傾《かたむ》けた。

「あ――……」

深い絶頂《ぜっちょう》に酔《よ》いしれるエウフェミアの目の前で、兄は、ぬらりと油にまみれた手を重ね合わせて両手に広げると、おもむろに胸の双丘《そうきゅう》を包《つつ》み込んでくる。

「やめてっ、それ――あっ……やぁっ――きゃぁあ……っ」

巧《たく》みな手が、いやらしく揉《も》みしだきながら、ふくらみ全体に薄荷《はっか》の香油を塗《ぬ》りつけてきた。すり込むように、円を描いてふくらみを捏《こ》ねまわしながら、ぬるついた指先で先端《せんたん》の突起《とっき》をこすりたてられると、ただでさえ硬《かた》く尖《とが》っていた敏感《びんかん》な頂《いただき》が、たちまち火を当てられたような刺激にさいなまれた。

どうしようもなく感じてしまい、じんじんと湧《わ》き上がってきた甘い愉悦《ゆえつ》に肩をふるわせる。官能の余韻《よいん》に張《は》りつめていたふくらみも、冷たいようで、同時に焼けつくような感触に、全体が包まれていった。

「あぁあっ……、あぁぁ……んっ、……やあぁ、あっ、ぁあっ」

「気持ちよさそうだな。……私も、手の中でぬるぬるとすべる感触がたまらない」

胸を揉《も》む兄の手は、ぬれた衣服のようにぴったりと張りついて、なおも執拗《しつよう》に揉《も》みしだいてくる。熱く冷たくじんじんと肌《はだ》をさいなむ香油にまみれた指で、頂をつままれるとたまらない。

「あぁっ、だめっ……あっ、あぁんっ……だめ、それ……っ」

あまりに刺激が強すぎるその手を剝《は》がそうとするものの、骨張《ほねば》って大きな手にふれたとたん、くなった。
その手がいやらしく自分のふくらみを揉《も》みしだいていることを感じてしまい、どうにもできな
「あぁ……、やぁっ、……もう、もう助け……はぁあっ……んっ……！」
兄の手の動きのひとつひとつに、蜜壁《みつへき》がおもしろいほど反応し、うねって彼のものにからみ
つき、奥まで吸い込むように締《し》め上げる。
腰は勝手にびくびくと動いて止まらず、そのたびにじゅくじゅくと秘裂《ひれつ》のあわいからあふれ
出た蜜《みつ》が、兄の大腿《だいたい》にこぼれていく。
彼はそれが気に入ったらしく、ふくらみを揉《も》む手にさらに熱をこめた。
「ひゃっ、あァッ、……だめっ、……強すぎる――もう、……あぁ……っ」
「嘘《うそ》をつくな。もっといじられたいんだろう？　鏡を見てみろ。あの光景だけで果てそうだ」
ささやく声に、つい前方に目をやれば――兄の剛直《ごうちょく》に貫かれたまま、その膝《ひざ》の上で燭台《しょくだい》の淡《あわ》
い明かりにぬらぬらと光る胸を揉《も》まれ、なまめかしく身体をくねらせる自分と目が合う。
（いやぁ――！）
しかし羞恥《しゅうち》に泣きそうな、そんな表情が兄の嗜虐《しぎゃく》を煽《あお》ったようだ。彼はエウフェミアの耳朶《じだ》
を食《は》み、その孔《あな》をねろりと舐《な》めると、情欲に蕩《とろ》けた声音でささやいてきた。
「ここを忘れていた」
言うや、薄荷《はっか》の香油にぬれた手で、物欲しげにうごめく秘裂《ひれつ》を探ってくる。

意図を察して脚《あし》を閉じかけた妹の抵抗を難《なん》なくいなし、彼は、襞《ひだ》のひとつひとつまで曝《あば》くように、たっぷりと香油を塗り込んできた。たちまちそこが、冷たく熱く疼《うず》き始める。

「あぁっ、やっ——……」

「淫《みだ》らに啼《な》け」

うながされるまでもなく、敏感な場所への淫虐《いんぎやく》にエウフェミアの喉《のど》から嬌声《きようせい》がほとばしる。

「あぁぁぁ……！」

そして花びらの前方でふるえる秘玉《ひぎよく》にまで触れられた瞬間、声はさらに高くなった。

「……やぁぁあっ、それ……！　つ、冷た、あぁぁ……いっ、あぁ、……あぁぁ……んっ」

興奮《こうふん》に尖《とが》りきった突起《とつき》をぬめる指先でぐりぐりと転がされ、さらに包皮《ほうひ》をめくって剝《む》き出しにされた粒《つぶ》にまでも、刺激の強い香油をまぶしていじられる。その瞬間、あまりに鋭《するど》い快感に貫《つらぬ》かれ、意識が飛びそうになった。

「あぁあぁっ、……冷た！　……んぁあぁ、熱いっ、あぁぁ、……熱いっ……！」

歓喜《かんき》に我を忘れたエウフェミアは、燃え立つような快感に衝《つ》き動かされるまま、がくがくと下肢《かし》を弾《はず》ませる。

異様《いよう》な疼きに絶え間なく襲《おそ》われ、とてもではないがじっとしていられなかった。けれどヴァレンテのものを深々と受け入れている体勢では、それが楔《くさび》となって、腰を振るたびにがつがつと動きを阻《はば》まれる。

「……っ、すごいな――……」

自《みずか》ら激しく腰を振る妹の嬌態《きょうたい》に、息をかみ殺しながら彼がささやいてきた。

「ひどいっ……、ヴァレンテ、……なっ――何とかして、くださ……あ、あぁん……！」

激しい愉悦《ゆえつ》の波に弄《もてあそ》ばれ、エウフェミアは身も世もなくあえぎ泣いて助けを求める。

腰を引けば、強靱《きょうじん》に脈打つ楔を自ら深くまで埋《う》め込むはめになり、それから逃《のが》れようとすれば、冷たい香油にまみれた手に秘玉《ひぎょく》を押しつける形になる。どこにも逃げ場のない快楽に、あられもない恥《は》ずかしい体勢で、ただひたすらもだえるばかり。

その様《さま》があますところなく鏡に映し出された。

「助けてやるとも、エウフェミア。望むだけしてやる」

鏡越しに兄と目が合う。その琥珀《こはく》の瞳は、溺《おぼ》れるような情欲に昏く輝いていた。

彼はエウフェミアの膝裏《ひざうら》を抱え、太股《ふともも》を持ち上げるようにして揺《ゆ》さぶりながら、それが落ちてくる時に合わせて自分も激しく突き上げてくる。自重による衝撃《しょうげき》で、これまでにないほど奥深くまで受け止め、そのたびに内奥《ないおう》が灼《や》けるほどの快感が沸《わ》き立って弾《はじ》けた。

「ひぅっ、あぁあっ、やぁあ……！」

おそらく彼はこれから、一晩かけてあますところなくエウフェミアを貪《むさぼ》るつもりだろう。濃《のう》密《みつ》な欲望をたたえた眼差《まなざ》しは、鏡越しにからみ合った際にそんな意図を伝えてきた。

半年前には、ただ後ろめたく、重苦しい罪の意識を感じるだけだったその視線に対し、いまはこみ上げるような恍惚《こうこつ》と期待を感じることを、認めないわけにいかない。――けれどそれは、決して相手に悟られてはならない。

（わたくしは……いったい、どこに行こうとしているの……？）

当たり前の疑念を取り残したまま、快楽に混乱した思考は、ほどなくして蜜蝋《みつろう》のように蕩《とろ》けていった。

「はぁっ、……あぁっ……そんなに、突かない……で……ん、あぁ……っ」

くり返される抽挿《ちゅうそう》に四肢《しし》は甘く痺《しび》れ、際限なく惑乱《わくらん》する。もはや何に感じているのかすらわからないくらい続けざまに襲《おそ》ってくる快楽に、激しく打ちつけてくる楔を捕《と》らえるべく、蜜壁《みつへき》をくるおしく収斂《しゅうれん》させた。

性感の鋭敏《えいびん》な場所をいくつも責《せ》められ、すすり泣きながら背中を反《そ》らせ、ぞわぞわと熱い愉悦の這《は》い昇る腰を淫《みだ》らにのたうたせる。

「あ、ああぁ、ぁっ……っ」

法の上での夫とは一度も関係を持たないまま、血を分けた兄と快楽を食《は》み合う。その罪深さに懊悩《おうのう》しつつも、淫らに挑《いど》まれれば、揺《ゆ》れてしまう腰を止めることはできない。

それはまだ、背徳《はいとく》の夜のほんの一幕――序章でしかなかった。

＋＋＋　　　　＋＋＋

叔母《おば》との会話で抱いた不安は、それからひと月もたたないうちに、急速に形を取り始めた。パヴェンナを取り巻く状況が、ひどく悪化していったのである。

「暴動？　テルバッソで？　そんなはずがないわ。あそこは元々パヴェンナ領でしょう？」

リリアナの話に、エウフェミアは困惑《こんわく》を隠せなかった。

パヴェンナによる侵略《しんりゃく》の末に支配された地域というのならともかく、古くからパヴェンナの国土である町で暴動が起きるとは、どういうことだろう？

「原因は、そこで件《くだん》の疫病《えきびょう》が発生したことと関係しているそうです」

話を切り出した侍女《じじょ》は、誰かからの受け売りのような硬《かた》い口調で答えた。地方から陳情《ちんじょう》に訪れた、さる町長と知り合い聞いた話だという。

「疫病発生の一報を耳にされた王太子殿下は、すぐさまテルバッソに使者を送り、布告《ふこく》に従うようお命じになったそうですが——」

「あぁ、あれね……」

相《あい》づちを打つ自分の声が、歯切れ悪く宙をただよった。

布告とは、最近ヴァレンテが示した疫病への対応のことだ。

病が発生した際には、強い酒で家々を拭《ふ》き清め、町中のネズミを捕まえて火にくべること。そして土葬《どそう》を止め、遺体《いたい》をすべて火葬《かそう》にすること。またすでに埋葬《まいそう》された病死者の遺体についても、すべて掘り起こして焼くこと。

以上を徹底するよう、彼は国中に向けて強く指示した。しかし最初のふたつはともかく、後のふたつが人々の激しい反発を受けたのだという。

この国に限らず、信仰を同じくする大陸の国々においても、死者は復活するという教えのもと、弔《とむら》う際には土葬にするのが通例だった。火葬は死後の復活を妨《さまた》げるものと考えられているのだ。

「テルバッソの住民たちは、『魔女でもないのに火あぶりにされるのは御免《ごめん》だ』と火葬に抵抗し、大変な騒ぎだったそうですわ」

「でもそれは……きちんと医学的な根拠《こんきょ》があるのよ」

疫病について、叔母からの伝言を耳にしたヴァレンテは、すぐさまパヴェンナの最高学府と言われる大学から学者を呼び寄せ、意見を聞いていた。

「修道院から大学に派遣《はけん》されている学僧たちも、その意見を支持しているわ。その旨《むね》を聖皇《せいおう》様にもお伝えして、教義《きょうぎ》に反しないと認めていただいたのに――」

兄をかばうエウフェミアの言《げん》に、リリアナは困ったようにうなずく。

「もちろん使者もそう説明したそうですが、町の人々は迷信深く、受け入れなかったようです」

「――それで？」

「王太子殿下《でんか》は、暴動を起こしたテルバッソに兵を送り、病死者の墓をあばいてすべての遺体を焼かせたそうです。また暴動を煽《あお》った罪で町の代表者たちを捕らえ、その横に並べて火刑に処《しょ》したとか」

「――……」

その場が重い空気に沈んだ。リリアナがおずおずと小さな声で続ける。

「刑に処された者たちは口々に叫んでいたそうですわ。『惨禍《さんか》の王太子は、やはり悪魔だった』と……」

エウフェミア、両手で顔を覆《おお》う。

(――なぜ……)

なぜそんなふうになってしまうのか。

ひとつの町で勝手を許せば、他の町もまた従わなくなる。この先のことを考え、ヴァレンテは厳しく対処したのだろう。強硬《きょうこう》な手段を取らざるを得なかったのは、これ以上疫病を広げないようにするためだ。

(もう少し穏便《おんびん》にやるべきだった……? ……いいえ、人の意識を変えるには時間がかかる……)

疫病の拡散を前にして、そんな余裕などあるはずがない。そう考えると兄への言われない非難に気分が重くなる。

（ただでさえこのところ、侵略で併合《へいごう》された地域での抵抗が活発になっているのに……）

昨年までは、ヴァレンテによる徹底的な封じ込めが功を奏《そう》し治まっていたものが、クラウディオという旗頭《はたがしら》を得てふたたび息を吹き返したのだと噂《うわさ》されている。

自国の王子による反乱について、ミゼランツェは当初、それがクラウディオ個人の乱行《らんぎょう》であって国の思惑《おもわく》とは何ら関わりがないことを、パヴェンナの王や議会、そしてヴァレンテに釈明《しゃくめい》し続けていた。

事実、彼は自《みずか》ら地位を返上して国を出奔《しゅっぽん》したらしく、ミゼランツェの宮廷に送っている密偵《みってい》の報告では、父親である国王すら行方《ゆくえ》をつかめていないという。しかしその後ヴァレンテによるエウフェミアへの偏愛《へんあい》が伝わると、そもそもの元凶はパヴェンナがクラウディオに妻を渡さなかったことにあると、一転抗議《こうぎ》する側にまわった。

問題は増えるばかりで、いっこうに解決する様子がない。

これからどうなってしまうのだろう？

侍女たちを退けて一人物思いにふけっていたエウフェミアは、しばらくの後、当の兄の呼び出しを受けた。支度をして執務室へ向かうと、そのあたりは人の出入りでひどく忙《せわ》しない雰囲《ふんい》気《き》である。

こちらに気づいてすぐに寄ってきたジュリオは、執務室の続き間である応接室で待つよう言ってきた。

「何かあったの？」

「西部の地方領主たちが団結して大きな反乱を起こしたのです。陣頭《じんとう》にクラウディオ王子がいると聞き、ヴァレンテ様もご出陣なさることに」

「……このところ頻繁《ひんぱん》ね」

「戦況は我々に有利です。ご心配なく」

すかさず返された言葉は、まるで用意されていたかのようにエウフェミアの耳に響く。

（だといいのだけれど……）

心の中でこっそり返し、応接室に入っていくと静かにソファーに腰を下ろした。しかしふと何かが聞こえたような気がして、なにげなく窓のほうを見る。

城の正面に近いこの部屋からは、背の高い窓越しのバルコニーの先――広大な前庭の向こうに、表門を目にすることができる。

（――え？）

そこで見たものに、どきりとした。王宮の表門に人が大勢押し寄せている。

「なんなの……？」

つぶやき、思わずソファーから立ち上がった。美麗《びれい》な装飾に見合わず頑丈《がんじょう》な鉄門に詰めかけた人々は、そこに頬《ほお》を押しつけるようにして何かを叫んでいるようだ。

「――……」

初めて目にする光景に言葉を失っていると、その後ろから軽い声が響く。

「テルバッソの話を聞いた都の住民たちが抗議に来ているだけだ。そのうち収まる」

ヴァレンテが執務室からやってきたのだ。エウフェミアは瞳を揺らしながら振り向いた。

「でも――」

（こんなこと、今までなかったのに……）

表だって国王や王太子を糾弾《きゅうだん》するなど、歴史書をひも解いても、よほどのことがない限り起きてはいない。つまり今がその、よほどの時だというのだろうか。

大きく波打ち始めた心臓を押さえるように、胸の前で手をにぎる。

「……心配です。反乱もくり返し起きているようですし……」

「そうだな。クラウディオに焚《た》きつけられた者どもが、懲《こ》りずに気炎《きえん》を揚《あ》げているようだ」

不安をさらりといなし、彼はこちらに手をのばしてきた。

「エウフェミア……」

さらうように引き戻され、抱きしめられて、エウフェミアは突然のことに思わず身をよじる。

「ヴァレンテ、何を……っ」

「もちろん、おまえを呼び出した用事だ」

耳元で艶《つや》めいた声が笑った。

「戦《いくさ》に出る前に心ゆくまでふれておきたかった」

彼の体温と香りに包まれれば、いつでも目眩《めまい》がする。細身に見えてたくましい腕の感触にも、ぴたりとくっついた肌《はだ》から直接伝わってくる声にも。

重ね合わせた胸で相手の脈動を感じるごとに、悩《なや》ましい気分が身体の奥から湧き上がってくる。

エウフェミアを強く抱きしめ、肩口に顔をうずめてくるヴァレンテも、同じ衝動《しょうどう》を感じているのだろうか。それに身を任せ、一時《いっとき》現実を忘れようとしているとでも？

考えをめぐらせるうち、抗《あらが》う力が失われていった。

「難しい……状況なのですか？」

ややあって訊《たず》ねると、彼は頭を持ち上げて首をふる。

「いや。困難はいまに始まったことではない。私にとってはどんな状況もこれまでとさほど変わりない」

「――……」

「おまえにとっては不本意だろうが」

「そんな、……誤解です、ヴァレンテ。わたくしは――」

まるで、厳しい状況であることを――ヴァレンテを待ち受けている危険がより大きいことを望んでいるかのように言われ、はっきりと首をふる。

「わたくしは……」

身を離して兄を見上げたものの、言葉は続かなかった。

愛している。

喉《のど》をふさぐもっとも大きな真実に妨《さまた》げられて、他の言葉が出てこない。

……苦しい。

快感と同じだ。せき止めればせき止めるほどふくれ上がっていく。身体中を満たし、他のものを圧《あっ》して呑《の》み込んでしまう。そのこと以外考えられなくなってしまう。

ただそれ一色になる。

(――苦しい……)

殺された声の代わりだろうか。ふいに、目の端《はし》に涙がにじんだ。

「わたくしは……」

せり上がってきた涙の、その雫《しずく》をヴァレンテがくちびるで吸い取った。

「甘い……」

エウフェミアに口づけながら、彼はくちびるの上でささやく。

「おまえが私のためにこぼす体液はすべて甘い」

そのまま押し当てられてきたくちびるに、胸の奥が熱く痺《しび》れた。

「……は、……ん……っ」

こちらのくちびるを丹念《たんねん》に食《は》んだ後、合わせ目を割って熱い舌《した》が侵入してくる。もつれるようにからみ合わせてくるその愛撫《あいぶ》に、ぞくぞくとしたものが背筋を駆《か》け抜けた。

こすり上げられ、吸い上げられるのをくり返すうち、立っていられなくなる。そんなエウフェミアを、彼はソファーに横たえた。

口づけに陶然《とうぜん》とするこちらをよそに、ヴァレンテは首筋から胸元へゆっくりとくちびるを這《は》わせていく。

「エウフェミア、……エウフェミア……」

まるでそれ以外の言葉は知らないとでもいうかのように。高まっていくばかりの熱をこめてささやかれ、それだけで息が乱れていく。

(やめて——)

エウフェミアの胸の奥底にある、長いこと見ないふりをし続けていた想《おも》いの萌芽《ほうが》。兄の声は——言葉は、眼差《か》しは、愛撫は、いつでもその芽《め》にふれてくる。

放っておけば枯れてしまうはずだったそれに、愛という光を注《そそ》ぎ、情熱という水を与え、否応《いやおう》なく育ててしまう。

(そんなふうに呼ばないで……)

誘惑《ゆうわく》の、あまりにも甘美《かんび》な響きが恨めしい。いずれ拒《こば》むことができなくなると予感すればこそ、拒む声がきつくなってしまっていただけだ。

くちびると指の巧《たく》みな奉仕《ほうし》に我を忘れそうになりながら、エウフェミアは胸のふくらみに顔をうずめている相手へ告げた。

「わたくしは、あなたが大切です……」

「…………」

ヴァレンテは動きを止め、そしてフッと笑みに声を揺《ゆ》らす。

「……おまえは優しい嘘つきだ」

「嘘では──ん、……っ」

続けようとした言葉は口づけに呑み込まれた。

（どうして……？）

なぜ声を封じるのだろう。エウフェミアがヴァレンテを思いやる言葉など口にさせまいとばかりに。

戦に出た彼が無事に戻ってくるよう祈る気持ちは、まちがいなく真実であるというのに。

……愛していると言えない代わりに、せめてそれだけでも伝えたい。

（なのに……なぜ言わせてくれないの？）

なぜ──なぜ。

これ以上ないというほど深く身体をつなげておきながら、なぜ時折あえてエウフェミアの心を遠ざけるようなことをするのだろう？

「ふ……っ、あ……っう──んっ、あぁ……っ」

ふと思いついた不可解も、鋭敏《えいびん》な胸の頂《いただき》を吸われながら身体中の性感をあますところなく愛撫されるうち、強い官能のうねりに呑み込まれていく。

(ヴァレンテ――……)

神に背《そむ》いて自覚した想いは、決して口にされることなく、愉悦《ゆえつ》の波間にただようばかり。そのまま藻屑《もくず》となってしまえばどれだけ楽か……。

埒《らち》もない思いを最後に、エウフェミアは兄が与えてくる快楽だけに身をゆだねるべく目を閉ざし、自《みずか》ら理性を閉めだした。

4章　崩壊

「エウフェミア様。ミゼランツェの大使が面会を求めておりますが」

　リリアナの声にふり返り、エウフェミアは話し込んでいた商人に断って席を外した。このところ頻繁《ひんぱん》に軍を率《ひき》いて出ていく兄に代わり、王宮内の仕事をエウフェミアが肩代わりすることが多くなった。

　侍女《じじょ》の後について応接室に向かいながら、気がつけばため息がこぼれている。先導していたリリアナが不安をにじませてそっと訊《たず》ねてきた。

「お薬が……足りないのですか？」

「ええ……」

　重い気分でうなずく。

「いま、あの疫病《えきびょう》に効果のある薬の買い占めが各地で起きているとかで、どの商人も調達できないそうなの。都で使う分はもうすぐ底が尽きてしまうというのに……」

「本当にひどい。クラウディオ様のやり方は人の道に外れておりますわ。こんな――」

憤然《ふんぜん》とした面持《おもも》ちで言う彼女から、窓の外へと目を移した。いまにも雨の降り出しそうな曇《くも》り空。気温や湿度が高いと、それだけ病《やまい》がはやる。すでに多くの病人を抱えている街は、遠目の景色までも、どことなく陰鬱《いんうつ》に沈んで見える。

ついにパヴェンナ国内でも猛威《もうい》をふるい始めた疫病は、ヴァレンテの対処がすばやく的確だったこともあり、一度はこの都に入り込む前に被害を食い止めることができた。けれどその後、クラウディオ率《ひき》いる敵軍との間で捕虜《ほりょ》の交換をしたことで悲劇が起きたのだ。

彼は捕虜を、疫病の患者が隔離《かくり》されている、とある城の地下室にとどめ置いていた。そのため解放されたときには、捕虜の多くが罹患《りかん》していたのである。もちろん発病を疑われた者は都に入る前に隔離されたが、中には家族会いたさに症状を隠して帰宅した者も少なくなかった。

突然都に病が広がったのは、そのせいだろう。折悪くヴァレンテが戦《いくさ》に出ている間のことであり、国王は有効な対策を取ることができず、手をこまねいているうちに被害はどんどん拡大していった。

いままでは商隊の往来も途絶えがちになり、物資も不足している。通りからは人気《ひとけ》が絶えた。街の様子が一年前と比べて見る影もなく廃《すた》れていることは、王宮のバルコニーから見下ろしただけでも明らかだ。

そんな中、真相を知るべくもない街の人々は、こんなにも早く都に疫病が蔓延《まんえん》したのは、惨《さん》禍《か》の王太子への神の怒りだと噂《うわさ》してるという。

「せめてその誤解だけでも解きたいものだわ……」

暗い夏の空に向けてひとりごちた後、エウフェミアは応接間へ入っていった。

ソファーに腰を下ろしていたミゼランツェの大使が、すぐに気づいて立ち上がる。彼は、クラウディオの問題によってこじれるばかりの両国の間で、同盟だけは維持《いじ》しようと努力を続けていた。その働きかけのため、こうしてエウフェミアのもとへもたびたびやってくる。

「お待たせしました」

エウフェミアがほほ笑みかけると、大使は気遣《きづか》わしげに声をかけてきた。

「王女殿下《でんか》におかれましては大変お疲れのご様子――」

「兄が留守《るす》で、陛下は病に倒れられました。いまはわたくしが力を尽くさなければ」

「王妃様がみまかられた悲しみも癒《い》えぬうちの災禍《さいか》、お見舞いを申し上げようもございません」

深々と頭を下げる大使を目の前にして、それもこれもすべてはクラウディオの行いに端《たん》を発している、という言葉をエウフェミアは呑《の》み込んだ。彼に言ってもしかたがない。

ソファーに腰を下ろし、静かに口を開く。

「戦況はどうなのでしょう？　兄は、わたくしに戦の話をしないので……」

「反乱は拡大の一途《いっと》をたどっております。半島の乱世を望む大陸の国々による介入もあり、クラウディオ様の軍勢は勢いを増すばかり。この都での疫病の問題もあり、ヴァレンテ殿下は先日、ついに現在の戦線を放棄《ほうき》されました」

その言葉に、エウフェミアは息を呑む。

「……負けたのですか？　兄が？」

「一度退《しりぞ》き、態勢を整《ととの》えてから反撃に転じられるおつもりかと」

「――そうですか……」

つまり一時的にとはいえ、敗退に追い込まれたということだ。疫病の問題があるにしても、いままで無敗だった分、兵士たちの士気《しき》への影響も小さくないにちがいない。

衝撃《しょうげき》を押し殺し、エウフェミアは大使に訊ねた。

「それで、ご用向きはなんでしょう？」

話を促《うなが》すと、相手は重々しくうなずく。そしておもむろに懐《ふところ》から絹布《けんぷ》に包まれた何かを取り出すと、静かにテーブルに置いた。ゆっくりと広げられた絹布の中から出てきたのは、小ぶりで細身の短剣である。

「これは……？」

意図が読めずに問うと、大使は淡々《たんたん》と応じた。

「クラウディオ様からのご伝言です。近々都に戻られるヴァレンテ殿下のお命をこれで奪《うば》い、エウフェミア様が自《みずか》ら城門を開いて夫であるクラウディオ様を迎え入れるなら、この都の平安を約束する、と」

「――――……」

「そうでなければクラウディオ様は、現在率いる軍勢の総力を挙げてこの都を包囲し、ヴァレンテ殿下が態勢を立て直す間を与えずに、攻め滅ぼすとおっしゃっておいでです」

（……どういうこと……？）

エウフェミアは混乱に瞳《ひとみ》をさまよわせる。どくどくと心臓がさわぎ、冷静でいられなくなった。

ミゼランツェは、クラウディオと袂《たもと》を分かっていたのではなかったのか。これまで大使は王子の行方《ゆくえ》を知らないと言い続けていた。

（――クラウディオから、接触があったの……？）

この都を攻めるにあたり、彼は内部にいる大使に協力を求めてきたのだろうか。そして大使にとって彼は、問題を抱える身とはいえ自国の王子である。言う通りにすれば被害が最小限ですむとの計算もあっただろうが、いずれにせよ大使は彼からエウフェミアへの使者としてここに来た、ということか。

背景を読み解きながら、動揺にざわつく心を必死に抑《おさ》える。

（落ち着いて……）

いまはヴァレンテがいないのだ。自分がしっかりしなければ。

エウフェミアはなけなしの冷静さをかき集め、精いっぱい気持ちを奮《ふる》い立たせた。

「……それでどうするというのですか。いまはいいでしょう。パヴェンナという共通の敵がいるから、クラウディオ様は諸侯《しょこう》を束ねていられる。けれどその後は？」

ヴァレンテが倒れれば、パヴェンナは遠からず崩壊《ほうかい》し、戦乱が起きる。それは国境を接するミゼランツェにとっても望ましくはないはずだ。

説得しようと言葉を紡《つむ》ぐよりも前に、大使が口を開いた。

「この状況で取り乱さぬとはご立派です、エウフェミア様。ですが、そもそもクラウディオ様をこのような暴挙《ぼうきょ》に追い込んだのはどなたです？　パヴェンナに――いいえ、半島全土に、このような事態をもたらした原因は、奈辺《なへん》にあるとお考えですか？」

「――……」

返す言葉を失うエウフェミアへ、大使は斬《き》り込むように続ける。

「私は心から悔《く》いております。エウフェミア様とクラウディオ様が再会を果たされたあのとき、自分にもっと何かができたのではないかと。……多少強引な手を使ってでもあなた様をミゼランツェに連れ帰っていれば、いまごろあの方は妻であるあなた様を守るため、王太子として正しくヴァレンテ様に立ち向かわれていたでしょうに。こんな、どこの賊《ぞく》とも知れぬような蛮行《ばんこう》に手を染めることなく――」

押し殺す怒りゆえにか、大使の声はふるえていた。それをしぼり出しながら、彼は短剣に手を置き、ずいっとこちらに差し出してくる。

罪人に救済の道を示す審問官《しんもんかん》のごとく、相手への弾劾《だんがい》と、自国の優位へのゆるぎない確信を込めた眼差しを、彼はひたりとこちらに据《す》えてきた。

「ひと月後、あなた様が同じ思いに苦しまれることのないよう、切《せつ》に願うばかりです」

ミゼランツェの大使が言った通り、それから数日もたたないうちにヴァレンテが兵を率いて王都に帰還した。

敗残《はいざん》の軍ということで、迎える市民の歓呼《かんこ》はなく、それどころか城門の前に集まった群衆からは疫病への無策や敗北への非難の声が高々と上がっている。

堅牢《けんろう》な城の門外から届くそれらの罵声《ばせい》は、夜になっても途絶えることがなかった。

「お帰りなさい、ヴァレンテ……」

とっぷりと日が暮れてから自室に戻ってきた彼を、エウフェミアは居間で迎えた。

帰城したのは午後の早い時間だったが、お互い他に急を要する仕事が重なっていたため、いまになるまで会う時間を取れなかったのだ。

「エウフェミア、おまえが息災《そくさい》で何よりだ」

近づいてくる兄は、記憶にあるより幾分痩《や》せていた。しかしその分凄《すご》みを増し、黒一色の装束《しょうぞく》と相《あい》まって見る者の心を奪う魔性《ましょう》めいた美しさだった。

相対《あいたい》した瞬間から冷静でいられなくなる。抱きしめられるよりも先に騒《さわ》ぎ出した心臓を感じながら、エウフェミアは背中にきつくまわされてきた両腕の力強さに安堵《あんど》する思いで目を閉じた。

「わたくしは何ともありません」

「遠征《えんせい》中、それだけが心配だった。おまえが病にかかるようなことがあったらと考えると――」

ささやき声は情熱に溶け、激しい口づけとなって彼の気持ちを伝えてくる。

エウフェミアが、確かに生きてそこにいることを感じようとするかのように、それは深く執《しつ》拗《よう》な口づけだった。貪《むさぼ》るように求められ、その必死さにおののいてしまう。

やや腰が引けたエウフェミアを追いかけ――どこまでもついてきて捕《と》らえてくる。やがて思い直したエウフェミアがなだめるように応じると、舌《した》の勢いはようやく落ち着きを取りもどし、彼は顔を離した。

琥珀《こはく》の瞳に宿す影をいちだんと濃くして、彼はエウフェミアのこめかみにふれ、銀の髪に指を通してそれを梳《す》く。

二人がそうしている間にも、外では群衆が絶えず声を張り上げていた。ヴァレンテはつと頭をもたげると、片頰《かたほお》で笑いながら、バルコニーに通じる窓を開け放った。

『呪われた王太子に神の裁きを！』

『邪悪なヴァレンテに罪の報《むく》いを！』

城の門前に押し寄せた人々による怨嗟《えんさ》の声が、はっきりと耳に届き、エウフェミアは緊張する。逆に彼は心地よさそうですらあった。

迫《せま》りくるものを見つめる目つきで、皮肉げにつぶやく。

「ジュリオは無理やり解散させようとしたようだが、追い払ってもまたすぐに集まってくる」

「ヴァレンテ……」

「しかも皆が皆、祭りの仮面をつけているという。……それで本当に悪魔を追い払うつもりなのか」

「ふざけている場合じゃないわ、ヴァレンテ。陛下のお加減がとても悪くて――ん……っ」

ごく当たり前のことを告げようとした口は、くちびるによってふさがれた。正気になど用はないとばかりに。

「知っている。叔父上《おじうえ》は死にかけてて、疫病はこの城内にまで入り込んでいて、クラウディオの軍は二、三日中にもこの都を包囲する。――すべてわかっている」

「……は……っ」

「だからいま、おまえがほしい」

現実に背を向けるようにして言い、彼はエウフェミアの背をしならせるほどに深く口づけてきた。

外では群衆の声が際限《さいげん》なくくり返されている。

『罪の報いを！　――神の裁きを！』

『神の裁きを！』

恐ろしさに目眩《めまい》がする。けれどヴァレンテはむしろ高揚《こうよう》しているようだ。

熱い口づけの後、エウフェミアを抱き上げて寝室に運んだ彼は、もつれ込むようにして寝台に倒れ込みながら、銘酒《めいしゅ》に酔《よ》う態《てい》で琥珀の瞳を欲望にうるませる。

「二人の最後にふさわしい夜だ。……そうだろう？」

「……ヴァレンテ――……」

昏《くら》い笑みを湛《たた》えた眼差しに見下ろされ、耳には人々の罵声が届き、エウフェミアには何をどう受け止めていいのか、わけがわからない。

小刻みにふるえ、不安に怯《おび》える妹から理性を取り上げるように、ヴァレンテはふたたび深く淫《みだ》らに口づけてくる。――そして持てる限りの技巧《ぎこう》を尽くし、ほどなくエウフェミアの敏感な身体《からだ》を、濃密《のうみつ》な官能の淵《ふち》に引きずり込んでいった。

めずらしいことに、情事《じょうじ》の後、ヴァレンテはエウフェミアよりも先に寝入ってしまった。軍を率いて戻り、その後も休まずに働きづめだったせいで疲れているのだろう。

エウフェミアは、前もって寝台の陰《かげ》に忍ばせていた抜き身の短剣を、そろそろと手に取った。

『ヴァレンテ殿下のお命をこれで奪い、エウフェミア様が自ら城門を開いて夫であるクラウディオ様を迎え入れるなら、この都の平安を約束する、と——』

（クラウディオの言うことを疑う理由はないわ……）

彼はヴァレンテと同じく、敵には容赦《ようしゃ》をしないものの、味方には公正な姿勢を取っていると聞く。エウフェミアが彼の最大の敵であるヴァレンテを殺し、妻として降伏を申し入れれば、この国にそれ以上の犠牲《ぎせい》を強《し》いるようなことはないだろう。元々彼が憎むものは、パヴェンナの民《たみ》ではないのだから。

柄《つか》をにぎる手に力を込めると、カチ……というかすかな音がして、細身の白刃《はくじん》が姿を現した。

クラウディオのねらいは、妹の裏切りに遭《あ》ったヴァレンテを絶望のうちに死なせることだろう。そしてそのことを内外に広め、惨禍の王太子の名誉を貶《おとし》めること。

けれどそれさえ果たせば、この都への攻撃を防げるというのなら——

（よけいな血を流さずにすむ……）

やり方はわかっていた。ジュリオが、ヴァレンテの敵のふいをつき喉《のど》を切り裂く瞬間を目《ま》の当たりにしたことがある。太い血管を切ればいいのだ。そうすれば、気がついたところで助からない。

兄は驚《おどろ》きのうちに命を落とすだろう。——クラウディオの望んだ通りに。

（わたくしも――すべてを見届けたらともにまいります、から……）

すらりと抜いた白刃を、寝ている兄の首筋にかざす。

「――……っ」

窓が開け放たれた居間のほうでは相変《あいか》わらず、悪魔よけの仮面をつけているという群衆の叫びが響いていた。

『呪われた王太子！』『邪悪なヴァレンテ！』

『神の裁きを！』『――裁きを！』

幾重《いくえ》にも響く人々の声に、エウフェミアは首をふる。

（ヴァレンテがお父様を手にかけたのは、わたくしのため――）

十二歳のとき、死すべきだった運命を兄によって救われた。彼は妹のために父親殺しの大罪《たいざい》を負《お》い、以来、統治する力も意志もない叔父の代わりに、治世に身を献《ささ》げてきた。

異母兄《いぼけい》たちを手にかけたのは、二人が母親ともどもヴァレンテの殺害を幾度も試みたからだ。

身内を非情に排《はい》したやり方は、褒《ほ》められたものではなかったかもしれない。……けれど他に手段を選べただろうか？

父や兄たちの命を奪った――五年前、ヴァレンテはいまのエウフェミアよりもまだ若かったというのに。

（わたくしとのことだって……）

人々は妹を犯《おか》すヴァレンテを責め、彼もまたそれをものともせずにエウフェミアを独占した。もっと慎重《しんちょう》にふるまうことも可能だったろうに、彼がそうしなかったのは、とまどい逃げ腰のエウフェミアの姿を皆の目に示すことで、非難を自分に集めようとしてのことではなかったか。

エウフェミアの身体を求めながらも心を閉ざし、ことさら嬲《なぶ》るようにふるまったのは、神に対し、禁忌《きんき》の罪を自分一人で負うためだったのでは？

「――……」

首筋に白刃を突きつけたまま、目に涙があふれる。

できない。

心がきりきりと引きつるような痛みを発した。

できない。

できるわけがない。

ふくれ上がり、頬を伝ったしずくがヴァレンテの額《ひたい》に落ちる。……と、その頬に苦笑が浮かんだ。

「――っっ」

エウフェミアは息を呑んだ。起きていた？

息を詰めて見下ろす妹の前で、ヴァレンテが静かに眼を開ける。琥珀の瞳が、いつになく穏やかにこちらに向けられた。

「……神ではなく、おまえに裁かれるなら本望だ」

エウフェミアは首をふる。

「できません。……罪はあなただけのものではありません」

短剣を引き、投げ捨てると、それは厚みのある絨毯《じゅうたん》の上を音もなく転がった。

「わたくしもあなたと同罪です。半分とはいえ血を分けた兄を――」

愛しているのです。そう続けようとした矢先、ヴァレンテが口を開いて何か言いかけた。

しかしそのとき、外から寝室の扉が忙《せわ》しなくたたかれる。

「殿下、お出ましください！」

ジュリオの声だ。そしてそれは、非常に切羽《せっぱ》詰まった響きを伴《ともな》っていた。

「お出ましください、敵です。地下通路を使って、敵が城内まで侵入してきました……！」


王城には有事に備えて設けられた秘密の通路がある。敵はそこから現れたとのことだった。

もちろんその存在は王族やごく近しい家臣にしか知らされていなかったが、その中にクラウディオに恩を売ったか、あるいは脅《おど》された者がいたということだろう。

襲撃《しゅうげき》を仕掛けてきたのは、都の近隣に住まう貴族の一党とのことだった。敵軍が都にやってくるまで少なくともあと二日はかかるという、予測の裏をかかれた形だ。

戦いに慣れたヴァレンテの兵士たちは、突然の敵襲に果敢《かかん》に応じているようだが、士気の劣《れつ》勢《せい》は否《いな》めない。ヴァレンテも武装して部屋を出ていき、エウフェミアは一人そこにとどまった。

（この城が落とされてしまうのかしら……？）

居間のソファーに腰を下ろし、不安をこらえて城内の音に耳をすますこと数刻。剣戟《けんげき》や悲鳴、怒号《どごう》はいっこうに収まる気配を見せない。

ヴァレンテの無事を祈って、膝《ひざ》の上の手を幾度組み替えただろうか。ふいに部屋の扉が音を立てて開かれた。

「お姫様お待ちかね、間男様《まおとこ》のおなーりー！　……おっといけねぇ、王子様のまちがいだった」

道化の甲高《かんだか》い声が、けけけけ……！　と笑う。道案内だったのだろう。小柄な影は、後ろにいた人物から放られた駄賃《だちん》を受け取ると、跳《は》ねる足取りで去っていった。

そして現れた相手に、エウフェミアは青碧色《エメラルド》の瞳を大きく見張る。

「クラウディオ……」

血に汚れた鎧《よろい》をまとい、同じく血まみれの剣を手にして立っていたのは、一年近く前に別れたきりの夫だった。

明るい金の髪は以前と同じである。しかし頬はそげて輪郭《りんかく》を鋭くし、大らかな笑みをたたえていた青い瞳は、すっかり険《けわ》しく研《と》がれている。

彼はその鋭い眼差しで、すばやく部屋の中を見まわした。

「……誰もいないわ。わたくしだけよ」

エウフェミアが静かに声をかけると、ようやく少しだけ眼差しの厳しさがやわらぐ。そしてこちらに向き直り、思いもよらないことを口にした。

「エウフェミア。迎えにきた。……遅くなってすまなかった」

「――……」

血まみれの出《い》で立《た》ちの相手を、ぽかんと見つめてしまう。

（でも――）

最後に姿を目にしたあの時、彼はエウフェミアのことも含め、生涯《しょうがい》許さないと言ってはいなかったか。

別れ際にたたきつけられた言葉の激しさを思い返し、エウフェミアはとまどいとともに訊ねた。

「……わたくしを恨んでいるのではないの？」

するとクラウディオは、鉄の音を響かせて近づいてくる。そしてソファーに座るエウフェミアの前に跪《ひざまず》き、静かに見上げてきた。

「別れてからしばらくの間は恨んでいた」

「……しばらく？」

「そう。その後……落ち着いてよく考えて、思い出したんだ。君があのとき、僕の安否《あんぴ》を気にしてヴァレンテを問いただしていたことを。それで気がついた。……君が突然、僕とミゼランツェに行くことを拒《こば》むようになったのは、あいつに脅されたからなんじゃないかって」

「――――……」

「逃げれば僕を殺すとか、そういったことを言われていたんじゃないか？」

問いに、エウフェミアは小さくうなずいた。

あのとき彼を傷つけた、心の重荷が少しだけ軽くなった思いで、もう一度うなずく。

「……そうよ」

クラウディオは表情をほころばせると、跪いたまま手をのばしてきた。ふわりと、血のにおいが鼻をつく。

「あのとき気づくべきだった。君を愛しすぎていたから、だから他の男に抱かれている姿を目にして怒りに我を忘れてしまった」

ささやきながら、彼はエウフェミアを椅子《いす》から下ろすようにして抱きしめてきた。

「あ……っ」

血のにおいがいっそう濃くなり、エウフェミアは反射的にもがく。相手はそれを封じるように、まわした腕に力をこめてきた。

「わけがわからなくなるほどの怒りと憎しみに心を灼《や》かれて、正常な判断ができなくなってしまったんだ」

「クラウディオ……ッ」

強く抱きしめてくる腕の中で身をよじる。頬に触れるのは鉄の鎧ばかりではない。ねっとりとした感触が何なのか、考えたくもない。

「クラウディオ、……やめて」

相手の胸を押そうとした手が、ぬるりとすべるに至り、エウフェミアは衝撃と混乱に悲鳴を上げた。

「放して！　クラウディオ――」

「人の心を捨てなければ悪魔には勝てない。そう知って生き方を変えた。――エウフェミア、君をこの手に取り戻すために」

熱っぽく言い、彼はエウフェミアの両頬を手で包み込み、顔を寄せてくる。青い瞳に宿る光は、以前好ましく受け止めたものとはかけ離れていた。

「君の心は、本当は僕のものだった。……そう思っていいんだね？」

「あ……」

こわい。声は喉《のど》に引っかかり、凍《こお》りつく。けれど彼の言葉は真実ではない。

エウフェミアは小さく――ほんのかすかに、首を横にふった。

「……好きになりたいと、思っていたわ。……けれどどうしても……兄以上に愛することはできなかった」

彼の想《おも》いを利用していた。そうなじられる覚悟とともに打ち明けたところ、クラウディオは熱を込めてこちらを見つめながら、小首をかしげる。

「……まだ脅されているのかい？」

「……いいえ」

はっきりと首をふったエウフェミアに、クラウディオはキスをしてきた。そっとくちびるにふれるだけのキス。まるで何か——神聖な誓いをするときのような、静かで、抑制《よくせい》されたキス。

ぼんやりとしたまま、エウフェミアは、伏《ふ》せられた金のまつげの下に見え隠れする彼の青い瞳の美しさに、つかの間見入る。

と、ふいにその瞳が斬り込むように強い意志を灯《とも》し、心臓がぎくりと音を立てた。その刺《さ》すような冷たさに、身動きができなくなる。

「クラウ——」

か細い呼びかけを、彼は激情を押し殺すあまり、むしろ穏やかな声で遮《さえぎ》ってきた。

「ならば僕も貴女《あなた》を犯《おか》してやろう。あの男の前で力尽くで抱き、僕が味わったのと同じ屈辱《くつじょく》をあの男に与えてやる」

　クラウディオと共に廊下《ろうか》に出たところで、走り寄ってきた彼の配下の兵士が、ヴァレンテを玉座のある大広間へ追い詰めたと告げた。

「ではそろそろ決着がついている頃か。大丈夫。決して殺すなと命じてある」

　敵と味方が入り乱れて戦う廊下を、彼はエウフェミアの手首をつかんで悠然《ゆうぜん》と歩く。時折、引きまわされている形のエウフェミアを助けようと、パヴェンナの兵士が斬りかかってくることもあったが、危《あぶ》なげなくそれを防ぎ、返り討ちにした。

　火が放たれているようだ。廊下はどこも煙がたちこめている。息苦しい道行きの果て、敵と味方の死体を百ほど数えた後、二人はようやく大広間にたどり着いた。

　そこは廊下よりもはるかにおびただしい数の遺体で埋まっている。

「…………っ」

　目にした惨状《さんじょう》と、濃密な血のにおいに一瞬気が遠くなった。それを何とかこらえていると、二人の前方――大広間の中央で、一人立っていた黒い甲冑《かっちゅう》の人物がゆらりと振り返る。

「ヴァレンテ……」

　クラウディオが、噛《か》みしめるように名前を呼んだ。

　黒い甲冑はひどい返り血で汚れている。さすがに無事というわけにはいかないようだ。左腕が不自然にだらりと下がっている。

それでもヴァレンテは不敵《ふてき》に笑った。

「ミゼランツェの不肖《ふしょう》の王子か。妻を寝取られた男の恨みというのはなかなか馬鹿《ばか》にできぬものだな」

軽口に、クラウディオの顔色がどす黒く染まる。彼は、突き飛ばすようにエウフェミアの背を押しやり自分の前に立たせるや、後ろから手をまわしてドレスの襟《えり》まわりを力任せに押し広げてきた。

ブチブチという音がして装飾《そうしょく》がはじけ飛ぶ。エウフェミアは反射的に悲鳴を上げた。

多数の遺体――否《いな》、それだけでなく生きている兵士もいる場所で半裸《はんら》にさせられそうになり、とっさに手で胸を押さえて身体を丸めようとする。

しかしクラウディオはそれを許さなかった。背後から、エウフェミアの手をどけて胸のふくらみを両手でつかみ、ヴァレンテに見せつけるようにしてそれをにぎりしめる。

「あぅ……っ」

揉《も》みしだく手つきは荒々しく、痛みに顔がゆがんだ。

「や、やめて――っ」

涙をにじませ訴《うった》えるエウフェミアの前方で、ヴァレンテは血のりのついた長剣を手に斬り込んでこようとする。しかしそれはクラウディオに従っていた兵士たちが防いだ。

「いや……！」

「なんて声を出すんだ、エウフェミア」

「クラウディオ、やめて……！」

「僕は君の夫だ。どうふれようと自由だろう？」

軽い口調で言うと、彼は裂けた襟ぐりからのぞく妻のうなじに歯を立ててくる。

「い……っ」

「再会したときも、本当はこうして君に触れたかったんだ。ただ、きらわれたらどうしようなんて悩んでいたからできなかっただけで」

「痛いわ、やめて……！」

身をよじって抵抗するものの、クラウディオは胸をつかむ手に力を込め、拘束《こうそく》するように抱きしめてくる。そうしながらもふくらみを揉みしだく手の中で、指の腹からのぞく先端《せんたん》が卑猥《ひわい》に躍《おど》った。

「お願い、クラウディオ――こんなことしないで……！」

悲鳴を上げるエウフェミアの目の前で、ヴァレンテが右腕だけを使い敵兵の一人を切り倒す。剣先に刺さった身体から、蹴落《けお》とすようにして刀身《とうしん》を抜く兄の姿にも血の気が引いた。

力を失ってよろめいたエウフェミアを、クラウディオは身体を沿《そ》わせるようにして抱きしめてくる。

そして脚《あし》の付け根の敏感《びんかん》な部分をスカート越しにぐりぐりと圧迫してきた。

やる」

「ヴァレンテを半殺しにして身動きを封じたら、目の前で抱いてやろう。ひと息に突き立ててやる」

自らの歯形のついたうなじに吸いつき、彼は恍惚《こうこつ》とした声でささやいた。

「それまでにせいぜい僕の指に感じておくことだ」

「いや――ヴァレンテ……！」

呼び声に応じるようにして、ヴァレンテは最後の敵兵を剣先で貫《つらぬ》く。刃先が背中に突き出るほど深く突き入れ、その剣を手放した。

クラウディオと自分との間を妨《さまた》げる兵士がいなくなったことを知ると、ヴァレンテは剣帯《けんたい》に差していた短剣を抜き放ち、こちらに踏《ふ》み込んでくる。

クラウディオは舌打ちをすると、とっさにエウフェミアから離れ自分の長剣を抜いた。

鉄と鉄がぶつかり合い、青白い火花が飛ぶ。しかし当然、片腕しか使えない様子のヴァレンテのほうが分《ぶ》が悪い。

城に放たれた火は、確実に広がっているようだ。広間をも満たし始めた煙に咳《せ》き込みながら、二人を見守っていたエウフェミアは、ふいに大広間の入り口に現れた人の気配に振り向き、目を見張った。

クラウディオ配下の弓兵だ。矢をつがえ、その先でヴァレンテをねらっている。けれど彼はこちらに背を向けており気づいていない。

（ヴァレンテ……！）

注意をうながそうと口を開いたのと同時に、相手が矢から指を離すのが目に入った――その瞬間、エウフェミアは兄のほうへ飛び出していき、体当たりをするようにして相手を突き飛ばす。

直後、渾身《こんしん》の力を込めて棒《ぼう》でたたかれるような衝撃《しょうげき》を右の上腕《じょうわん》に感じた。

「――!!」

思わず迸《ほとばし》った悲鳴を耳にした直後、ヴァレンテは迷うことなく、手にしていた短剣を入り口に向けて投擲《とうてき》した。それはあやまたず弓の射手《しゃしゅ》に突き立ち、絶命させる。

しかしその結果ヴァレンテは武器を失ってしまった。クラウディオとの距離を測りながら、彼は武器を求めて周囲に視線を走らせる。しかし左腕をだらりと垂《た》らしたままの姿は、エウフェミアの目から見ても無防備だった。

（ダメ――）

逆に勢いを得たクラウディオは、ひと息に距離を詰める。振り上げられたその剣の下に、エウフェミアは我を忘れて割って入った。

「クラウディオ……ッ」

右腕に矢を受けたままの状態で息を乱し、ふらふらとヴァレンテの前に立ったエウフェミア

に、クラウディオは一度は掲《かか》げた剣を下ろした。

けれどふたたび持ち上げ、剣先を突きつけてくる。

「どけ」

その声は、前後双方から聞こえてきた。その両方に向けて首をふる。

「……兄を殺すなら、わたくしも、ともに」

「馬鹿なことを――」

ヴァレンテが忌々《いまいま》しげに言った。

……耳に届いたその響きが、あまりにも優しかったことに、精一杯気を張っていたエウフェミアの肩から力が抜けてしまう。腕をもぎとられそうなほどの痛みに倒れそうになったところを、後ろからのばされてきた片腕にしっかりと抱き留《と》められた。

「一緒に死んだとしても、行き先は異なるだろうに」

耳元でささやかれた言葉を聞きながら、意識は、またたくまに痛みと熱に呑み込まれていく。

朦朧《もうろう》とする中、熱はそのまま愛《いと》おしさとなって胸を満たし、エウフェミアは鎧《よろ》われた兄の胸に頬を押し当ててて目を閉じた。

と、細くかすれたつぶやきが、頭上から降ってくる。

「兄を愛し、罪人《つみびと》として死ぬつもりか?」

勢いを失ったその声はクラウディオのものだ。そのまま気絶してしまいたいほどの痛みから、つかの間自分を呼び起こし、エウフェミアは重いまぶたを何とか持ち上げた。

その瞳に、剣を突きつけながらもなお乞《こ》うように見据《みす》えてくるクラウディオの姿が映る。

「……僕と来るんだ、エウフェミア。ここで死ねば、君は背教の徒《と》として教会の墓にも入れてもらえず、死後の安らぎのない四《よ》つ辻《つじ》に埋められるぞ」

うなるような低いささやきに、わずかに首をふる。この思いを貫けばどんなことになるのかは、自分でも充分考えた。

続ける言葉がなかったのか、呼びかけてくる声はついに叱《しか》りつけるようになった。

「エウフェミア――エウフェミア……！」

まるで癇癪《かんしゃく》を起こした子供のようだ。そう思いながら、痛みをこらえて口を開く。

「……ごめんなさい、クラウディオ……。わたくしたちはあなたを、ひどく傷つけた……」

ふるえる声を懸命《けんめい》につむぐと、彼は何かを言いかけるように口を開き、また閉ざすことをくり返した。

遠くで響く剣戟《けんげき》や怒号だけを聞いて、どのくらいたったのか――ややあって彼は、淡々とこぼす。

「……君は一度も、僕に愛してると言ってくれなかったね……」

「嘘《うそ》は……つけないもの。……あなたは誠実だったから、よけいに……」

自分も誠実でありたかった。しかしその結果、嘘でも一度も愛を告げなかったことが、彼の中でわだかまりになっていたのかもしれない。しみじみとした口調にそう察する。

射るような眼差しで見つめてくる相手は、エウフェミアの中に自分の望むものが見いだせないことを、ようやく認めたようだった。やがて、自分をねじり折るようにして剣を下ろす。

「バカバカしい……」

吐《は》き捨てるように言うと、彼は傲然《ごうぜん》と告げた。

「城中に火を放つよう命じてある。作戦通り進んでいれば、いまごろ表門が開かれ後続の手勢《てぜい》もなだれこんできているはずだ。この城は野良犬のように戦功《せんこう》を競《きそ》う兵士であふれかえる」

一片《いっぺん》の揺るぎもない、侵略《しんりゃく》軍の将《しょう》の顔になり、クラウディオは剣を鞘《さや》に収めた。

「……わざわざ手を下すまでもない。忌《い》むべき罪を犯した兄妹を、神は許すまいから」

目の前にいるのは、世の中に大勢いる愚《おろ》かな女のうちの一人だとでも言わんばかりの冷たい眼差しでこちらを一瞥《いちべつ》し、クラウディオは踵《きびす》を返すや広間から去っていく。

その背中を、ヴァレンテは負けずに冷ややかに見送った。

「最後の最後に誇《ほこ》りを選んだか。……遅すぎたくらいだが」

「う……」

痛みに耐えられず、エウフェミアは肩に刺さった矢にふれる。それを兄の手が制した。

「抜くな。ここでは適切な処置ができない」

止血《しけつ》のため、彼は右手だけで器用に傷口を布で縛《しば》ってくれた。短くうめき声をあげたエウフエミアは、傷の熱にうるんだ瞳で兄を見上げる。

間近《まぢか》で見つめ合うと、どちらからともなくくちびるを重ね合わせた。

「……きっと天罰《てんばつ》を受けるわ、わたくしたち」

広く火がまわったのか、煙が濃くなっていく広間で、エウフェミアは痛みに汗をにじませながらささやく。ヴァレンテはそれを鼻で笑った。

「この世に神などいない。私はその存在を信じたことは一度もない。……だがもしいたとしたら、罰は私が受ける。おまえは私に汚されただけ。死んで魂《たましい》になれば、おまえは無垢《むく》なままだ」

「まさか……」

今度はエウフェミアが笑う番だった。

「もしあなたが地獄へ堕《お》ちるというのなら……、いいえ。必ず堕ちるでしょう。その時は私も一緒に――」

傷の痛みにうめきながらも、誇《ほこ》らしい気持ちを込めて告げる。

「どうか一緒に連れていってください。私の魂はとうに汚れてしまいました。……あなたを愛しています」

(言えた――)

琥珀の瞳を見つめながら、そんな思いを嚙みしめる。

ようやく本当の気持ちを伝えることができた。その満足と安堵《あんど》から、エウフェミアの意識は急速に闇《やみ》に呑み込まれていく。

「エウフェミア――。……、――……」

ヴァレンテが、何かを言った。しかしよく聞こえない。

城中に火がまわっていて、敵であふれていて、そしてヴァレンテもひどい怪我《けが》を負っている。二人とも助からないかもしれない。けれど少しも怖くはなかった。

十二歳のときに刺客を目の前にした、あのときとはちがう。

兄はきっと最期《さいご》まで側にいてくれるだろう。そのたくましい腕で抱きしめていてくれるだろう。エウフェミアは意識を失ったまま、その胸の中で息絶えることができるのだ。

そう思うと――それはこの上なく甘美で、幸せな終焉《しゅうえん》のように思えた。

エピローグ

暗雲《あんうん》が重く垂《た》れこめている。

いまにも降り出しそうな空を見上げ、リリアナは顔を曇《くも》らせた。帰路《きろ》に重ならなければいいけれど。

田舎《いなか》の小さなその町には、いつもより人が集まっていた。それでも広場が閑散《かんさん》として見えるのは否《いな》めない。

（久しぶりに商隊が来て市《いち》が立つっていうのに、この人出……？）

来たくても、来るための手段がない者も多いのだろう。現在この国では――否《いな》、この半島ではどこも、自衛《じえい》の手段を持たない者はそうそう遠出のできない状況が続いているから。

かくいうリリアナも、近隣《きんりん》の村々の女たちが協力して出した乗合《のりあい》馬車がなければ、来ることができなかった。信頼できる村の男たちに守られたその馬車に、なんとか乗せてもらえてよかった。

わざわざ山を下り、村の人々に頼ってまでここに来た目的は、もちろん買い物だけではない。

「都に親戚《しんせき》がいるの。……様子を知ってる？」

お金を払い、商品を受け取りながら水を向けると、香料を売っていた露天商《ろてんしょう》は首をふった。

「ひどいもんだよ。ミゼランツェの王子がパヴェンナの王家を倒した後、四回……五回だったかな？　統治者が入れ替わってる。お決まりの権力闘争《とうそう》だ。もちろん下々《しもじも》のことなんざほったらかし。いまじゃ大半の連中が食うものも仕事もなくて、あげく病人ばっか増えて惨憺《さんたん》たる有様さ。休む暇《ひま》がないのは葬儀《そうぎ》屋くらいかな」

ぼやく声に他の商人たちも混ざり、ひとしきり行商中に見聞きしたことを披露《ひろう》し合う。リリアナはその会話に注意深く耳を傾《かたむ》けた。

「街だけじゃねぇ。街道も野盗《やとう》が増えて物騒《ぶっそう》なものさ。俺たち商人も隊を組まないとそうそう移動できなくなった。ほんの二年前は、商品を抱えて身ひとつで動くのだってどうってことなかったのになぁ……」

「まったくだ。あの頃が恋しいよ」

やれやれ、と息をつきながら、最初に声をかけた露天商が額《ひたい》の汗をぬぐう。初夏に入り、気温が少しずつ高くなってきた。

（そろそろ一年たつのね……）

王都が陥落《かんらく》した、あの日から。

礼を言って離れようとしたところ、広場の向こうから、石畳《いしだたみ》を打つ車輪の音が近づいてきた。

軽快《けいかい》な音に、広場にいた人々が振り返る。

その目の前を、警護の兵士たちに守られた馬車が軽《かろ》やかに通り過ぎていった。手入れの行き届いた大きな車体を見送り、商人たちがささやきを交わす。

「なんてまぁ立派な馬車だ……」

「よほどのお大尽《だいじん》が乗ってるんだろうな」

リリアナは、車体の側面についていた浮彫りの金装飾《きんそうしょく》を思い出し、馬車がやってきた方向――町の向こうにそびえる山を、ちらりと見上げた。

交差したふたつの鍵《かぎ》は聖皇《せいおう》の印。おそらく聖皇座庁《せいおうざちょう》の使者だろう。

（もしかしてお城を訪ねたのかしら……）

ふと、先ほどよりも雲が薄くなっていることに気づく。この分だとそのうち陽が出てくるかもしれない。城で待つ主《あるじ》が喜びそうだ。

＋＋＋　　　＋＋＋

石造りの地下の霊廟《れいびょう》は冷えきり、凍《こご》えそうなほどだった。しかしそのおかげで手向《たむ》けた花はいつも長持ちする。大理石でできた棺《ひつぎ》の前に、エウフェミアはリボンで束ねた白百合《しらゆり》の花束を置いた。

身分を考えれば王都の大聖堂に安置されてしかるべきだったが、都は混乱がひどく墓が荒らされる心配があったため、遺骸《いがい》をここに運ぶしかなかったのだ。

「……さむい」

足下でぽつりとつぶやかれた幼い声に、口元がふと和《やわ》らぐ。

「それなら先に上に戻っていて」

「もどるのは、さむいからよ？」

「そうね。ルーチェは強い子だから、ここが怖いわけないわよね」

「こわくないもの、お墓なんて！」

そう言いつつも、小さな身体《からだ》はそそくさと階段に向かい、身軽に駆《か》け上がっていく。

ここは古い城の地下にある、母方の一族の霊廟だった。円形の部屋の中央には祭壇《さいだん》が据《す》えられ、それを囲む壁《かべ》には三段の窪《くぼ》みが整然と連《つら》なり、そのひとつひとつに棺《ひつぎ》が収められている。

寒く陰鬱《いんうつ》なその霊廟の中で、エウフェミアは喪服《もふく》に身を包んでいた。あの日――パヴェンナの王都が未曽有《みぞう》の惨劇《さんげき》にさらされた日から、それはずっと変わらない。

いまエウフェミアが、表向きには母親ちがいの妹であるルーチェと身を寄せているのは、パヴェンナの国境にある山の中腹である。

本来であれば、パヴェンナ国内だと余裕をもって呼べる場所だったが、最近起きた隣国との衝突で国境が変わってしまい、微妙《びみょう》になってしまった。それでも国境の内側にとどまっただけ、まだましである。結果次第では、危うくパヴェンナでなくなっていたかもしれないのだから。

ミゼランツェの大使に向けて予測した通り、ヴァレンテが倒れた後の半島は混乱の極《きょく》に達《たっ》していた。そしてクラウディオは、その混乱を御《ぎょ》しきれず匙《さじ》を投げた。いまはミゼランツェの守りに身を捧《ささ》げるばかりだという。

戦火は各地に飛び火し、拡大の一途をたどっていた。

病《やまい》の蔓延《まんえん》も治まらず、働き手の減少から生産も減り、人々の生活は厳しい。その苦難に乗《じょう》じて異端《いたん》極まりない説教家が現れて人心《じんしん》をつかみつつあるとかで、気が気でない聖皇座庁から先ほどエウフェミアのもとへ使いが来た。――ヴァレンテの所在を知らないかと。

エウフェミアはため息をつき、墓を見下ろす。

一年前、クラウディオが都に攻め込んできた日に、逃げるように息を引き取った叔父《おじ》の墓。その隣《となり》には、彼が死ぬひと月前に、ひっそりとこの世を去った叔母《おば》の墓。

「叔母様が知ったら、またお嘆《なげ》きになったでしょうね……」

エウフェミアの喪服《もふく》を見ても、聖皇の使者は動じなかった。

あの日、ヴァレンテは意識を失った妹をジュリオに託《たく》して脱出させ、自分は王城に留まって兵士たちの指揮《しき》を続けたらしい。そして翌日、都にほど近い狩猟用《しゅりょう》の城館で目を覚ましたエウフェミアに、ジュリオはヴァレンテが敵兵に惨殺《ざんさつ》されたと告げた。彼の黒い甲冑《かっちゅう》に身を包んだ遺体《いたい》は、全身を切り刻まれ、容貌《ようぼう》の判別すらつかない状態で打ち捨てられていたのだという。

しかし当のジュリオがその話にまったく動じていなかったことと、都の様子を見にいくと言い、その後すぐに姿を消したことから、エウフェミアはある確信を得た。――彼が、どこにいるかわからない敵方の人間の耳を警戒しているのだということを。

暗くてせまい石の階段をのぼって地上へ出ると、そのまま庭園に向かう。ゆっくりと小道を歩いた先に、ほどなく蔦《つた》の絡《から》んだ古めかしい四阿《あずまや》が見えてきた。

白い石のベンチでは、身体の上に読み止《さ》しの本を伏《ふ》せた男が横になっている。そのくつろいだ様子に、思わず笑みがこぼれた。

ベンチに近づいたエウフェミアは、本を手に取り、きちんと閉じて脇に置く。

「ヴァレンテ。こんなところで寝たら身体が冷えて、傷によくないわ」

「……いつまでも怪我《けが》人扱いをするな」

不満そうな声が、うなるように応じた。

痛みと体力の低下により、思うように動くことのできない状態が長く続いている。だいぶ鬱《うっ》憤《ぷん》がたまっているようだ。

「まだしばらくは怪我人よ。中に入りましょう」

低調な機嫌をあしらい、身体を起こすのを手伝おうと、エウフェミアは相手の肩の下に手を差し入れた。その際、ふれあった肌《はだ》から伝わってくる体温に安心する。

（一時はどうなることかと思ったけれど……）

人里離れた古城で息をひそめるようにして暮らしていたエウフェミアのもとへヴァレンテが現れたのは、離れ離れになってふた月もたってからのことだった。

それでも潜伏先から無理を押してやってきたのだという。

エウフェミアを安全な場所に送った後、城へ戻ったジュリオが発見した時には、すでに複数の深手を負い絶望的な状態だったようだ。かろうじて都から逃げ延びたものの、長く生死の境をさまよい続けたらしい。

何とか小康《しょうこう》に至りここにやってきた時でさえも、半死半生《はんしはんしょう》の態《てい》で見る影もなく、馬車に揺《ゆ》られるのもやっとという有様だった。

(怪我は、いまでもたまに痛むみたいだけど……)

それでも立って、座って、歩くことがほぼ自力でできる。普通に暮らす分には支障《ししょう》がない。

十カ月かけて、ようやくそこまで回復したのだ。

そして最近になって、もう何の心配もないと確信した。というのも──

「身体が冷えた。温めてくれ」

ひそめた低い声に耳元でささやかれ、ほんのり頬《ほお》が染まる。

このところ、彼は以前のようにエウフェミアを求めてくるようになった。

「……じゃあ、中に入りましょう」

「いや、ここでいい」

言葉とともに、不埒《ふらち》な手がスカートの中に潜《もぐ》り込み、太股《ふともも》を這《は》い上がってくる。大胆でありながら繊細《せんさい》さを失わない指が、じらすようにゆっくりとやわらかい内股《うちまた》を愛撫《あいぶ》し、下着《カルソン》の中にまで潜り込んでくる。

「あ――っ……」

指先に秘裂《ひれつ》の溝をたどられ、吐息《といき》がふるえた。兄を支え、立たせようとしていた身体から力が抜けていく。

（こんな――外で……？）

思いがけない誘惑《ゆうわく》に、とっさに人目がないか、あたりを見まわしてしまう。おろおろとする妹の様《さま》を、ヴァレンテがからかい混じりの琥珀《こはく》の瞳《ひとみ》でじっと見つめていた。その視線にまた顔が熱くなる。

「だ、だめよ。……中に入るまで我慢して」

「我慢などできるものか」

彼はちゅっと軽い音を立てて、エウフェミアのくちびるを吸った。

「こんなふうに、真《ま》っ赤《か》になってうろたえているおまえの顔を目の前にして」

「うろたえてなんか――あ、……んっ……」

往生際《おうじょうぎわ》悪く抗《あらが》うくちびるに、腰を下ろしたままのヴァレンテが、ふたたび下から口づけてくる。やわらかくしっとりとした感触が、ちゅっ、ちゅっとかすかな音を立てて、ついばむようにエウフェミアのくちびる全体をたどった。

その甘やかなキスに、はかない抵抗は砂のようにくずれていく。

彼の膝《ひざ》に腰を下ろしたエウフェミアが口づけに応《こた》え始めるや、彼はそれまでよりも強くくちびるを重ねてきた。

温かい。そして心地よい。ぴったりと身を寄せ合い、お互いの繊細でやわらかい部分を重ね合わせる甘やかな交歓《こうかん》に酔《よ》う。

混迷を深めていくばかりの現実のことは頭から追いやられ、肌に感じる相手の鼓動《こどう》と体温だけが、世界のすべてになった。

「……ふ、……う……っ」

やがて滑《すべ》り込んできた舌《した》は、熱っぽく口腔《こうくう》内をかきまわし、歯列《しれつ》をたどり、口蓋《こうがい》の弱点を舐《な》め上げてこちらをあおり立ててくる。

それに寄り添《そ》うように自《みずか》らの舌をからめていくと、彼の身の内にいよいよ火がついたようだった。

「——んっ、……ふぅっ……、……ふ……」

幾度《いくど》となく深さを変え、角度を変えて、息をも奪《うば》うようなくるおしさで舌をからめ合わせる。

鼓動が速まり、身体が熱くなり、うなじから背までをぞくぞくと這う愉悦《ゆえつ》に、なまめかしい吐息がこぼれた。

ひくひくとふるえる腰を、彼の手がいやらしくなでまわしてくる。

濃厚なキスに、とろりと下肢《かし》で蜜《みつ》がにじむ気配がした。その下肢では、下着《カルソン》の中に忍び入ったもう片方の手指が、恥丘《ちきゅう》と花芽を指先で弄《もてあそ》んでいる。

「……ふ、っ……ん……！」

傍若無人《ぼうじゃくぶじん》な指は、溝の中に隠れていた花芽の周りをゆるゆると刺激してきたかと思うと、にじんでいた蜜をまぶしながらつまみ、くにくにと押しつぶした。

「……んんっ、……ん……」

熱く甘い痺《しび》れがじんじんと湧《わ》き上がり、秘裂《ひれつ》はたちまち蜜であふれていく。そうしながらも、別の指が二本、ぬれてほころびたやわらかい花びらの中に押し入ってきた。

淫《みだ》らに締《し》めつける媚壁《びへき》の感触を味わうように指を動かし、ヴァレンテがくちびるにフッと笑みを刻む。

「もうこんなに蕩《とろ》けている……」

言うや、それを示すかのように指の動きを少し大きくし、まとわりつく蜜壁《みつへき》をくちゅくちゅとかきまわした。その音が刺激となり、潤《うるお》い始めたばかりの蜜口《みつくち》が、どんどんはしたなく花開いていく。

エウフェミアは青碧色《エメラルド》の瞳に涙をにじませ、頬を朱《しゅ》に染めた。

「や……それ、恥《は》ずかし……からっ――」

「もっと恥じ入るがいい。快楽《かいらく》に弱いこの身体《からだ》を。おまえの恥ずかしがる様《さま》ほど私を興奮《こうふん》させるものはない」

「あっ……はぁっ……」

くちゅくちゅと蜜路《みつろ》をかきまわされながら、つまんだ花芽をぐにぐにと押しつぶされると、爪先《つまさき》まで痺《しび》れるような甘美な刺激が走り、内股《うちまた》が小刻みにふるえてしまう。

そしてそれを幾度《いくど》もくり返されるうち、下肢はぐずぐずと蕩けて、すっかり力が入らなくなった。

「あっ、……ふぁ、んっ、……、んっ……」

花芽を執拗《しつよう》にいじりながら、ヴァレンテは自《みずか》らの腕の中でびくびくと身もだえる妹の様に目を細める。

「恥じ入りながらも、ここをこんなに勃《た》ち上がらせて。すっかりいやらしくなったな、私のエウフェミア」

「いっ、……あぁっ……、いやらしく……など……ん、はぁ……っ――」

「硬《かた》くなったここをいじられると、たまらないくせに」

揶揄《やゆ》の言葉とともに、指が尖《とが》った花芯《かしん》をつまみ、きゅっと引っ張り上げる。さらにそれを小刻みに揺《ゆ》すられ、たまらずにエウフェミアは背をのけぞらせてあえいだ。

「あっ、あぁぁん……っ」

熱い快感があふれ出し、下腹に響《ひび》きわたる。にもかかわらず、指は花芯を放してはくれなかった。それどころか、蜜壺《みつつぼ》に埋《う》め込まれていた二本の指が、ねっとりとからみつく媚壁《びへき》の一点──もっとも感じてしまう花芯の裏を、やわらかくひっかいてくる。

快感が脳裏《のうり》を灼《や》き、頭が真っ白になった。

「やぁっ、あぁあぁあぁっ……！」

同時に与えられた強すぎる官能に、がくがくと激しく腰がふるえ、エウフェミアはみだりがましい悲鳴を発して達《たっ》してしまう。

しばらくの後、脱力して息を乱す妹に向け、ヴァレンテは無情《むじょう》な指示を出した。

「テーブルに座れ。舐《な》めてやる」

「──……っ」

赤裸々《せきらら》な言葉に、達したばかりで上気していた頬が、さらに熱くなる。なぜ彼はいちいちこちらを困らせるような言い方をするのだろう？

エウフェミアは目を伏《ふ》せ、小さな声で返した。

「……し、しなくても大丈夫よ。いまので……準備は、と、整《ととの》ったから……」

「誰がおまえのためだと言った？」

にべもなく言い、彼は自由に動く右手で、エウフェミアの身体をテーブルの上に乗せてしまう。自分を見下ろす形でテーブルに座るエウフェミアに、彼は人の悪い笑みを見せた。

「誰の目につくかわからない四阿《あずまや》のテーブルの上で、大事なところを兄に舐められてよがっているおまえが見たい」

「な……っ」

「さぁ、下着《カルソン》を取ってスカートを持ち上げろ。私を愛しているのなら」

自信たっぷりに言う、そんな態度が憎らしい。なのに胸は疼《うず》き、逆らうことができなかった。

「――……」

エウフェミアはごそごそとスカートの中で下着を脱《ぬ》ぎ、お尻の下に敷《し》いた。それから、そろそろと自分でスカートを持ち上げる。

外で、何も遮《さえぎ》るもののない秘部《ひぶ》をさらす羞恥《しゅうち》に、顔が火がついたように熱くなった。

ヴァレンテは、目の前で露《あら》わになった秘裂《ひれつ》をのぞきこみ、蜜にまみれたそこを、くちゅ……と指先でくつろげる。

「明るいところで見ると、夜とはまたちがうものだな。入口は薄紅《うすべに》だが、奥へ行くに従って薔《ば》薇《ら》色になる。……蜜にぬれた様が扇情的《せんじょう》なのは、昼も夜も差はないが」

「――……っ」

あらぬ場所を白昼《はくちゅう》の下にさらされ、そんなふうに批評《ひひょう》され、エウフェミアは息を乱しながら言葉もなくうつむく。

「この紅玉《こうぎょく》がおまえの快楽の源《みなもと》というわけか」

愛《いと》おしげに言い、彼はやおら、包皮《ほうひ》から顔をのぞかせる粒《つぶ》を口に含《ふく》んだ。

「やぁっ、それ……だめっ……あっ、ぁあぁぁ……！」

舌先で捏《こ》ねるように舐めて転がし、くすぐり、くちびると舌ではさんでぐにぐにと押しつぶす。淫靡《いんび》な舌にちゅくちゅくと音を立てて嬲《なぶ》られ、膨《ふく》れた花芯《かしん》が火のような熱を発した。

「はぁっ、……ぁあっ、や、あ、……ぁあぁぁん……っ」

強烈な快感に悶《もだ》えるうち、我慢できずに腰をくねらせると、その反応に気をよくしたように、彼は敏感な突起《とっき》をさらにねぶってくる。挙《あ》げ句《く》、ころころと粒の表面が痺《しび》れるまで舐め、腫《は》れ上がったものを歯で甘嚙《あまが》みし、ちゅぅっと吸い上げてくる。

そのえもいわれぬ感触に、下肢《かし》で激しい愉悦《ゆえつ》が渦巻いた。

「あぁあっ、やだっ、だめ……——もうだめ……っ、あっ、ぁあぁぁ……！」

身体の芯《しん》から熱い快感がせり上がり、腰がびくんびくんと大きく痙攣《けいれん》する。渦のようにうねって満たした快楽に、何もしゃぶるもののない蜜路《みつろ》が虚《むな》しく収縮《しゅうしゅく》するのがわかった。

「はっ、ああぁ……ぁ……、……っ」

快感の波に打ち上げられて身をこわばらせ——気がつけば、内股《うちまた》がヴァレンテの頭をはさんでひくひくとふるえている。

「やっ……、ごめんなさ……っ」

あわてて脚《あし》の力を抜くと、彼は苦笑混じりに顔を上げる。

「柔肉《やわにく》にうずめられ窒息《ちっそく》しそうだった……」

「じ、自分のせいでしょう……⁉」

恥ずかしさに、つい声がきつくなった。それに気づいて咳払《せきばら》いをする。

「もういい？」

そう言うと、エウフェミアはうまく力の入らない脚を動かしてテーブルから下り、白い石のベンチに座るヴァレンテの脚をまたぐ形で膝立《ひざだ》ちになった。

ヴァレンテが、しかたがないというように自身の脚衣《きゃくい》をくつろげ、屹立《きつりつ》を取り出す。

「……ん……っ」

エウフェミアはスカートの中でそれに手を添《そ》え、慎重《しんちょう》に自分を乗せていった。

「ん……う、ん……っ」

熱く昂《たか》ぶった切《き》っ先《さき》が、蜜をこぼす秘裂《ひれつ》に少しずつ押し入ってくる。

それはヴァレンテが怪我《けが》をしてから初めて試みた体勢だった。女性が上になることに、彼はあまり乗り気でないようだったが、身体に負担をかけないためには他に方法がなかったのだ。

エウフェミアも初めは恥ずかしかったものの、自分が彼に快感を与えているという感覚をより強く感じることができるため、いまでは抵抗もなくなった。

蜜洞《みつうろ》の中に剛直《ごうちょく》が完全に呑《の》み込まれると、彼は紐《ひも》で結ぶ形だったエウフェミアのドレスの前を押し開き、弾《はず》み出たやわらかい果実をもぐように手でつかんでくる。

「あっ、……ん、……ふ、ぁ……っ」

快楽の主導権を絶対にゆずらないのが、彼の流儀《りゅうぎ》なのだ。捏《こ》ねまわされ、先端《せんたん》をねろりと口に含《ふく》まれると、エウフェミアの身体からはすぐにくたくたと力が抜けてしまう。

すでに硬《かた》く尖《とが》った先端を、ざらりざらりと転がすように舐《な》められ、きつく吸い上げられながら、下肢《かし》を猛々《たけだけ》しいもので突き上げられた瞬間、鞭打《むちう》つような快感が、腰から背中にかけてをぞくぞくと走り抜けた。

「あっ、あぁっ、あぁぁあ……っ」

嬌声《きょうせい》を発しながら、快楽の波に振り落とされまいと、相手の首に腕をまわして必死にしがみつく。上気《じょうき》したお互いの肌から汗《あせ》が香り立った。その蒸《む》れた香りにも興奮《こうふん》し、思考が蕩《とろ》けていく。

エウフェミアの胸の谷間に顔を寄せ、ヴァレンテは左右を見比べた。

「ここも、ここも、淫《みだ》らに色づいて尖っている。さても敏感となると、ついいじめたくなる……」

熱く蕩けたささやきの末に左胸の頂《いただき》を舐められ、右をぐにぐにとしごくように指でつまれ、そして蜜にぬめる下肢の突起をもくにくにと転がされる。

「あっ、あああぁっ……、いや、だめ、だめぇっ……、全部なんて……や、ぁあぁぁあ……っ」

鋭敏《えいびん》な三箇所を同時に責《せ》められ、まるで快感の坩堝《るつぼ》に放り込まれたかのようだ。沸騰《ふっとう》するよ

うな熱さを持てあましたエウフェミアは、兄にしがみついたまま、身も世もなく悶《もだ》え泣いた。もはや周りに誰かいるのかなど気にする余裕もなく、淫《みだ》らな嬌声《きょうせい》を張り上げる。

「ヴァ、ヴァレン……ッ、もう……っ、もう終わ――んんっ、あぁぁ……あっ」

身体が焦《じ》れて焦れてたまらない。息も絶《た》え絶《だ》えになりながら、ぬれそぼった蜜壁《みつへき》で屹立《きつりつ》をきゅうきゅうと締《し》めつけ、淫唇《いんしん》のあわいからはしたなく蜜をこぼす。

屹立を埋《う》め込んだまままずくずくと腰を揺らし、うねってからみつく蜜洞《みつうろ》の感触をしばらく愉《たの》しんでいた兄は、やがて欲望にぬれた声で告げてきた。

「そろそろ許してやろう……。……うんと淫らに達《い》け」

そう言いながら、彼は敏感《びんかん》な三つの突起を嬲《なぶ》る舌《した》と指に力を込める。さらに剛直《ごうちょく》を奥深くまで突き立ててきた。

「はっ、あぁ……！」

最奥のひどく感じるところを灼熱《しゃくねつ》の切《き》っ先《さき》でぐりっと抉《えぐ》られ、下肢《かし》の中心に溜《た》まっていた愉《ゆ》悦《えつ》の塊《かたまり》が破裂する。その奔流《ほんりゅう》にがくがくと腰を揺らし、内壁《うちへき》でせつなく楔《くさび》を締めつけ……身体の浮き上がるような恍惚《こうこつ》に灼《や》かれた目裏《めうら》が、真っ白に染まった。

「……ああ、あぁぁぁ……っ！」

マグマのごとくぐつぐつと煮詰《につ》まった快楽に、すべてが押し流されていく。

胸が焦《こ》げるほどの愛《いと》しさも、後悔も、幸福も、過《あやま》ちの意識でさえも。

何もかもがとけあってひとつになり――

「……、……はぁ、……っ……」

官能を味わい尽くした身体を、エウフェミアはぐったりと投げ出した。

快楽と罪とが待つ兄の腕の中へ。


「はぁ……、……はぁ……」

波が去ってからも兄の胸に頭を預け、甘えるようにもたれかかる妹の額《ひたい》に、ヴァレンテがくちびるを落としてきた。そしてそこに口づけたままささやく。

「聖皇座庁からの使者が来ただろう?」

不意の問いに、エウフェミアは乱れた鼓動《こどう》をどきりと波打たせた。

左右にさまよわせた眼差しを、ややあって伏せる。

「……ええ」

ヴァレンテが気づかないうちに、と早々に帰してしまったのだが、お見通しだったようだ。

ゆっくりと身体を起こし、身繕《みづくろ》いをするこちらの銀の髪を指先で弄《もてあそ》びながら、彼は穏やかに訊《たず》ねてきた。

「なぜ私に話さない?」

「だって……、あなたはまだ本調子ではないわ……」

何でもないふうを装《よそお》って応じたものの、それは嘘だった。もっと大きな理由がある。

(もうしばらく、このままでいたい……)

この十カ月、簡素《かんそ》で古びたこの城はエウフェミアにとって楽園だった。

世間から忘れ去られた古城の中で、日がな一日ヴァレンテに寄り添《そ》い、飽きることなく見つめ合った。彼はエウフェミアの助けなしに暮らすことができなかった。誰はばかることなく彼を独占していられた。

ヴァレンテが、パヴェンナの王太子として仕事に忙殺《ぼうさつ》され、様々な問題に思い悩まされていた以前とはちがう。地位と、身動きの自由を失った彼は、読書や散歩の他にすることがなく、彼の関心はひとえにエウフェミアの上にのみあった。

その幸せだったこと！

(もし——)

もし聖皇の使者にヴァレンテの生存が知られれば、彼はまちがいなく再び歴史の表舞台に引っ張り出されてしまうだろう。それだけではない。妹であるエウフェミアが、いまのように恋人として傍《そば》にいることもできなくなってしまう。

普通の恋人同士だったら、子供を作り、その子を愛の証として育てながら離れて暮らす道もあるだろうが、自分たちの間では、それも決して望めない……。

目を伏せ、心の内の不安を見つめていたこちらの顎《あご》に、ヴァレンテの指がかかる。妹の顔を上向かせ、彼は強い意志をもってのぞきこんできた。

「使者を呼びもどせ。私はここにいると」

「――……」

とうとう来るべき時が来た。そんな運命の宣告《せんこく》に、エウフェミアはあきらめとともに目を閉じる。それをあやすように、彼は頬に軽く口づけてきた。

「機は熟《じゅく》した。おまえもそう思うだろう？」

不敵なほほ笑みに、まぶたを開きながら渋々《しぶしぶ》うなずく。

「……ええ」

いま、多くの人がヴァレンテの生存を祈っている。

『惨禍《さんか》の王太子』が、秀麗《しゅうれい》の誉《ほま》れ高かった顔をつぶされるまで無数の刃《やいば》を受けて殺されたことに快哉《かいさい》をさけんだ臣民《しんみん》たちが、いまではその遺骸《いがい》が偽物《にせもの》であることを、心から神に祈っているそうだ。

ジュリオやリリアナ、その他多くの者が口をそろえてそう言っていた。

パヴェンナを滅ぼし、戦利品を抱えるだけ抱えて去ってしまったクラウディオを呪い、また戦乱と病と貧困に疲れはてた彼らには、他にできることがないのだと。

繁栄と安寧《あんねい》に慣れていた人々は、乱世の状態に戻ってようやく、ヴァレンテの統治の恩恵《おんけい》に気づいた。

いまや人々は、過去に彼への神の裁きを望んだときよりも、はるかに熱のこもった思いで、その生存と復帰を願っているとのことだった。

それはヴァレンテにとって喜ばしい知らせのはずだ。そうと知りつつ、エウフェミアはつまらない気分で小さく笑う。

「つかの間の休息はもう終わりね」

「そんな顔をするな」

身を離そうとした妹を、彼は腕をまわして抱き寄せた。

「復帰に際して、聖皇座庁には条件をつける」

「条件?」

「母上の遠縁《えんせき》の中に、おまえと同じ年頃で、すでに命を落としている娘を探して、その死亡証明を取り消させる。……どこかに一人くらいはいるだろう」

「それで……?」

「おまえがその娘に成り代わって生きるために必要な手はずをすべて調《ととの》え、聖皇の名のもとにそれが嘘偽《うそいつわ》りないことを認めさせる。……どういうことかわかるか?」

つまり世間的には、エウフェミアがその娘だということになる。

間近《まぢか》から見つめてくる端正《たんせい》な顔に、わずかな困惑とともに返した。

「……『エウフェミア』は、夫がもたらした母国の惨状《さんじょう》に打ちのめされ、修道院にでも入ったことにすればいいのかしら？」

「そう。そして傷心《しょうしん》にして孤独な私は、おまえによく似た遠縁の娘を見初《みそ》め、王都から程近い城に住まわせる。パヴェンナはルーチェという新しい女王を戴《いただ》き、私はその摂政《せっしょう》となって分裂した国をまとめ直す。……どうだ？」

「――――……」

愁《うれ》いを帯びた琥珀色の瞳を、今度こそ声もなく見つめ返す。

クラウディオの手には余ったことも、ヴァレンテにならできるかもしれない。

権利と私欲を優先して半島を混乱に陥《おとしい》れている諸侯《しょこう》たちをまとめ上げ、ふたたびパヴェンナの支配のもとに平定することも。国が一丸《いちがん》となって疫病《えきびょう》を駆逐《くちく》し、人々が不自由なく生活するための安全と秩序を取り戻すことも。

その象徴となるのが若く清らかな女王であれば、これまでヴァレンテと遺恨《いこん》を抱えてきた勢力や、暗い噂に不安を感じてきた人々からも、支持を得やすくなるだろう。

いまや誰もが、何よりも平和を望んでいるのだから。

多くの支持を受けたヴァレンテが、それを武器に次々と手を打っていく様が目に浮かぶようだ。

エウフェミアはほろ苦いほほ笑みを浮かべた。

それこそが、ヴァレンテが彼らしく生きていくために必要なものだと、誰よりも傍にいる身として理解できてしまうから。

（それに……そうすればヴァレンテは、『惨禍の王太子』と呼ばれることもなくなるはず……）

現実をこともなげにひっくり返してしまった兄の発案に、降参してうなずくより他にない。

たとえそのせいで、彼にとって自分が後まわしになってしまうのだとしても。

「完璧だわ。――でも摂政殿下《でんか》、どうかたまには時間を作って遠縁の娘を訪ねてきてくださいませね？」

「その予定はない」

冗談めかしてはいたものの、切実だった懇願《こんがん》にすまして応じ、彼は鼻先がふれるほど近くまで顔を寄せてくる。そして形のよいくちびるの端《はし》をニヤリと持ち上げた。

「なにしろ摂政は、遠縁の娘とその城で暮らすつもりなのだから」

「ヴァレンテ――」

普段は鋭い琥珀の瞳が、甘くほころんでいる。からかい混じりのその眼差しに、エウフェミアは新たな感動を覚えて胸をふるわせた。

そして、いよいよ決定的となった背徳《はいとく》の未来を抱きしめるように、兄の首に腕をまわす。

このまま罪に染め抜かれれば、死ですら二人を分かつことはできない。どちらの前にも天国の門が開かれることはないだろうから。

「一緒に暮らせるのね、よかった……！」

「おまえから離れたりはしない、エウフェミア。──愛している」

くちびるの上でささやかれた言葉に、エウフェミアは胸を満たした歓喜《かんき》のまま、深く口づけて返す。

パヴェンナの空を覆っていた灰色の雲の隙間《すきま》から、ふいに一条だけ光が射し込み、それを照らした。

あとがき

こんにちは、あまおう紅《べに》です。『禁じられた戯れ　王太子の指は乙女を淫らに奏で』をお届けします。

今作はいつもとちがい、がっつりシリアスな雰囲気《ふんいき》でお送りしましたが、いかがでしたでしょうか。あとがきでその空気をぶち壊しにしてもアレなので、今回のあとがきは恒例のノリを自粛《じしゅく》してややシリアスめにいきたいと思いますです。どよよーん。

前作の『エロティック・オーシャン』のヒーローが、小細工も何もなく「好きだー!!」と猪《ちょ》突猛進《とつもうしん》していく（そして自滅《じめつ》する）野獣《やじゅう》タイプだったので、今作のヒーローはその真逆↓優雅《ゆうが》で策謀家《さくぼうか》の王子様タイプにしようと思ったのですが、蓋《ふた》を開けてみれば優雅で策謀家の猪突猛進王子様になってしまいました。

特に外堀《そとぼり》の埋め方がえぐすぎて、読者様に引かれないか心配です。……どこへ行った切ない恋のすれちがい。

印象に残っているのは5P《ピー》（？）のシーン。

これ、最初に書いたときは、もっとすごいあんなコトやこんなコトもしていたのですが、やはり一番ヒロインをメロメロにする（死語）のはヒーローであるべきかと、仮面の男たちの責め方は少し控《ひか》えめに書き直しました。

そうしながらふと、三人の気持ちになって考えてみたのです。

仕事とはいえあんな依頼を受けた男たちは、きっと『うぇぇぇ!? 惨禍《さんか》の王太子の恋人にアレコレするのぉぉ!?』とできれば逃げ出したい気持ちだったのではないかと思います。そしてコトの最中も、内心は『やりすぎたら殺《や》られる……！』と戦々恐々《せんせんきょうきょう》だったにちがいありません。『これオッケー？　これもオッケー？』と、仕事しながらも注意深く依頼主《ヴァレンテ》の様子を探り、『やばい。一晩とかって長すぎる。この先どうしよう…！』とペース配分に頭を悩ませ、ジュリオから部屋を出ていくよううながされたときには、『何とかやり過ごせたよかったー！』と胸をなでおろしていたと思うのです。うん、君らよくがんばった！（笑）

そんなこんなで、ひたすらエロい雰囲気に張りつめたシーンだったわけですが、その最中「王太子殿下、ご覧になってくださいーー」のセリフのところでPCが「お歌い市電か」と変換し、一気に脱力したりもしました。雰囲気ぶち壊し！

あと「修道院」がたびたび「修道淫」に。なんだその想像をかき立てる誤《ご》変換は……！

Hの最中、いつもさりげなくどこかに控えているジュリオも気になりました。ちょっと出歯《でば》亀《がめ》しすぎじゃないかと。あるいは最中でも人使いの荒いヴァレンテを責めるべきか、悩むところです。

イラストの花岡美莉《はなおかみり》さま。カバーのラフを拝見《はいけん》したとき、イメージ通りすぎるヴァレンテに感動しました。ひたすらに麗《うるわ》しくカッコいい黒髪ヒーローを、どうもありがとうございます!!（エウフェミアの胸に顔をうずめていてもカッコいいとか、もう…！）

エウフェミアもドレスが可愛《かわい》くて、お胸がやわらかそうで、ハァハァしっぱなしです（↑）。表情まで細かく調整してくださったおかげで、Hシーンのエウフェミアがエロ可愛くてヤバい…！　諸々《もろもろ》お気づかいいただき、ありがとうございました。

そしてそして最後になりましたが、書店に並ぶたくさんの作品の中から、この本をお手に取ってくださった皆様、本当にありがとうございました!!

またお会いできますように！

あまおう　紅

※この作品はフィクションです。実在の人物・団体・事件などにはいっさい関係ありません。

シフォン文庫をお買い上げいただき、ありがとうございます。
ご意見・ご感想をお待ちしております。

◆――あて先――◆
〒101-8050　東京都千代田区一ツ橋2-5-10
集英社 シフォン文庫編集部 気付
あまおう紅先生／花岡美莉先生

禁じられた戯れ
王太子の指は乙女を淫らに奏で

2014年5月7日　第1刷発行

シフォン文庫

著　者　あまおう紅
発行者　鈴木晴彦
発行所　株式会社集英社
〒101-8050 東京都千代田区一ツ橋2-5-10
電話 03-3230-6355（編集部）
03-3230-6393（販売部）
03-3230-6080（読者係）
印刷所　株式会社美松堂／中央精版印刷株式会社

※定価はカバーに表示してあります

ISBN 978-4-08-670050-4 C0193

「さぁ子猫ちゃん。かわいい声で鳴いてもらおうか」

あまおう紅《べに》
イラスト／四位広猫
シフォン文庫

ある秘密と決意を胸に、エフィは４年ぶりに王都へ戻ってきた。しかし盗賊と間違えられ、無実の罪で王太子に捕えられてしまう。口を割らないエフィに王太子の甘く淫らな取り調べが始まって…。

「いい子だ。もっと感じていろ……」

褐《かっ》色《しょく》の肌に組み敷かれ、愛に目覚める…♥

立夏さとみ
イラスト／椎名咲月

シフォン文庫

父である皇帝が暗殺され、追われる身の皇女アデリアは、異民族の王サハーラに窮地を救われる。彼から結婚するか奴隷となるか選択を迫られ、結婚を承諾したアデリアを待っていた初夜とは!?